文庫

雑賀のいくさ姫

天野純希

講談社

雑賀のいくさ姫

―もくじ―

『雑賀のいくさ姫』関連地図

地図　ジェイ・マップ

雑賀のいくさ姫

第Ⅰ章　ジパングへ

Ⅰ

吹き荒れる風と激しくうねる波濤《はとう》が、一艘《いっそう》の船を弄《もてあそ》んでいた。

四方から押し寄せる高波に、船は抗《あらが》う術《すべ》もなく上下左右に揺さぶられ、そのたびに辛うじて元の姿勢に戻ることを繰り返している。

この世の終わりを思わせる漆黒《しっこく》の空に、閃光《せんこう》が走った。

雷鳴が響き、はるか天空から伸びた光が海面に吸い込まれていった。さらに二つ、三つと、雷が海に落ちる。

船は、三本帆柱のイスパニア船だった。船体はやや細長く、船首と船尾に楼を持つその姿は、優美さを備えながら、いかにも堅牢《けんろう》に見える。

だがこの嵐で、前と中央の帆柱はすでに失われていた。殴りつけるような大粒の雨と波に洗われ続けた甲板に、人の姿は見えない。

波を乗り切るごとに、船体の傾きが大きくなってきた。時には、今にも飛び上がらんばかりに船首を空へ突き出し、船底を露《あら》わにしている。このままでは、転覆《てんぷく》も時間の問題と思われた。

しかし、船のはるか後方の上空では、雲の隙間《すきま》から陽光が射し込んでいる。船に叩きつける風雨も、わずかながらではあるが弱まりつつある。

嵐は、ようやく終わろうとしていた。

＊

視界一面に、見飽きた青が広がっていた。

甲板に寝転がって見上げる空には雲一つなく、名も知らない海鳥が群れをなして視界を横切っていく。

四月の陽光が眩しいが、船倉に下りようという気にはならなかった。昨夜の雨で喉は潤《うるお》したものの、もう丸二日近くなにも口にしていない身では、階段を下りる体力さえ惜しい。

ジョアンは無駄だろうと思いつつも体を起こし、周囲を見渡す。

やはり、相変わらず陸地は見えない。サン・フェルナンド号の周りには、淡いブルーの海だけが茫漠《ぼうばく》と広がっている。

ここはいったいどこなのだろう。私はこのまま、見ず知らずの海の上で干からびて死んでいくのか。

首にかけたロザリオを撫《な》で、ジョアンは神に問いかける。

主よ。なに一つ成し遂げることなく、二十五歳という若さで死する我が魂を、あなたはお側に召すおつもりなのでしょうか。瞑目《めいもく》して天を仰いだジョアンは不意に、ぽちょりという嫌な音を聞く。額に、なにかが落ちてきたのだ。指で拭《ぬぐ》って確かめると、真っ白な海鳥の糞《ふん》であった。

主よ、これがあなたの答えか！

愕然《がくぜん》とするジョアンを愚弄《ぐろう》するかのように、鳥たちがぎゃあぎゃあと癇《かん》に障《さわ》る声で啼《な》きながら、頭上を舞い飛んでいる。

この見渡す限りなにも見えない大海原《おおうなばら》で、額に鳥の糞を浴びる。それはある意味、奇跡にも等しい。ジョアンは底が知れない己の不運に嘆息すると、糞を指で拭い、甲板にこすりつけた。たったそれだけの動作で体力は底をつき、また仰向けに寝転ぶ。

パンも干し肉もオリーブも食べつくし、葡萄酒《ぶどうしゅ》の樽《たる》もとうに空になっている。この船の船主でもある貿易商人のロドリゴ船長が持ち前の吝嗇《りんしょく》ぶりを発揮して、食糧を最低限しか積み込まなかったせいだ。

船倉《ふなぐら》に金目の物はうなるほどあるが、食べ物はビスケット一片《ひとかけ》残ってはいない。船縁《べり》で羽を休める大きな鳥を捕らえようとしたこともあったが、ことごとく失敗に終わった。トビウオを見かけるたび、甲板に飛び込んではこないものかと期待しても、彼らがその望みに応えてくれることはなかった。

肉の味が恋しい。サフランと魚介をふんだんに使ったパエリア。チーズにオムレツ、よく冷えた葡萄酒。頭の中で、大皿に盛られた故郷の料理がぐるぐると回る。

すべては、一週間前に巻き起こった騒動が原因だった。

フィリピンからの長い航海に疲れきっていた乗員たちは、船長に対しどこかの港に入って休息を取ることを要求した。しかし船長は、日程が大幅に遅れていることを理由にそれを拒《こば》んだ。

ここにいたり、日頃から船長の傲慢《ごうまん》さや人使いの荒さに怒りを溜《た》め込んでいた乗員の一部が、叛乱《はんらん》に踏みきった。乗員は船長派と反船長派に分かれ、甲板はたちまち、剣戟《けんげき》の音と銃声が響く争闘の場と化した。

たまたま便乗していただけのジョアンは、船長につくでも叛乱に与《くみ》するでもなく、中立の立場を貫いた。具体的に言えば、船の最下層に引き籠《こ》もって騒ぎが収まるのを待ったのである。

慌てふためいて隠れていただけといえばそれまでだが、己が崇高な使命を帯びていると信じるジョアンは、こんなところで犬死するわけにはいかなかった。

どれほどの間、かび臭い船倉に籠もっていただろう。騒ぎが収まった頃合いを見計らって甲板に出たジョアンは、眼前に広がる凄惨《せいさん》な光景に眩暈《めまい》を起こし、その場に尻餅をついた。

甲板には、ロドリゴ船長をはじめ、十を超える死体が転がっていた。数少ない生き残りは虫の息で、陸地も見えず、医師もいない現状では助かる見込みはなかった。

船には三十名の乗員がいたはずだが、残りは船を見捨て、なけなしの食糧までボートに積んで逃げ出したらしい。船に残ったところで、たった二十人足らずでは、このサン・フェルナンド号を動かすことはできない。

ジョアンは途方に暮れた。この大海原の真中で、たった一人取り残されたのだ。船を下りようにも、もう脱出用のボートは残っていない。

そして、主は呆然《ぼうぜん》とたたずむジョアンにさらなる試練を与えた。

とりあえず、死体を片付けねば。そう思って乗員たちの骸《むくろ》を海に投げ込んでいると、にわかに雲行きが怪しくなった。湿った風が吹き、どす黒い雲が凄《すさ》まじい速さで近づいてくる。船の扱い方などなにも知らないし、知っていたところで、たった一人では避ける術などなかった。

激しい風と大粒の雨に追われ、ジョアンは再び船倉に逃げ込む羽目になった。吹き荒れる風と高波が船を上下左右に激しく揺さぶり、船体はぎしぎしと嫌な音を立てる。

ジョアンは狭い船倉を転げ回り、床や壁、山積みの荷に体中をぶつけながら、箱舟の中で天変地異がやむのをじっと待つノアのごとき心境で神に祈りを捧げ、ひたすら耐え続けた。

一晩にわたって船を弄び、ジョアンに数えきれないほどの生傷を負わせた嵐は、夜明け頃になってようやくやんだ。祈りが通じたのか、それとも下手に船を動かそうとしなかったのが幸いしたのか、とにかく沈没だけは免れた。再び甲板に出てみると、波にさらわれたのか、死体はきれいさっぱり消えている。

だが、三本ある帆柱のうち、前檣《ぜんしょう》と主檣は中ほどからへし折られ、舵もまるで利かなくなっていた。最新の造船技術を駆使して建造されたというサン・フェルナンド号も、こうなっては形無しだ。ただの巨大な棺桶と化した船の中で、ジョアンは恐怖や孤独と戦いながら六日間を過ごした。

だが、もう限界だった。食糧は三日前に底を尽き、どこかに漂着する兆候もない。嵐の前までは黒っぽかった海の色が、今はいくらか青さを取り戻しているものの、ただそれだけだ。

もう疲れた。少しだけ眠ろう。ジョアンは再び仰向けに寝転び、目を閉じた。わずかでも体力が回復すれば、この現状を打開する妙案も浮かぶかもしれない。そう期待しながら。

目を覚ました時、陽は西に傾きはじめていた。

改めて襲ってきた空腹と同時に、違和感を覚えた。どうしたわけか、船が揺れていない。もしや、この身はすでに天に召されたのであろうか。とすると、ここが話に聞くパライソなのか。慌てて体を起こしたジョアンの全身を、歓喜が貫いた。

舳先《へさき》の向こうに、確かに陸地が見える。故郷のピレネーを思わせる、険しくも濃い緑に覆《おお》われた山並み。まだかなりの距離はあるが、必死に泳げばどうにかなるかもしれない。

その時、がつんというおかしな音が響き、かすかに船が揺れた。

なんだ、と思う間もなく、十を超える人影が船縁を乗り越え、甲板に下り立った。粗末な衣服の上に鎖帷子《くさりかたびら》や胴鎧《どうよろい》を着込み、籠手《こて》や脛当《すねあ》てなどもつけていた。いずれも、細い目に低い鼻、のっぺりとした顔立ちをしている。そしてなにより目を引くのが、前髪と頭頂部を剃《そ》り上げた珍妙な髪型だ。

ジョアンは思わず声を上げた。間違いない。ハポネスだ！　たすき掛けに背負った鞘《さや》に納まる細身の剣は、カタナと呼ばれるハポネスの使う武器に違いない。

ジョアンは両手を組み、主に感謝の祈りを捧げる。

これで助かった。話に聞くハポンは、異教徒の国とは思えないほど高度な文明を持ち、そこに住むハポネスたちもまた、温厚で善良かつ、知的な民族だという。

「おい、誰かおるで！」

こちらに気づいたハポネスたちが、わらわらと近づいてきた。周囲を取り巻き、物珍しげに眺める。

「こいつ、南蛮《なんばん》天狗やで」

「ほんまや。髪が金色や」

「こりゃええ、高く売り飛ばせるんちゃうか？」

男たちが早口でまくし立てる。あらかじめ、ある程度の日本語は学んでいたものの、なまりが強いのかジョアンにはまるで理解できない。通詞《つうじ》としてマニラで雇った日本人は、叛乱騒ぎに巻き込まれて命を落としていた。

「おい、他に誰もおれへんのか？」

「どっから来た。積み荷はなんや？」

なにか訊《たず》ねているのはわかるが、答えることはできない。やむなく、身振り手振りを交えた日本語で窮状《きゅうじょう》を訴えた。

「アー、私はジョアン。イスパニアのイダルゴ。あなた方は、とてもいい人、聞いてます。お願い、水と食べ物……」

そこまで言ったところで、不意に背中を蹴り飛ばされた。前のめりに突っ伏したジョアンの頭上から、罵声が落ちてくる。

「ごちゃごちゃやかましいんや。殺されたくなかったら、大人しゅうしとれ！」

なんだ、なにを言っているのだ？　この者たちは、世界でも有数の善良な民族ではないのか？

よろよろと体を起こしたジョアンは、さらに信じがたい光景を目にした。男たちの一人が、背中の刀を引き抜き、その鋭利な切っ先をジョアンの喉元に突きつけたのである。ぎらりと光を放つ刃が、頬《ほお》に当てられる。ひやりと冷たい感触を味わい、ジョアンの全身は硬直した。

「こんなでかい船に、たった一人しかおらんはずがない。他の奴らはどこに隠れとるんや？」

黒々とした髭《ひげ》に顔の下半分が覆われた、屈強な体つきの男だ。質問の意味がわからず黙り込んだジョアンを、苛立たしげに見下ろしている。

「さっさと答えんかい。しおれた茄子《なす》みたいな顔しよって」

なんと言われたのかはわからないが、ひどい侮辱を受けたことは理解できる。睨《にら》み返すと、刀の柄《つか》で頭を殴りつけられた。

髭の男は舌打ちすると、他の男たちに向けてなにか言った。「へえ」と答えた別の男の手が、荒縄でジョアンの体を縛り上げていく。

ここまでくれば、理解せざるを得ない。

温厚で善良かつ知的なハポネスの中にも、野蛮な海賊はいるのだ。

II

ジョアンを乗せた海賊船が向かったのは、海辺の小さな集落だった。

南側が海で、他の三方は高い崖に囲まれている。十軒ほど密集した小屋の周囲には柵や塀《へい》が巡らされているのを見ると、村というより砦のような施設らしい。ヨーロッパの堅牢な城塞《じょうさい》に較べれば実に貧相だが、船着場もあれば、丸太で組まれた見張り台まで備えている。

上陸すると砦の北側、最も奥まった場所にある、洞穴の入り口に格子《こうし》を嵌《は》めただけの牢に放り込まれた。岩肌が剝《む》き出しの牢は薄暗く、かび臭い。天井は身を屈《かが》めねばならないほど低く、奥行きもジョアンの身長分ほどしかなかった。

しばらくすると、食事が運ばれてきた。

ハポネスは米を主食にしていると聞いていたが、出された食事は、ジョアンの知らない穀物と、わずかばかりの野菜が入ったスープだけだった。木製の器に、短い木の棒が二本、添えられている。

まさか、これを使って食べろということなのか。試行錯誤の末、ジョアンは棒を二本まとめて握り、スープの具を掻《か》き込む。お世辞《せじ》にも美味《うま》いとはいえないが、極限の空腹に苛《さいな》まれていたため一滴も残さず、貪《むさぼ》るように平らげた。

食事を与えられたことから考えれば、少なくとも殺すつもりはないようだ。大方、どこかへ売り飛ばすつもりなのだろう。洋の東西を問わず、海賊のやることなどどこも同じらしい。

格子の外には、粗末な服を着た男が槍を持って立っている。用を足したいと何度も訴えたが、男は聞く耳を持たず、しまいには槍の柄で小突いてきた。

誇り高きイダルゴに対し、なんという仕打ちか！　これが、自らの信念のためなら己の腹を切り裂くという、サムライなる人々を生んだ国なのか？

やり場のない怒りに身を焦がしているうちに、ジョアンはすべてが虚《むな》しくなった。結局、人の噂など信じるものではないのだ。真に受けてはるばるハポンまでやってきた自分が愚かだったということだろう。

誇り高きイダルゴを自任するジョアン・サンチェス・デ・トリアーナが、極東の果ての島国までやってきたのには、もちろんそれ相応のわけがある。

ジョアンがこの世に生を享《う》けたのは、今から二十五年前の1549年、風薫る五月のことである。

トリアーナ家はピレネー山脈の麓《ふもと》に猫の額ほどの土地を持つだけの貧乏貴族だが、四代続くれっきとしたイダルゴの家系である。それが、トリアーナ家の男たちの誇りであった。

イダルゴとは、異教徒に征服された国土を奪回するための聖なる戦い、すなわちレコンキスタに参加して武勲《ぶくん》を立て、貴族たることを王家から認められた、栄誉ある戦士の末裔《まつえい》のことだ。イダルゴは、レコンキスタが終了するや海外に雄飛し、新大陸やフィリピン諸島までを征服する。今日のイスパニアの栄光は、全てイダルゴあってのものと言っても過言ではない。

異教徒との戦いにおける祖先の武勇譚《たん》を寝物語に聞かされながら、ジョアンは成長した。そして十二歳の時、ある書物に出会う。

著者の名は、マルコ・ポーロ。本の名を、『東方見聞録』といった。はじめて読んだ時の衝撃は、今も忘れられない。ピレネーの懐《ふところ》に抱かれた狭い領地しか知らないジョアンは、目を啓《ひら》かれる思いだった。

中東の山深い豪奢《ごうしゃ》な宮廷に暮らし、若者に不思議な薬を飲ませて暗殺者に仕立て上げる「山の老人」。世界の半ばを手中に収めたタタル人とその王、チンギス・ハン。そして、東の果てにあるという謎の黄金郷・ジパング。

ああ、世界にはこんなにも不可思議な事物が満ち溢れているのだ。この目で確かめることなく生を終えることなどできようか！

とり憑《つ》かれたように頁《ページ》をめくりながら、ジョアンは天啓のように悟った。いつか自分は船を仕立て、行く手を遮《さえぎ》る波濤をものともせず、未知なる世界へと航海に出る。そのために、自分は生まれてきたのだ。その信念は、十三歳を過ぎた頃には確固たるものになっていた。海を知らずに育ったことも、ジョアンの願望や憧憬《しょうけい》をより強固なものにした。

目標とすべき偉人はいくらでもいた。古くはマルコ・ポーロから、コロンブスにマゼラン。新大陸に乗り込み、わずかな手勢で異教徒の国を攻め滅ぼした、コルテスにピサロといったコンキスタドール（征服者）たち。ジョアンは、次第に彼らの冒険譚に自分を重ね合わせ、妄想の世界に生きる少年となっていった。

いつの日か、歴史に残る大冒険を成し遂げてみせる。そう公言するジョアンを誰もが笑ったが、信念が揺らぐことはなかった。真のイダルゴに必要なものは、家柄でも剣の腕でもない。揺るぎなき誇りと信念、そして、他人の嘲笑《ちょうしょう》を右から左へ聞き流す技術である。

三人の兄がいるジョアンが家を継ぐ見込みはなかった。もっとも、継げたとしても、いずれは冒険を求め、穏やかだがなんの刺激もない故郷を飛び出していたことだろう。

十五歳になると、冒険資金を貯めるため王都マドリードに向かった。だが、父の伝《つ》手《て》で奉公に出た大貴族の家は、十世紀にペルシャで作られたという高価な壺を割ったのが原因で追い出されてしまう。

その後は、食堂で料理を運んだり、妓館《ぎかん》で女たちのご機嫌を取りながら帳簿をつけたりして、なんとか生計を立てた。

大口を叩いて故郷を出ただけに、今さら帰ることなどできない。冒険資金どころか、食い繋《つな》ぐのに精一杯の日々。そんな暮らしに疲れ果て当初の目的も忘れかけた1570年のある日、イスパニア領フィリピン総督府が、会計官を募集しているという話を耳にする。

これだ。ジョアンはすぐさま飛びついた。海外に雄飛すると言ったところで、人脈もなければ、商いをはじめる元手もない。王国の公費でまだ見ぬ極東の地へ赴《おもむ》けるのなら、願ったりかなったりというものだ。

マゼランによって発見され、国王フェリーペ2世にちなんで名付けられた極東の島々は、王国の版図に加わって日が浅い。

原住民はほんの一握りのイスラム教徒がいるだけで、残りのほとんどがろくな宗教も持たない未開の民だという。フィリピン総督府は、彼らにキリストの教えを広める役割も帯びていた。

ここなら、冒険の種はいくらでも転がっているに違いない。久方ぶりに、精神が昂《たか》ぶるのを実感した。

学問がそれなりにできたことが幸いし、呆気《あっけ》ないほど簡単に採用が決定した。イスパニアから見れば、フィリピンなど世界の果てにも等しい。それゆえ、募集に応じた人数が少ないということもあったのだろう。

いずれにせよ、ジョアンは心を躍《おど》らせた。はじめての船旅で胃の中の物をぶちまけながらも、新しい人生のはじまりを予感していた。この苦しい航海は、後世に偉大な旅路の最初の一歩として記されることになる。そう、本気で信じていた。

今思えば、愚かとしか言いようがないと、ジョアンは思う。

もしも時を遡《さかのぼ》ることができたなら、あの時の自分にすがりつき、「馬鹿な真似はよせ」と涙ながらに引き止めるだろう。

大西洋の荒波を越えてヌエバ・イスパニア（メキシコ）に渡り、新大陸を横断してアカプルコから再び船に乗る。それから四十日を超える航海を経て、ジョアンはフィリピンの地に降り立った。

一年近い過酷な旅だったが、いつ果てるともなく続く砂漠も、アンダルシアの比ではない暑さも、あれほど夢見た冒険の途上にあると思えば苦にはならなかった。

だが、ルソン島のマニラに置かれたフィリピン総督府でジョアンを待ち受けていた日々は、まさに挫折《ざせつ》の連続だった。

着任以来、与えられる仕事といえば細かい金銭の計算と書類の整理、そして地の果てにも等しい遠国に飛ばされたことを嘆く上司や同僚の愚痴を聞くことだった。

総督府の役人や軍人たちの興味は、いかに早く本国に帰れるか、さもなくば、どれだけ自分の懐を豊かにするか、そのどちらかにしかない。事実、貿易商人からの付け届けや原住民からの搾取《さくしゅ》で、本国にいる時よりもずっと羽振りのいい暮らしをしている者も多い。帳簿上での辻褄《つじつま》合わせを命じられることもしばしばだった。

未開の民にカトリックの教えを広める大義名分にしても、実際は、奴隷以下の条件で労働させるため、原住民を口車に乗せて改宗させているだけの話だ。少しでも逆らう素振りを見せれば暴力に訴え、婦女子を慰《なぐさ》みものにしても羞《は》じるところがない。

それでもイスパニアの男か！　誇り高きイダルゴの魂はどこへ捨ててしまったのだ？　思ったが、口にはしなかった。こんな右も左もわからない未開の地で、職を失うわけにはいかない。

とはいえ、落胆は大きかった。冒険を、栄誉を求めて海の外に飛び出した勇敢なイダルゴなど、物語の中の存在でしかなかった。『東方見聞録』の真偽や、いまだ発見されない黄金郷、エル・ドラドについて語り合える相手さえ、ここにはいない。もっとも、そんな話のできる友人とは、今まで一度として出会ったことがなかったが。

それから三年間、いつか訪れるに違いない冒険の機会を待ちわびながら、ジョアンは日々書類の山と格闘を続けた。

そして今からちょうど半年前、あの事件が起こる。

誇りも職も、イスパニアへの忠誠さえ失い酒に溺れる日々を送っていたジョアンは、昼間から入り浸っていた場末の酒場で、貿易商人たちの世間話を聞くともなく聞いていた。

話の種は、ハポンに住む、〝サムライ〟と呼ばれる人々についてだった。

彼らが言うには、百年以上も内乱が続くハポンの戦士たちは、ヨーロッパの騎士などとは比較にならないほど誇り高い。戦に敗れたり、主君から嫌疑を受けたりした時、彼らは自らの汚名を雪《そそ》ぐため己の腹に短剣を突き入れ、さらに横へと切り裂くのだという。

愚かな連中だな、そんな真似をしてなんになる。自ら命を絶つなど、やはり異教徒の蛮族だ。商人たちはそう言って笑ったが、ジョアンは雷に打たれたような衝撃を受けていた。
なんという、勇敢な男たちだ。己の潔白を示すため、文字通り腹の中をさらけ出してみせる。単純で、滑稽《こっけい》とすら思えるが、いったい誰が彼らを嗤《わら》うことができよう。

ジョアンが思い描いた理想のイダルゴ像を体現しているのは、イスパニア人ではない。極東の小さな島国に住むサムライなる人々だったのだ。

はじめて『東方見聞録』を読んだ時のように、ジョアンの全身に稲妻《いなずま》が走った。

そうだ、ハポンに行こう。もう、イスパニアという国がどうなろうと知ったことではない。だが、幼い頃から憧れ続けたイダルゴが滅びゆくのは見るに忍びなかった。

ハポンに渡り、サムライたちと寝食をともにしよう。サムライの考え方や生き様を、我が身をもって体得し、そこで学んだものを本国に帰り冒険記としてまとめる。これを読んだイスパニアのイダルゴたちは己を恥じ、いつの日か本来のイダルゴとして目覚めることだろう。これこそが、主が私に与えたもうた使命に違いない。

決意するや、ジョアンはなけなしの貯えをはたいて通詞を雇い、ハポン行きの船を探し回った。見つけたのは強欲で水夫たちの評判も悪い貿易商人の船だったが、構いはしなかった。ハポンのしかるべき港まで運んでくれればそれでいい。

かくしてジョアンが乗り込んだサン・フェルナンド号は、南西の風を捉え、一路日本を目指した。1574年、春のことである。

行先は、キュウシュウという島の、フナイなる港町だった。

この地を治めるソウリン・オオトモという領主はキリストの教えに理解が深く、フナイには多くの貿易商人や宣教師が訪れ、町には教会だけでなく、ヨーロッパの最新の医療を導入した診療所まで建てられている。しかも、領内に住む者であれば身分にかかわらず、誰でも無料で診察を受けられるという。

東の果ての未開の地にも、これほど立派な人物がいるのだ。やはり、サムライはノブレスオブリージュ――高貴な者が果たすべき義務――を実践する、崇高な人々に違いない。噂を聞くほどに、まだ見ぬハポンへの憧れは募っていった。

だが、一月《ひとつき》に及ぶ航海を経て辿《たど》り着いたのは、しかるべき港どころか、どことも知れない海賊の棲み家だ。

思い込むと後先も考えず行動に移す。それが自分の短所と重々承知しているつもりだったが、まさかこんなことになるとは思いもしなかった。

どこでどう間違ったのだろう。これまで何度となく湧き上がった疑問に答える努力を、ジョアンはあっさりと放棄する。

間違いの原因を辿っていった挙句《あげく》、この世に生れ落ちた瞬間から間違っていたのだという結論にもなりかねない。

そんなろくでもない答えなら、知らないほうがましだ。ジョアンは回想を打ち切り、横になった。今は、疲れきった体を少しでも休めよう。

Ⅲ

目覚めると、格子の外では篝火《かがりび》が焚《た》かれていた。剝き出しの岩肌に、見張りの影が長く伸びている。まだ夜中のようだ。ぱちぱちという炎の爆《は》ぜる音と、遠い波音だけが聞こえていた。

ここへ運ばれる途中に気づいたことだが、サン・フェルナンド号はこの砦からほど近い沖合で、暗礁《あんしょう》に乗り上げていた。命こそ助かったものの、海賊の棲み家の目の前で座礁するというのが幸運なのかどうか、ジョアンには判断がつかない。

そもそも、命が助かったのかどうかも、まだはっきりしたわけではないのだ。いつ連中の気が変わるか知れない。この国には、名誉を重んじる一方で、武勲の証として倒した相手の首を切り取るという、野蛮な風習もあるらしい。鋭利な刀で首を刎《は》ねられるところを想像して怖気《おぞけ》をふるった途端、鳴りをひそめていた尿意が勢いよく蘇《よみがえ》ってきた。

便所は日本語でなんといっただろう。思い出せないが、もう我慢できない。

「Oye……Oye!（おい……おい！）」

切羽《せっぱ》詰まった声に、見張りが振り向く。ジョアンは激烈な尿意に耐えながら、必死に訊ねた。

「Servicio, Donde esta el servicio!（便所、便所はどこだ！）」

「ああん？　なに言ってるかわからへんわ」

必死に訴えたが、見張りは迷惑そうに眉間に皺《しわ》を寄せ、首を振る。その息から、かすかにアルコールの臭いがした。仕事中にもかかわらず、こっそり呑んでいるらしい。

なんという愚鈍な男だ！　内股で股間を押さえたこの姿を見れば、察してもよさそうなものだ。もしかして、こちらの要求をわかっていて、知らぬふりを決め込んでいるのか？

ジョアンは憤慨した。捕虜《ほりょ》の身とはいえ、用を足す権利くらいはあるはずだ。主よ、敵を愛することを知らぬこの男に、どうか天罰を与えたまえ！

やむなく腰を下ろすと、どこかから喧騒《けんそう》が聞こえてきた。砦の中心部あたりからだ。酔っ払って喧嘩《けんか》でもしているのか。

と、その時だった。牢屋の外に、人影がひとつ現れた。

「なんや、お嬢ちゃん」

立ち上がった見張りが言った直後、影が跳躍した。手にした棒のようなものを、見張りの側頭部に叩きつける。

「ぎゃっ！」と叫んだ見張りは、そのまま膝から崩れ落ちた。なにが起きたのかも理解してはいないだろう。

だが、理解できていないのはこちらも同じだ。

篝火の灯《あか》りの中に、ひとりの女が立っていた。いや、まだ少女といった方がいい年頃に見える。

長い黒髪を後ろで束ね、袖なしの上衣に膝の出た半ズボンのようなものを着ている。その手には、やや短い刀が鞘に納まったまま握られていた。

よくよく見れば、美しい少女だった。背丈はジョアンよりも頭ひとつ分ほど低いが、よく整った顔立ちはこの国の人間としては彫りが深く、どことなく南国の雰囲気を漂わせている。

少女は刀を腰の帯にぶちこむや、屈み込んで見張りの懐をまさぐりはじめた。取り出したのは、牢の鍵だった。がちゃりと音を立てて錠前が外れ、格子が開かれる。

「ほら、さっさと出てきいや」

少女はなにか言いながら、腕をぶんぶんと振る。牢から出るよう促しているらしい。

助かったのだ！　わけがわからないが、とにかく、殺されたり売り飛ばされたりせずにすんだ。この少女は、主が私を救うために遣わされた天使に違いない。ジョアンは歓喜のあまり尿意も忘れ、体を屈めて牢を出た。ハポンの言葉で礼を述べる。

「あー……かたじけない」

「へえ、少しは喋《しゃべ》れるんやな」

なにを言われたかわからず肩を竦《すく》めたジョアンを、少女は興味深そうに、切れ長の目でまじまじと見つめる。

そうか。私の容貌に見惚《みと》れているのだ。

流れるような金髪に澄《す》んだ湖を思わせる青い瞳、東洋人とは比べ物にならないほど高い鼻。少々長い顎を指差して笑う連中もいるにはいたが、ジョアンは全て聞き流してきた。男の嫉妬ほど、哀れなものはない。

「ふうん」

少女は口元に笑みを浮かべながら、いたずらっぽい口調で言った。

「なんや、しおれた茄子みたいな顔やな」

あなたのような美しい殿方には、出会ったことがない。たぶん、そうした感想を述べているのだろう。さもありなんと、ジョアンは納得し、かつてマドリードで数え切れないほどの婦人を虜《とりこ》にしたと彼が信じる、とっておきの微笑で応えた。

「なに笑っとんねん、気色悪い。まあええわ。ついてきて」

少女は照れたように、くるりと背を向けて歩き出す。

その後についていくと、ほどなく、ばたばたと足音が近づいてきた。

「姫さま！」

喚《わめ》きながら、手に手に武器を携えた甲冑《かっちゅう》姿の男たちが十数人、こちらに向かってくる。海賊どもに見つかったのかとジョアンは身を硬くしたが、少女は一向に動じる気配がない。

「姫。砦の制圧は終了いたしました」

言ったのは、引き締まった体軀《たいく》の男だった。東洋人にしてはなかなかの美男だが、顔には刃物でつけられたと思しき傷跡がいくつか残り、左目を黒い眼帯で覆っている。

「ご苦労さん。ほな、お宝は運び出して、砦は燃やしちゃって」

「承知」

眼帯の男は数人を連れて、砦へと引き返していく。

ジョアンはますます混乱した。この少女が、屈強な男たちを顎で使っている。

「アントニオ！」

少女が叫ぶと、痩せた小柄な男がひとり、こちらに歩み出てきた。その風貌《ふうぼう》が、ジヨアンをさらに驚愕《きょうがく》させる。

「ハイ、姫さま」

この国の装束をまとい、腰に刀を差してはいるが、男はどこからどう見ても黒人だった。少女がなにか命じると、黒人の男は陽気な笑みを浮かべながらこちらに近づいてきた。

「あー、沖で座礁している船は、アナタのものですか？」

アントニオと呼ばれた男が口にしたのは、カスティーリャ語だった。たどたどしく、訛《なま》りも強くて聞き取りづらいが、なんとか意味は取れる。困惑しながらも、ジョアンは答えた。

「ああ、いや、私は便乗していただけで、乗員は私以外全員、たぶんもうこの世にはいない」

「そうですか。それはおきのどくに」

大げさな身振りを交えて言ったアントニオに、少女はなにごとか耳打ちする。

「えー、ワタシたちは、アナタがた西洋人にたいへんな敬意を抱いている。ついては、アナタの乗ってきた船とものども、ぜひとも我々の城においでいただき、手厚くもてなしたい。姫さまは、そう仰っておられます」

「城？　姫？」

聞けば、少女は紀伊《きい》というこの地方の領主の娘で、近海を荒らし回る海賊を討伐しに来たのだという。

「ということはつまり、君たちはサムライなのか？」

「そうです、セニョール」

なんという幸運！　やはり、主は私を見捨ててはいなかったのだ。ジョアンは彼らの申し出を一も二もなく了承した。

「では、アナタの乗ってきた船を案内していただけますか？」

「承知した」

アントニオから会話の中身を伝えられると、少女はにやりと笑った。

IV

彼女たちが乗ってきたのは、『ツルマル』という変わった名の船だった。

帆柱はたったの一本で、サン・フェルナンド号よりもいくらか小さいが、船尾楼まで備えている。甲板の四方を楯板《たていた》で覆っているので、戦闘用の船なのだろう。船尾には、三本足の鴉《からす》らしき鳥が描かれた旗を掲げていた。

東の空が白みはじめる中、一行はツルマルに乗り込み、海賊の棲み家を後にした。

降伏した海賊たちは身ぐるみはがれて追い散らされ、砦には火がかけられた。倉に貯えてあった財宝はツルマルに運び込まれている。

船は、1ミリャ（＝1・5キロメートル）ほどの沖合いで、舳先を北に向けて座礁していた。暗礁に乗り上げたにしては、損傷は少ない。船底のキールも無事のようだ。さすがは太平洋の荒波にも耐えられるよう設計された船である。少女たちの城は、ここから3レグア（1レグア＝6キロメートル）と離れていないというので、ツルマルで曳航《えいこう》すればなんとか辿り着けるだろう。

ジョアンは、我が身の幸運を噛み締めていた。船主である船長も、他の乗員ももういない。それはつまり、自分が船と積み荷を我が物としても、誰も文句を言う者がいないということを意味する。積み荷を売り捌《さば》いた金で修繕した船を、この国の商人か富裕な領主に売り飛ばす。それを滞在費に充《あ》てようと、ジョアンはひそかに目論《もくろ》んでいた。

「ええ船や」

ジョアンとアントニオを従えてサン・フェルナンド号に乗り移るや、少女は目を輝かせた。

幅8メートル、長さ32メートルの細長い船体。一段高い後部甲板には船尾楼を備えた、カラベルと呼ばれる型の船である。

本来ならば、前檣と主檣に角形の横帆《おうはん》二枚、後檣にはラテーン・セールと呼ばれる三角形の縦帆《じゅうはん》、船首から突き出した斜檣にも小さな角帆を備えている。すべての帆を張り、風に乗って波を掻き分ける姿は美しく、かつ勇壮であった。

船長が吝嗇家だったために、大砲は旧式のものが左右両舷の甲板に五門ずつと、いささか少ない。それでも、アジアの海賊を相手にするには十分だ。フィリピンを出航した直後に海賊に襲われたことがあったが、遠距離から大砲を打ち込んだだけで連中は一目散に逃げていった。

そうしたことを得意げに語るジョアンに、少女は時折質問をぶつけてきた。帆の材質や積載可能な荷の量、砲の射程など、どれも専門的な質問である。便乗していただけのジョアンだが、答えられる限りのことに答えた。

少女は独り言を言いながら、なにかを確かめるように甲板を歩き回っている。

「あの若さでこれほどお詳しいとは、よほど船がお好きなのだろうな」

言うと、アントニオは怪訝《けげん》な顔で首を傾げた。

「若いと言っても、姫さまは数え年で、もう十九歳におなりですよ」

驚いて少女の顔を眺めたが、そんな歳には見えなかった。せいぜい十三、四歳だと思っていたのだ。この国の人間は男女を問わず、総じて若く見えるようだ。

積み荷が見たいというので、少女を船倉に案内した。運び出す人手が足りなかったのか、荷は大半が残されたままだ。

明国《みん》商人から仕入れた生糸《きいと》や陶磁器も積んでいるが、主な荷は武器だった。イスパニア本国から持ち込んだ最新式の火縄銃と大砲。そして、カンボジア産の硝石《しょうせき》。戦争が絶えず、加えて火薬の原料となる硝石が採れないハポンで売り捌くため、船長が買い集めた品々だった。他にも、香料やガラス製品など、ハポンでの売値は優に五十万ペソを超えるらしい。

アントニオの通訳を聞き、少女はにんまりと頬を緩めた。

「とんでもない拾い物や。大儲けやで」

ぶつぶつと独り言を繰り返す少女を見て、ジョアンは嫌な予感がした。なんとなれば、少女の横顔が、あの強欲な船長にそっくりだったからである。

ふと視線を落とし、ジョアンはあっと声を上げた。

壁と木箱の隙間に、一振りの剣が落ちていた。鞘にも柄にも飾り金具を施したレイピア剣だ。

故郷を出る際、父からもらったものだった。祖父や曾祖父が、レコンキスタの戦場で幾人もの異教徒を突き伏せたという、我が家に伝わる名剣である。肌身離さず帯びていた愛剣だが、嵐に巻き込まれた時のどさくさで腰から離れ、そのままになっていたのだ。いとおしむように拾い上げ、腰帯に吊るす。

船の中を案内し終えてツルマルに戻ると、甲板上を乗員たちが忙しなく行き交っていた。なにやら、ただならぬ雰囲気である。

先ほどの眼帯の男がなにごとかを報告すると、少女はすぐさま出航を命じた。打ち鳴らされる太鼓の音に合わせ、水夫たちがオールを動かしはじめる。

「出るで、喜兵衛《きへえ》。まずは、南蛮船から離れる。卯《う》の舵(面舵《おもかじ》)、いっぱい！」

「卯の舵、よーそろ！」

少女が細身の体に似合わぬ大声で命じると、髭面の中年男が復唱した。

アントニオが近くにきて、カスティーリャ語で耳打ちする。

「どうやら、出払っていた海賊の主力が戻ってきたようです」

「なんだと？」

「留守を見計らってお宝を奪いにきたのですが、思ったよりも早く帰ってきてしまいました」

「お宝を奪いにって……」

それではまるで、海賊ではないか！　叫ぼうとした時、大きく船が揺れ、ジョアンはよろめいた。

船縁に手をつき、目を凝らす。東の海上、昇りはじめた朝日の中に、二艘の船が見える。一艘は小型で船足も速く、もう一艘はツルマルよりもやや大きい。東風を帆いっぱいに受けた二艘は、こちらへ真っ直ぐ向かってくる。

その敵に対し、ツルマルは船首を向けていた。

「おい、戦うつもりか。敵は二艘だぞ！」

胸倉をつかんで喚くと、アントニオは涼しげな顔で答えた。

「姫さまは、儲け話を邪魔されるのが大嫌いな人ですから」

「儲け話？」

なんの話だ。やはりアントニオとでは、意思の疎通がうまくできない。そうこうしている間にも、少女はてきぱきと指示を出していく。

「兵庫《ひょうご》、鉄砲衆を左舷へ。射程に入り次第、撃ち方はじめや！」

「承知」

甲板に立つ眼帯の男が、低く答えた。

兵庫の指示で、五人ずつが三列になって左舷に並ぶ。一列目と二列目は普通の火縄銃だが、三列目の五挺は肩で担ぐタイプの大型の鉄砲だ。一列目が、楯板に開けられた銃眼から筒先を突き出す。

先行する小型船が目と鼻の先にまで近づいた時、少女が叫んだ。

「左舷、漕ぎ方やめ、酉《とり》の舵（取舵《とりかじ》）いっぱい！」

ツルマルは急速に左へ船首を向けた。こちらから見て左側の小型船に、真っ直ぐ向かう格好だ。

このまま直進すれば、まず間違いなく衝突する。なにを考えているのだと少女に目をやるが、その顔には不敵な笑みが張りついたままだ。

衝突を恐れた小型船が、こちらから見て左へと慌てて舳先を向ける。その途端、少女が再び指示を出した。今度は右へと急転進する。気づくと、敵の船尾がこちらから丸見えになっていた。

これが狙いだったのか。人を食ったような少女の戦術に、ジョアンは慄然《りつぜん》とした。

「よっしゃ、祭りのはじまりや！」

嬉々《きき》とした表情で少女が叫ぶや、どん、と太鼓が打ち鳴らされた。同時に、銃声が響き渡る。敵船の甲板で、ばたばたと人が倒れていくのが見えた。

信じられない光景だった。揺れる船上で狙い通り銃弾を命中させるなど、並大抵の兵士には到底不可能な芸当だ。

だが、驚いたのはそれだけではない。兵士たちは三人一組になり、一人は射撃を、一人は銃口の掃除、残る一人が弾込めと、それぞれ作業を分担している。

ヨーロッパでも聞いたことのない戦い方だった。これなら、途切れることなく銃撃が続けられる。だが、良くも悪くも自尊心に溢れるイダルゴには、とても真似できない。

　さらに、一抱えはありそうな大型の鉄砲が五挺ほど、敵船の舵付近に集中して放たれた。操舵手が吹き飛ばされ、木片が飛び散る。絶え間ない銃撃に晒《さら》されているため、敵の反撃は散発的だった。

　続けて、船腹の喫水線《きっすいせん》近くを狙って二度目の斉射が行われた。船体に穴を開けられた小型船はゆっくりと傾きながら、流されるまま遠ざかっていく。水夫たちが必死に水を掻き出しているが、沈むのは時間の問題だろう。

「あいつはもうええ」

　言い捨て、少女は回頭《かいとう》を命じる。

　残った大型船が、こちらに舳先を向けていた。ツルマルが右へ舵を切ると、向こうも同じ方向に転進する。並走する形で、次第に距離が縮まってきた。

「来るぞ。備えよ！」

　鉄砲隊を指揮していた兵庫が叫んだ直後、敵船が矢を放ってきた。中空から、矢が雨のように降り注ぐが、舷側に並べられた楯代わりの板に身を隠した兵士たちを傷つけることはない。ジョアンも、帆柱に隠れてなんとかやりすごした。

　彼我《ひが》の舷側がこすれ合うほど接近した。敵兵はこちら側の舷側に並び、武器を手に身構えている。隊長らしき髭面の大男が、刀の切っ先をこちらへ向けて何か喚いている。船が並んだところで、乗り移ってくるつもりなのだ。

「あれが武者頭《がしら》やな。蛍《ほたる》!」

一人が鉄砲を抱え、少女に近づく。鎧らしきものは身に着けず、腰に刀も差していない。

よく見ると、女だった。小柄で、少女よりもさらに二つか三つ若く見える。肩までの髪を束ねもせず、ぼんやりとした眠たげな目を敵船に向けていた。

「ええか、蛍。あの髭面や。狙えるか?」

「簡単」

蛍と呼ばれた娘は頷き、指を舐《な》めて風向きを確かめると、ごく自然に構えを取った。

一瞬、時が止まったような気がした。髪を靡《なび》かせながら両足を前後に開き、揺れる甲板で微動だにしないその立ち姿は、まるで一枚の絵を思わせる。

次の瞬間、ほとんど狙いをつける素振りもなく、蛍は引金を引いた。

銃声が響いた。髭面は血を噴き出し、仰《の》け反《ぞ》りながら倒れていく。信じ難いほどの狙撃の技量だった。

「相変わらず、ええ腕や」

「仕事は終わり?」

「そうや。ご苦労さん」

「じゃあ、寝る」

言うと、蛍は鉄砲を携えたまま船尾楼へ消えていった。

「ほな、兵庫。次はあんたや。いったれ！」

少女の声に応え、兵庫が抜き放った刀を敵船に向け振り下ろした。十五挺の鉄砲が一斉に火を噴き、斬り込み隊長を失って動揺する敵兵を薙《な》ぎ倒していく。

敵船と接舷した。舷側の楯板が敵船に向かって押し倒され、ちょうど渡し板のような格好になる。兵士たちはすでに、鉄砲を置いて刀や槍を手にしていた。

「続け！」

兵庫が号令すると、兵士たちはパンプローナの牛追い祭りさながらに勢いよく駆け出し、奇声を上げながら敵船に乗り移っていく。

中でも目を引くのが、兵庫の戦いぶりだった。右手に長い刀、左手にはいくらか短い刀を持ち、縦横無尽に敵兵を斬り伏せていく。その動きはまるでダンスのようだが、違うのは、すれ違った相手が次々と血を噴いて倒れることだ。

どこをどう斬っているのかわからないが、とてつもない遣い手であることは間違いない。

兵庫が一人で十人近くを斬り倒すと、敵は我先に船を捨て、海に飛び込んだ。残った敵も、武器を捨てて降伏している。

すぐ近くに立つ少女は、大勝利にも眉ひとつ動かさない。勝つのが当然とでもいうように、腕を組んでじっと敵船に目を注いでいる。

やがて、兵士たちは捕虜を連れて戻ってきた。少女の正面に座らされた、甲冑に身を包んだ五十絡みの男が、海賊の大将らしい。

少女はつまらなそうに男を一瞥《いちべつ》すると、兵庫に訊ねた。

「収穫は？」

「米が三十俵に、永楽銭が三十貫文。鉄砲は六挺ありましたが、すべて旧式の物です」

兵庫が言うと、少女はあからさまに舌打ちする。ジョアンは顔をしかめた。もしかすると、ハポンの女が慎み深く大人しいという話は、大きな間違いではないのか。

「おい小娘。噂に聞く〝雑賀《さいか》のいくさ姫〟というのは、おぬしのことか？」

縛り上げられた男が、不敵な笑みを浮かべながら言った。

「女だてらにずいぶんと暴れ回っておるそうだが、あまり調子に乗らんほうがいい。わしの手下どもが黙ってはおらんぞ」

アントニオの説明によると、男は半年ほど前、四国という大きな島からこの紀伊にやってきて、周辺を荒らし回るようになったという。

「ふうん、手下ねえ」

興味なさげに言った少女を、男が睨みつける。

「さっさとこの縄を解《ほど》け。そうすれば、なにもなかったことにしてやる。わしの身になにかあれば、四国の手下どもが草の根分けてもおぬしを探し出し、八つ裂きにしてくれようぞ」

少女は無言のまま男に歩み寄るや、その顔をいきなり蹴り上げた。

鼻や口から血をまき散らし、男が仰向けに倒れる。さらに、呻《うめ》き声を上げる男の髪を摑《つか》んで引きずり起こす。そのまま船縁まで歩かせると、少女は腰の刀を一閃《いっせん》させる。斬ったのは縄だった。

「お望み通り、縄は解いたったで」

「お、おい、待て。ちゃんと船まで送り届けて……」

「生きて帰れたら、その手下とやらに伝えとき。このあたりの海は、うちら雑賀衆の縄張りや。今度あんたらを見かけたら、船とお宝を失うだけやすまんで」

囁《ささや》くように言うと、少女は男の背中を思いきり蹴り飛ばした。

「鮫《さめ》に気ぃつけぇや！」

男の体が船縁の向こうに消え、すぐに大きな水音が響いた。兵士たちも少女に倣《なら》い、捕虜を担ぎ上げては海に放り投げていく。少女は次々と上がる水柱を見下ろし、笑い声を上げた。

「お宝をいただいて戦にも勝って、南蛮船まで手に入ったわ。今日は大儲けやな！」

少女の言葉は理解できなかったが、ここにいたり、ジョアンは確信する。

この少女は断じて、天使などではない。捕虜に対する礼節も知らない野蛮で強欲な、少女の皮をかぶった悪魔の化身だ。

V

無人となった大型船から、盛大な炎と煙が上がっている。

積み荷を運び出すや、少女は用済みと言わんばかりに船を燃やすよう命じた。海に放り出された海賊たちはそれぞれ板切れに摑まり、燃え盛る自分たちの船を呆然と見上げている。

「ほな、南蛮船に戻るで」

船倉に満載した積み荷のせいで、船足は腹を満たした獣《けもの》のように遅くなっている。それでも、ツルマルの起こした波は海賊たちの体を木の葉のように弄んでいた。

「セニョリータ、ちょっとよろしいか」

ジョアンはなけなしの勇気を振り絞り、少女に呼びかけた。

「捕虜をあのように扱うのが、この国のやり方か。サムライとは、敗者にも礼をもって接するものだと私は聞いている。だが、あなたの行いには礼節など欠片《かけら》も見えない。これではただの海賊ではないか！」

早口でまくし立てるジョアンの言葉を、アントニオがたどたどしく通訳していく。

「そもそも、女の身でありながら戦の場に出るなど、私の国イスパニアでは信じられぬ行いだ。愛する男のために子を産み育て、家を守る。それが、女の幸せというものではないか。あなたは早々に剣を捨て、こんな稼業からは足を洗うべきだ」

言いたいことを全て吐き出したジョアンは、大きく息を吐《つ》いた。少女は道端の馬糞でも見るような冷ややかな目をジョアンに向け、無言で通訳に耳を傾けている。近くにいる喜兵衛、太鼓の打ち手や操舵手も、興味深そうにこちらを見ていた。

聞き終えた少女が一歩前に進み出て、にっこりと微笑《ほほえ》んだ。

わかってくれたかと、ジョアンは安堵の吐息を漏らす。そうだ。この可憐《かれん》な少女の手に握られるべきは、刀などではない。足が露わになったふしだらな服など捨てて、美しいドレスに身を包むべきなのだ。

「グラシアス……」

握手を求めるジョアンの手首を、少女が摑んだ。次の瞬間、突然凄まじい力で引っ張られ、視界がぐるりと一回転した。

「フギャッ……！」

豪快に投げ飛ばされたジョアンは背中から船縁に叩きつけられ、思わず情けない悲鳴を上げた。逆さまになった視界の中、少女は悪魔のような笑顔で見下ろしながら、吐き捨てるように言う。

「イスパニア人というのは、主人に対する口の利き方も知らないのか？　と姫さまは仰っていますよ」

「おい、ちょっと待て。主人だと？　なんの話だ！」

「この国では、漂着した船はその土地の者の所有物となるのデス。つまり、船の積荷も、乗っていたアナタも、姫さまの所有物となりました」

そんなふざけた法があってたまるものか！　だいたい、土地の者と言うのなら、あの海賊たちではないのか。突然現れて主人面されて、はいそうですかと従えるか。

訴えたかったが、この無法者たちに通じるとは思えなかった。こうなったら、実力行使しかない。

「アントニオ、通訳してくれ」

立ち上がり、敢然《かんぜん》と少女を見据える。

「セニョリータ、私はあなたに決闘を申し込む。私が勝ったら、この身を解き放っていただきたい。負ければ、あなたの家来となることを受け入れよう」

決闘がはじめてなら、剣を人に向けたこともない。それでも私は戦わねばならない。自由とは、己の力でつかみ取るものだ。

これでも、故郷にいた頃は一日も欠かさず剣の修行に励んでいた。いくら操船や戦闘の指揮が達者でも、女の細腕に負けるはずなどない。

通訳を聞くと、少女は気の利いた冗談でも耳にしたようにけらけらと笑った。

「阿呆《あほ》か。受け入れようと拒もうと、あんたはもう、うちの下僕や。なんで、そんな一文の得にもならん勝負せなあかんの？」

なんという強欲な女だ。ならばと、ジョアンは腰の剣を指した。

「では、あなたが勝ったら、この剣を差し上げよう。イスパニアの名工が鍛えに鍛えた逸品であり、イダルゴの誇りそのものと言ってもいい」

品定めするように、少女はジョアンの剣に目を凝らす。いかなる貧苦に喘《あえ》いでいても、この剣だけは手放さなかった。どれほどの値になるのかは、想像したこともない。

「ま、大した物やなさそうやけど、ええやろ。暇やし、受けて立ったるわ」

イダルゴの魂を愚弄したに等しい言い草だった。だが、ジョアンは鉄の精神で頭に昇りかけた血を抑えた。ここは、相手が得意とする船の上だ。冷静さを欠いていては、足を掬《すく》われかねない。

いくらか広い甲板に下りて、手の空いた水夫たちの好奇の視線を浴びながら、少女と向き合った。

「では、参る」

ジョアンは颯爽《さっそう》と剣を抜き、構えを取った。右手で柄を握り、剣先を相手に向け、左半身を後ろへ引く。ヨーロッパ流の構えを知らないのか、水夫たちから失笑が漏れた。

「おい、ひどいへっぴり腰やで」

「兄ちゃん、そんな細っこい剣で戦うつもりか？」

意味は理解できずとも、言っていることはなんとなくわかった。

笑わば笑え。電光石火の突きで、一瞬にして勝負を決めてやる。少女の刀は、他の物よりもずいぶんと短い。こちらが圧倒的に有利だ。

少女は腰を落とし、柄に手をかけたまま動かない。なんのつもりか知らないが、よほど自信があるのだろう、口元には小馬鹿にしたような笑みを浮かべている。

構うものか。勝負はもうはじまっているのだ。抜く気がないなら、こちらからいかせてもらう。

「イヤァッ！」

掛け声とともに踏み出した。同時に、曲げていた右肘を伸ばす。いくらなんでも、命まで奪うつもりはない。閃光のごとく放たれた突きは少女の目の前で止まり、そこで勝負は決する……はずだった。

きん、と甲高い音が響いたと同時に、剣の切っ先が消えた。

いや、消えたのではない。中ほどから叩き折られていた。

なにが起きたのか理解できない。ただ、右手がびりびりと痺れていた。少女の手にはいつの間にか、抜き放たれた刀が握られている。

「抜き打ちも知らんらしいな」

少女が言った瞬間だった。目の前を、鈍い光を放つものがくるくると回転しながら落下していった。ぷすり。嫌な音が耳に響いた途端、激痛が足元から脳天まで駆け上る。

「ノオォォォッ……！」

ジョアンはまたしても悲鳴を上げた。折られた刀身があろうことか、足の甲へ落ちてきたのだ。

切っ先は厚い革の靴を貫いて、右足へ突き刺さっていた。さすがはトリアーナ家に伝わる名剣と、感心している場合ではない。長旅で元から汚れきっていた靴が、さらに赤黒く汚れていく。

「大丈夫かい、アミーゴ」

思わず蹲《うずくま》ったジョアンに、アントニオが歩み寄る。

「誰がアミーゴだ！　医者を、今すぐ医者を呼んでくれ……！」

泣き叫ぶジョアンに、刀を納めた少女が見下ろす。

「あんた、どんだけ運がないんや。ちょっと同情するわ」

その顔は、笑いを堪《こら》えているようにしか見えない。少女はアントニオに向け、なにか言った。

「今後二度と逆らったり、不平を言ったりしません。あなたの命令に全て従います。そう誓えば、すぐに手当てしてやる。そう仰っています」

おのれ、悪魔の化身め。誰がそんな誓いなど立てるか。心の中で毒づきながらも、ジョアンの口は勝手に動いていた。

「誓う。誓います、セニョリータ。だから、早く医者を……！」

アントニオが訳すと、少女は満足げに笑みを浮かべた。

「この程度の傷で、医者なんかいらんわ。兵庫！」

「はっ」

低い声で答えると、兵庫はジョアンの傍《かたわ》らにしゃがみ込んだ。無表情のままおもむろに刀身をつまむと、なんの躊躇《ちゅうちょ》もなく引き抜く。

「……！」

兵庫は声にならない叫びを上げるジョアンの靴を脱がせ、手際よく晒しを巻きつけていった。

なんということだ。こんな悪魔の眷属《けんぞく》どもに借りを作ってしまった。ジョアンは己の運命を呪い、この者たちに一刻も早く天罰が下るよう、心の中で主に祈った。

「さっきの言葉、死ぬまで忘れたらあかんで。だいたい、誰のおかげで牢から出られたと思うとんのや」

不覚にも、ジョアンはすっかり忘れていた。彼女に助け出されなければ、自分はどことも知らないところに売り飛ばされるか、下手をすれば殺されていたのだ。

「ウウ……」

ジョアンは呻いた。イダルゴたる者、受けた恩には報いねばならない。だが、相手は強欲な海賊の頭領だ。

板挟みとなって懊悩《おうのう》するジョアンに、少女はさらに言葉を投げつける。

「それから、あたしの名は鶴《つる》や。セニョリータやない」

「ツ、ル……？」

「うちらは、紀伊雑賀水軍。海のサムライや」

誇らしげに胸を張る少女の黒髪が、強さを増した東風を受けて靡いている。船腹に打ち寄せた高波が飛沫《しぶき》となって降り注ぐが、まるで動じない。自信に満ちたその目に見据えられ、ジョアンはついに観念した。

しばらくは大人しく、この少女に従うこととしよう。受けた恩を返せたと思った時に、彼女のもとを去ればいい。許されないなら、どうにかして逃げ出すまでだ。

そうこうしている間にも、『鶴丸《つるまる》』は再びサン・フェルナンド号に向かって進んでいく。

「あの船があったら……」

船縁に手をつき、鶴がぽつりと呟《つぶや》く。

それからおもむろに懐へ手を入れ、なにやら首飾りのような物を取り出す。それは、銀色に輝く小さなロザリオだった。

「まさか、あの少女はキリスト教徒なのか？」

驚愕しつつ訊ねると、アントニオは「いいや」と首を振る。

「姫さまはたぶん、神も仏も信じてはいないよ、アミーゴ」

おのれ、信徒でもないくせに、ロザリオを身につけるとは。

だが、ジョアンの怒りに満ちた視線に気づくことなく、鶴は慈しむようにロザリオを撫でていた。

先刻までの悪魔のような目つきはすっかり影を潜め、鶴はなにかを愛おしむような表情で、朝日を照り返してきらきらと輝く水面を見つめている。その様は、さんざんな目に遭わされたジョアンの目にも、どこにでもいるような一人の少女にしか映らない。

この少女は、いったいなんなのだ。やはり世界には、不可思議なことが満ち溢れている。

改めて思いながら、ジョアンは怒りを忘れ、新しく主人となった少女の横顔をぼんやりと眺めた。

第II章　戦姫丸出航

I

朝の光の下、人夫たちの掛け声と槌音《つちおと》が絶え間なく続いていた。潮風に混じって、真新しい木材の香りが漂ってくる。

紀伊雑賀城にほど近い和歌浦《わかのうら》の造船所に足を踏み入れ、鶴は満足げに頷《うなず》いた。

城下から集めた人夫が掛け声に合わせて丸太を運び、船大工が分厚い樫《かし》の板に鉋《かんな》をかけていく。その傍らでは、女衆《おんなし》が巨大な木綿帆を縫っていた。

「調子はどうや？」

材木運びを指図する彦佐《ひこざ》に訊ねると、「これは、姫さま」と、勢いのいい声が返ってきた。

「みんな、よう働いてくれてますわ。こんなどえらい船を直すんははじめてやって、張りきってます。この調子なら、数日中には仕上がるかと」

まだ二十歳という若さで水夫頭を務める彦佐とは、昔から毎日のように、近くの野山を駆け回って遊んだものだった。彦佐は近所の童《わらべ》たちを束ねる餓鬼《がき》大将で、取っ組み合いの喧嘩を経て、鶴の家来になることを誓わせた。

南蛮船の漂着から一月《ひとつき》が過ぎ、五月に入っていた。

この一月、毎日造船所に顔を出すのが日課になっている。鶴は職人たちに声をかけながら歩を進め、砂でできた台の上に横たわる大船を見上げた。

サン・フェルナンド号は五年前、ルソンで建造されたカラベルという型の船だ。聞くところによれば、東の果ての新大陸を発見した三隻の船団のうち、二隻がカラベル型だったという。

この船が鶴の物となった時、本来なら三本あるはずの帆柱のうち、二本は嵐で失われていて、船体のあちこちも損傷が激しかった。今は傷のほとんどは修繕され、あとは帆を張る作業だけとなっている。元々商船だったこの船を船戦にも耐えられるようにする艤装《ぎそう》も、あと数日で終わるだろう。

とはいえ、材料と人を雇うのに使った銭は、莫大《ばくだい》な額に上っていた。職人たちが泊まり込みで働けるよう造船所の近くにいくつも職人小屋を建て、衣食住の面倒もすべて見ている。父に援助を頼んでも、「そんな銭は無い」の一点張りで、やむなく自腹を切る羽目になった。

海賊働きでこれまで蓄えた銭をすべてはたき、鶴丸も手放して銭に換えた。サン・フェルナンド号に積まれていた荷も、すべて売り払っている。次の航海で使う銭を除き、今の鶴はほぼ無一文に近い。

だがそれも、船の修理改修が終わるまでだ。

まずは、堺《さかい》へ出向いて交易品を仕入れるつもりだった。それを異国の地で売り、買い入れた異国の品々を日本に持ち帰れば、相当の利益になる。

だが、父はその考えに強く反対していた。海には海賊もいれば、嵐で船が沈む危険もある。そんな当然の理を言い立て、異国に船を出すことを認めようとしないのだ。

雑賀衆は、紀伊雑賀荘周辺の国人、土豪、地侍の集団だ。山がちで田畑の少ないこの土地で生きるため、海運や交易を生業《なりわい》とする者が多い。だが戦国の世となり、交易を通じて繋がりの深い薩摩《さつま》の種子島《たねがしま》に鉄砲が伝わると、多くの鉄砲を導入し、銭で戦を請け負うようになる。

ここ数年、雑賀衆は摂津《せっつ》の石山本願寺《いしやまほんがんじ》に味方し、織田《おだ》家との戦を続けていた。織田家当主の信長《のぶなが》は、尾張《おわり》、美濃《みの》を平定し、畿内全域を制する勢いにある。本願寺が信長に敗れれば、織田の大軍が雑賀に雪崩《なだ》れ込んでくるのは必定だった。

開戦当初は本願寺側が優位に立っていたが、織田は本願寺の同盟国を次々と滅ぼし、今では完全に形勢が逆転している。父はこの南蛮船を、織田家との戦の切り札にしようと考えているのだろう。

しかし鶴は、この船を戦に使うつもりはない。武装を強化したのはあくまで、降りかかる火の粉を払うためだ。

物心ついた頃から、海を眺めて生きてきた。いや、海に育てられたといってもいい。

行き交う船を見つめ、その行き先に思いを馳《は》せる。そこにはどんな国があり、どんな人々が暮らしているのだろう。そんなことを考えているだけで、時が経つのも忘れた。

眺めるだけでは飽き足らず、父の目を盗んでは大人たちに頼み込み、漁師舟や軍船に乗せてもらった。風や潮流を見極める天分があったようで、大人たちには重宝《ちょうほう》がられたものだ。

はじめて戦らしい戦に遭遇したのは、十四歳の時だった。たまたま乗り込んでいた荷船が、海賊に襲われたのだ。乗り移ってきた海賊たちを斬り伏せる鶴を見て、大人たちは啞然《あぜん》とした表情を浮かべていた。

それからは、進んで戦にも出るようになった。雑賀衆も小規模ながら水軍を抱えていて、近隣の海賊や他国の大名の水軍と船戦になることがたびたびある。

以来、幾度も手柄を挙げ、父もしぶしぶ船に乗ることを認めるようになった。

今では〝雑賀のいくさ姫〟などと呼ばれ恐れられているらしいが、気にしたことはなかった。自分が周囲からどう見られ、どう呼ばれているかなどどうでもいい。興味があるのは、海と船だけだ。

その鶴の目から見て、サン・フェルナンド号ほどの船は、この国のどこにもない。堺で見かけた南蛮船も、図体が大きいだけで動きはずっと悪そうだった。

何度眺めても、飽きることがない。やや細身の船体に、丸みを帯びた船首。雑賀水軍の主力である関船《せきぶね》よりずっと大きいが、小回りが利かなくなるほどではない。流れるような船体は和船よりもずっと美しく、気品のようなものさえ漂わせている。

和船と南蛮船の最大の違いは、船底の形だった。船底が平らな和船に比べ、南蛮の船は船底に竜骨《りゅうこつ》（キール）と呼ばれる背骨のような骨組みがあり、激しい波にも耐えられる。喫水も深いため波をよく切り、横波を受けてもすぐに元に戻ることができるのだ。

あとは、鶴と水夫たちが、この船を乗りこなすことができるかどうかだ。あの三本の帆柱に張られた帆を自在に操れるようになれば、どんな船が相手でも船戦で負けることなどない。

隣で同じように船を眺めていた彦佐が、うっとりした顔つきで呟いた。

「早《はよ》う、こいつで海を走り回りたいもんや。姫さま、この船なら南蛮までも行けるんとちゃいますか？」

「そりゃそうや。元々、南蛮で造られた船やで」

「ほな、ぜひ南蛮まで出かけましょう。俺は、いっぺんでええから南蛮の女子《おなご》を抱いてみたいんじゃ」

彦佐は顔を紅潮させ、鼻息を荒くしている。面倒見がよく、水夫たちからの信望は厚いものの、やや好色すぎるきらいがあった。

興奮しきりの彦佐から視線を外し、再びサン・フェルナンド号を見上げる。

この船があれば。声には出さず、心の中で呟いた。

意図せず、右手は首に下げたロザリオを握っている。母が死んでからの癖だ。いくつになっても直らない。

「そういえば」

彦佐の声に、鶴は苦笑しながら感傷を打ち切った。

「これを」

彦佐が懐から取り出したのは、一本の羽根だった。先が尖っている。たぶん、南蛮人たちが使う羽筆《はねふで》だ。

「これ、どないしたんや？」

「船倉に落ちてたのを見つけたんです。俺が持ってても仕方ないですから」

差し出された羽筆を受け取ると、ふと気づいて訊ねた。

「そういえば近頃、あいつの姿を見かけへんな」

サン・フェルナンド号と一緒に拾った、風変わりなイスパニア人。いずれ役に立つこともあるだろうと思い家来にしたものの、今のところなんの役にも立っていない。

「ああ。あいつはあんな図体のくせに力も無いし、その上鈍臭《どんくさ》いもんやから、さっぱり使えへんのです。しゃあないから、職人小屋のほうで炊事《すいじ》だの薪割《まきわ》りだのやらせてますわ」

II

勢いよく斧《おの》を振り下ろすと、すこん、という小気味いい音を立てて薪が割れた。見上げれば、故郷よりもいくぶん淡い色の空に、雲がぽつりぽつりと浮かんでいる。

ジョアンがこの紀伊雑賀荘で暮らすようになって、早いもので一ヵ月が過ぎていた。当初は奇異の目で見られ、子供たちが見物に集まってくることも度々だったが、今ではすっかり見飽きたようだ。

ジョアンが斧を振るっているのは、造船所と隣り合った、職人小屋が建ち並ぶ一角だった。

夕食を前に、職人たちの女房や鶴に仕える下女が忙しなく立ち働いていた。大きな焚き火には大鍋がかけられ、女房たちがお喋りに興じながら、造船所で働く男たちのために握り飯を握っている。

大鍋から漂ってくる、味噌と呼ばれる調味料の独特な香りにジョアンは顔をしかめた。この国の料理の淡泊な味付けにもだいぶ慣れてきたが、味噌の味にはどうも馴染《なじ》めない。

いったん斧を置いて肩をほぐしていると、太鼓の音が聞こえてきた。すぐに、耳慣れないリズムと節回しの歌がはじまる。

アントニオだった。大ぶりな太鼓を足で抱くようにして座り、両手で打ち鳴らしている。歌はカスティーリャ語でも日本語でもなく、アントニオの故郷、モザンビークのものらしい。太鼓は、自分で材料を集めて作ったという。

アフリカ生まれの黒人で、イスパニア宣教師の奴隷として日本の堺という町へやって来た彼は、主人の横暴に嫌気が差して脱走を果たした。そして、行く当てもなく彷徨《さまよ》っていたところを鶴に拾われたのだという。

アントニオという名はかつての主人につけられたものだが、彼自身はあまり頓着《とんちゃく》していないらしく、その名を今も使い続けている。

その隣では、蛍が鉄砲の手入れをしていた。

蛍はまだ、十六歳になったばかり。狙撃に関しては天才的な腕を持つ蛍だが、戦以外は鉄砲の手入れをしているか、寝ているかのどちらかだ。

十六歳の少女がなぜ狙撃兵などやっているのか、ジョアンは知らない。ここには変わり者が多いが、誰も互いの過去など気にしない。洋の東西を問わず、詮索屋は居場所を失うと相場が決まっている。

手入れを終えた蛍は、鉄砲を枕に横になり、数拍の後には鼾《いびき》を立てはじめた。いつ見ても、驚くべき寝入りの早さだ。

足元で、鈴の音が聞こえた。見ると、太った茶トラの猫がのろのろと歩いている。鶴の飼い猫、亀助《かめすけ》だ。船乗りの大敵である鼠《ねずみ》を捕るため、長い航海をする船には大抵、猫が乗っている。ちなみに日本では、亀は鶴と並んで、縁起のいい生き物とされているらしい。

つい先日まで暮らしていた鶴丸を売り飛ばされてしまったため、亀助はこのところ、陸の上で暇を持て余している。

足を止めた亀助は、ジョアンを一瞥すると興味なさげに欠伸《あくび》をし、昼寝をはじめた。どちらかというと人懐っこい亀助だが、どういうわけかジョアンにだけは一向に懐こうとしない。抱き上げようとして顔を引っ掻かれたことも、一度や二度ではなかった。

ジョアンは視線を転じ、正面に広がる海を眺めた。その先には、四国という大きな島が横たわっている。その手前に浮かんでいるのが淡路島《あわじしま》だった。

東に目を向ければ、彼方《かなた》にそびえる小高い山の上に、小さな城が見える。鈴木《すずき》家の居城、雑賀城だ。その麓には長閑《のどか》な農村風景が広がっていて、村人たちが農作業に精を出している。

牛が鳴き、鳥たちが囀《さえず》り、太鼓と歌が響き、少女と猫が陽だまりの中で眠りこけている。この国が百年にわたる内乱の渦中にあるとは、にわかには信じられなかった。

「長閑なのは結構だが」

ホラ吹きマルコめ、とジョアンはかの『東方見聞録』の著者を罵った。

マルコ・ポーロは、この国の人間は誰でも莫大な黄金を所有し、王宮の屋根にいたっては、板ではなく黄金で葺《ふ》かれていると記している。

だが日本に来てからというもの、黄金どころか砂金の一粒さえ見かけたことがない。無論、『東方見聞録』の記述を全て信じていたわけではない。それでも、一抹《いちまつ》の期待はあった。今のところ、日本という国に抱いていた期待のほとんどは、裏切られっぱなしである。

そもそも、ジョアンが日本へ渡った本来の目的は、サムライと呼ばれる人々の生き様を学ぶためであった。

だが、鶴の家来となって以来、与えられるのは材木運びや薪割り、炊事に洗濯といった下働きばかり。そしてこの国には、安息日というものが存在しない。日本人は働きすぎだと、ジョアンは思う。

これではサムライの生き様を学ぶ暇などありはしない。そもそも、思い描いていたサムライらしき男には一人として出会ってはいなかった。

イスパニアから見ればこの世の果てにも等しいこの極東の地で、私はいったいなにをやっているのだろう。つらつら考えていると、背後から「ジョアンさま」と声をかけられた。

どくん、と心臓が大きく脈打つ。振り返ったジョアンの目に飛び込んできたのは、小袖というこの国の着物をまとった、小柄な女の姿だった。艶《つや》のある長い黒髪が、風に靡いている。それを手で押さえながら、聖母マリアを髣髴《ほうふつ》とさせる穏やかな微笑を湛えていた。

咳払いを一つ入れ、日本語で応じた。

「やあ、智《とも》どの」

「夕餉《ゆうげ》の仕度《したく》も一段落いたしました。少しお休みください」

「はい、そうします」

ジョアンの日本語が飛躍的に上達したのは、この十八歳になる少女のおかげだった。鶴やその家来たちにこき使われる毎日の中にあって、彼女と話す時間だけが、ささやかな安らぎのひと時なのだ。ジョアンにとっては、智こそが心のオアシス、不毛な砂漠に咲いた一輪の花に他ならなかった。

智は、鶴に仕える下女である。造船所からこの職人小屋に回されて以来、米の炊き方、洗濯板の使い方、その他もろもろを彼女から教わっている。

そしていつしか、ジョアンは次第に彼女に惹《ひ》かれていく自分に気づいた。

慣れない仕事に戸惑う異国人に対しても決して怒らず、急《せ》かさず、常に笑顔を絶やさない。日本語を話す時もゆっくりと発音し、細やかな心遣いを見せる。

これこそ、ジョアンの思い描いていた日本女性の姿だった。粗暴で傲慢かつ強欲きわまりない鶴など、やはり例外中の例外なのだ。

もっと言葉を交わしたい。彼女をもっと理解したい。そんな衝動に駆られたジョアンは、暇があれば智を教師役として、日本語を学んだ。彼女は嫌がる素振りも見せず、懇切《こんせつ》丁寧に教えてくれた。おかげで、今では必要最低限の会話程度なら聞くことも話すこともできる。

「まあ、帯が」

言うと、智はジョアンの腰に手を伸ばした。帯が曲がっていたようだ。小袖や袴《はかま》といった日本の衣服は、ヨーロッパのものよりゆったりとして着心地も悪くないが、上手く着こなすのは実に難しい。

「これは、かたじけない」

「いいえ、お安い御用です」

帯を正す智の顔が、すぐ間近にあった。やわらかな香りが鼻をくすぐる。ピレネーの頂に降り積もる雪のような白い首筋に、目が釘付けとなる。

「なにか？」

「ああ、いえ、なんでも……」

並んで縁側に腰を下ろし、湯を啜《すす》った。茶は高価で、一部の上流階級しか口にはできないのだという。なんの変哲もないただのお湯だが、智と一緒に飲めばどんな高級な茶よりも美味に感じる。

「ジョアンさまは、なぜ日本へ」

「ああ、それは……」

フィリピンの地で耳にしたサムライの噂に興味を持ったこと。真のイダルゴとなるべく、サムライに学ぼうと思ったこと。そして、いつか故郷に帰り、冒険記を書くのが夢だということ。そうした話を、ジョアンは拙《つたな》い日本語で訥々《とつとつ》と語った。

時々言葉の誤りを正しながら、智は急かすことなく微笑みながら耳を傾ける。全て聞き終えると、木椀の中の湯に視線を落とし、ため息を吐くように言った。

「そうですか。羨《うらや》ましい」

「羨ましい？　なぜですか？」

「本当にやりたいことがあって、少しずつでもそこに近づいているのですから。この国のほとんどの女子は、夢を持つこともかないません。あったとしても、誰々のもとに嫁ぎたいとか、その程度。でも、姫さまは違います」

「違う？」

「いくさ姫などと呼ばれて恐れられてはいますが、姫さまは、根はお優しい方です。戦は、本当にやりたいことのために必要な銭を稼ぐ手段なのですよ」

とても信じられなかった。あの鶴が優しいのなら、この世界には優しくない人などどこにも存在しないことになる。

「では、姫がやりたいこと、なんですか？」

「それは……」

智が答えようとした時、別の声が響いた。

「おい、ジョアン！」

無遠慮に歩み寄ってきたのは、水夫頭の彦佐とアントニオだ。彦佐の言葉を、アントニオがカタルーニャ語で通訳する。

「造船所で、姫さまがお呼びだよ」

「造船所？」

ジョアンもカタルーニャ語で答えた。互いに流暢《りゅうちょう》とは言えない日本語で話すよりも、この方が手っ取り早い。

「船の修理が終わったんだ。早くいかないと、また姫さまに怒られるよ」

彦佐とアントニオ、寝起きの蛍と連れ立って竹矢来に囲まれた造船所に入るとすぐに、サン・フェルナンド号の勇姿が見えてきた。

細長い優美な船体は相変わらずだが、喫水線から下は、進水のために深く掘られた溝《みぞ》の中に隠れている。その周囲には鶴や家来たち、改修に携わった職人や人夫が集まっている。

「わあ、強そう」

珍しく、蛍がはしゃいだ声を上げる。ジョアンも、思わず感嘆の吐息を漏らした。

フィリピンからの長い航海で損傷著しかったサン・フェルナンド号は、ありし日の姿を完全に取り戻していた。

船体のあちこちに付いていた傷は見事に修復され、帆柱は新しいものが立てられた。帆も、元通りに張り直してある。

さらには、片舷に五門ずつだった大砲に加えて、船首に二門、船尾に一門が新たに据えつけられた。船腹からは黒々とした砲身が突き出し、ぐっと威圧感を増している。

以前よりも高い両舷の垣立《かきたつ》には銃眼が穿《うが》たれ、中央からやや後ろの舵の座は、ところどころ鉄板で補強されている。元は交易用の船だったが、今は明らかに戦闘を意識した船に生まれ変わっていた。

「どうや、ジョアン」

新しく手に入れた玩具を自慢するような声音《こわね》で、鶴が言った。他の日本の女に較べて彫りの深い顔は、いかにも誇らしげだ。

「すごい、すごい船です」

ジョアンの答えに、鶴は声を上げて笑った。語彙《ごい》の少なさを別としても、他に言葉がなかった。これなら、イスパニアの誇る無敵艦隊の一翼を担《にな》っていても違和感がない。世界の果てにある小さな島国が、まさかこれほどの造船技術を持つとは思いもしなかった。

「これから、ばんばん商いに出るで」

強欲な商人のような顔つきで、鶴が呟く。

「ここまでするのに、ずいぶん銭がかかったんや。この船で、何倍も何十倍も稼ぎまくったる。そしたら、父上も文句は言わへんやろ」

鶴は、雑賀衆の有力者・鈴木孫一重秀《まごいちしげひで》の一人娘だった。雑賀衆は金銭で戦を請け負う傭兵集団で、雑賀孫一といったほうが通りがいいらしい。

戦を生業とするのは、地味《ちみ》が悪く、ろくに米が穫れない紀伊に生きる彼らの選んだ道である。日本では珍しいことに、決まった主君はおらず、全体の方針は有力な領主が集まって合議で取り決める、ヨーロッパでいう共和国のような体制を取っている。孫一も、その有力領主の一人だった。鉄砲の扱いに長けた雑賀衆の勇名は諸国に鳴り響き、日本中の諸侯から引く手数多《あまた》なのだという。

「商いですか。お気をつけて」

「阿呆。あんたもついてくるに決まってるやろ」

「ああ、やっぱり」

興奮を隠そうともしない鶴とは対照的に、ジョアンは暗澹《あんたん》たる気分に陥った。自由の身になれるのは、まだ当分先になりそうだ。

「よし、明日からは試し乗りや。今夜は『戦姫丸《せんきまる》』の完成祝いといくで!」

ジョアンの思考を遮るように鶴が叫ぶと、周囲から歓声が上がった。

「センキマル？」

「そうや。〝雑賀のいくさ姫〟の御座船やからな」

帆柱を見上げる鶴の視線の先で、旗が揺れていた。

八咫烏《やたがらす》と呼ばれる、三本足の鴉を描いた紋章。雑賀衆の旗印で、この国の初代の王を目的地まで導いたという、伝説上の生き物だ。

目指す場所をすっかり見失ったジョアンは、風に揺れる八咫烏の紋章を見上げながら、大きな嘆息を漏らした。

Ⅲ

翌日から、鶴主従は試乗訓練のため、毎日のように船を出した。

それに伴い、ジョアンは雑用係に加え、水夫見習いとしての仕事もする破目になっている。

物心ついた頃から船に慣れ親しんでいたという鶴だが、さすがに三本マストの船は扱いに苦慮しているようだった。

何度かヨーロッパ式の操船術について訊ねられても、長い船旅を経験してきたとはいえ、便乗していただけなので船の扱い方など知るはずもない。わからないと答えるたび、「使えん」だの「役立たず」だのと、心ない言葉を浴びせられた。

訓練航海は連日、早朝から日没まで続いた。

揺れる船上での動き方から帆綱の結び方、武器弾薬の扱いと、覚えることは山ほどある。鶴の家来は、戦姫丸を動かせるぎりぎりの三十人しかいない。そのため、戦闘が仕事の武者たちまで、水夫がやるべき仕事を兼ねなければならなかった。

さらに、訓練航海から戻ると毎晩、剣の稽古が待っていた。指南役は、武者頭の兵庫である。

稽古といっても、極めて言葉数の少ない兵庫は型や理論を教えてくれるわけではない。彼の教え方はただひとつ、ひたすら実戦あるのみだった。

結果、ジョアンは月明かりの下、毎晩のように兵庫に木刀で叩きのめされている。生傷は絶えず、自分が強くなった実感もない。

雑用に水夫見習いに剣の稽古。これでは、体がいくつあっても足りない。たまりかねたジョアンは、船頭の喜兵衛に訴えた。

「仕事が多過ぎます。もっと人を集めてください」

しかし喜兵衛の表情は冴えない。

「そうもいかんのや。雑賀は今、厳しい立場に置かれとってな」

「あー、織田家との戦ですか」

喜兵衛が頷く。

「信長と戦うため、多くの若い男が石山本願寺に詰めておる。交易に回す人手はないのや」

「信長というのは、どんな人なのですか？」

「恐ろしい男や。比叡山《ひえいざん》に火を放ち、何千人もの男女を焼き殺した。まさに、悪鬼のような男やな」

ジョアンは怖気をふるった。比叡山とは、日本で多くの信仰を集める仏教の聖地らしい。難しいことはわからないが、何千人も焼き殺すなど、尋常な神経の持ち主ではない。

「戦をやめる、という道はないのですか？」

「雑賀には本願寺の門徒が多いゆえ、やめるにやめられん。そもそも雑賀衆は、戦で得る銭が命綱や。戦をやめれば、途端に飢《う》える」

喜兵衛は悩ましげに嘆息する。

「そうでなくとも、雑賀の者たちは殿のご気色を損ねるのを恐れて、誰も仲間に加わろうとせん」

殿というのは鶴の父、雑賀孫一のことだ。

「姫さまと殿は、仲が悪いのですか？」

「殿は、態度こそ素っ気ないが、姫のことを目に入れても痛くないほど溺愛《できあい》しとる。それゆえ、姫が船に乗ることを喜んではおらんのや」

確かに、普通の親なら可愛い娘が危険な海に出るのは望まないだろう。

「水夫の補充はできん。まあ、最初は戸惑うこともあるだろうが、そのうち慣れてくる。姫がお認めくだされば、それなりには出世もできよう。人使いは荒いが、公平なお方や」

結局、水夫も雑用係も補充されることはなかった。

訓練航海がはじまって、瞬《また》く間に三ヵ月が経った。ツユと呼ばれる雨期も終わり、季節は本格的な夏に入っている。年中うだるような暑さのフィリピンに比べれば、日本の四季は様々な色があるようで、非常に興味深い。

日本語はずいぶんと話せるようになったものの、剣も水夫の仕事も、まるで上達の兆しがなかった。

水夫頭の彦佐に怒鳴り散らされながら必死に駆け回るが、長年海で生きてきた水夫たちには敵わない。大きな波が来るたびに足を取られて転がり、帆綱の結び方を間違えては彦佐にどやされた。まめができては潰れ、全身の筋肉が悲鳴を上げる。

肉体的にも過酷だが、もっと深刻なのは、智の顔を見る機会がほとんどなくなってしまったことである。

今日も、智に会えなかった。もう十日近く、声を聴いていない。悶々《もんもん》とした思いを抱えたまま眠りにつき、ふしだらな夢に罪悪感を覚えることもしばしばだ。

このまま自分は、海賊の下っ端として異国の地に骨を埋めることになるのか。それでも、智と所帯を持つことができたなら、全てを捨ててしまっても構わない。故郷もイダルゴの誇りも、冒険記の出版も、なにもかも忘れて生きていける。

だが、彼女は異国人の自分を受け入れてくれるだろうか。生まれも育ちも、肌の色さえ違うのだ。もしも、こっぴどく拒絶されたら……。

呻吟《しんぎん》しながら命じられた甲板磨きをしていると、見慣れない男が甲板をうろついているのが見えた。「ほお」とか「ふむふむ」などと呟きながら、物珍しそうに帆柱を見上げたり、強度を確かめるように垣立を叩いたりと、いかにも怪しい。

「やあ、亀助。元気であったか！」

男は甲板で寝ていた亀助に近づき、抱き上げる。ジョアンにはまるで心を許さない亀助が素直に抱かれ、ごろごろと喉まで鳴らしている。

声をかけようと近づくと、男が振り返って相好《そうごう》を崩した。

「おお、貴殿が噂の南蛮天狗どのか！」

ジョアンと変わらないくらいの長身で、整った顔立ちにはどことなく品が漂っている。小袖や袴も上等で、刀を二本差しているところを見ると、サムライのようだ。

「あなたは？」

男は亀助を下ろすと、答えることなくジョアンの顔をしげしげと眺める。

「ううむ。噂通り、髪の色も目の色も我らとまるで違う。鼻もまさに天狗のようだ」

「あの……」

「それにしても、鶴どのはよい船を手に入れられた。拙者はしばらく石山本願寺に詰めていたのだが、戻ってみれば船着場に南蛮船がおるではないか。いやはや、なんと美しい船だろうと驚嘆いたしたぞ。これほど心が打ち震えたのは、はじめて『源氏物語』を読んだ時以来やもしれん」

うっとりした顔でまくし立てる。あまり人の話を聞かない質《たち》らしい。その上、異様に声が大きい。大げさな身振り手振りを交えて話す様は、まるで古代ローマの歌劇役者のようだ。

「これは、左近《さこん》さま」

男に気づいた喜兵衛が、こちらに駆け寄ってきた。

「おお、喜兵衛か。相変わらず苦労が絶えんようだな。また、白髪《しらが》が増えたのではないか?」

「いくら左近さまとはいえ、勝手に船に乗り込まれては困りまする。俺が姫に怒られてしまう」

「ところで、鶴どのは何処《いずこ》においでじゃ。半年以上も留守にしていたので、さぞや寂しい思いをしておられよう」

「姫は城におられます。今頃は、夕餉をお召しかと」

「そうか、拙者を迎えるために仕度を整えておられるのだな。女子は化粧だ着物だと、なにかと大変ゆえな」

「いや、左近さま……」

「そうとなれば、拙者の方から出向くのが筋というもの。平安の御世から、好いた相手のもとに通うは男の務めぞ！」

満面の笑みを浮かべて叫ぶや、左近と呼ばれた男は颯爽と駆け出し、ひらりと垣立を乗り越えた。直後、どぼん、という派手な水音が響く。艀《はしけ》に飛び下りるつもりが、目測を誤ったらしい。

「ああ、面倒なのが帰ってきてしまった」

ぐったりした様子で喜兵衛が呟く。

聞けば、あの左近という男は雑賀衆で重きを成す太田《おおた》家の嫡男で、雑賀水軍の束ね役の一人だという。そして驚いたことに、鶴の許婚《いいなずけ》だった。

「双方の親同士が勝手に決めたものや。姫に、まるでその気はない。なんだかんだと理由をつけては、婚儀を先延ばしにしておられる」

上流階級の結婚は、本人の気持ちよりも家の都合が優先される。それはなにも、この国に限ったことではなかった。

「殿は、姫の行く末をいたくご心配なさっておってな。早う船を下りて嫁に行けと申されておるのやが、姫は聞く耳を持たれぬ。それどころか、もっと船を造って商いに精を出すべきやと申されておるのや」

「商い、ですか？」

「大名に雇われて戦に加わるよりも、物を動かして稼いだほうがずっと儲かる。雑賀衆は戦などやめて、挙《こぞ》って商いに乗り出すべきやと、姫はお考えや」

意外な話だった。いくさ姫などと呼ばれているくらいなのだから、戦うことが好きでたまらないのだろうと思っていた。そういえば以前、智も似たようなことを言っていた。

「それで、殿は？」

「女子が口を出すなの一点張りだ。殿にも色々としがらみがあってな、容易《たやす》く戦をやめられれば苦労はせん」

もう四ヵ月も近くで見ているが、鶴という女のことは、ますますわからなくなるばかりだ。

「あの左近という人は、ずいぶんと姫さまを好いているようですね」

「姫のすげない態度を、照れ隠しだと信じて疑っておらん。あのお方は腕も立つし、戦も船の操り方も上手い。だが」

喜兵衛は言葉を濁し、大きく嘆息してから続ける。

「古今稀《まれ》に見る、阿呆なのだ」

遠くから、左近の笑い声が聞こえてきた。泳いで桟橋まで辿り着いたようだ。

「待っていろ、鶴どの。すぐに参るぞ！」

ずぶ濡れのまま、城へ向かって駆けていく。

ジョアンには〝阿呆〟の正確な意味はわからないが、喜兵衛が言わんとすることはなんとなく伝わってきた。


左近に再び声をかけられたのは、数日後の昼下がりだった。

今日は訓練航海は休みで、水夫たちは思い思いに羽を伸ばしているが、下っ端のジョアンは炊事だの洗濯だので休む暇などない。

「南蛮風の女子の口説き方、と言われましても」

洗濯板に褌《ふんどし》を擦《こす》りつけながら、ジョアンは答えた。

「なにかあるだろう、ジョアンどの。今まで、拙者は鶴どのに莫大な贈り物をし、恋の歌を詠み、数えきれないほどの恋文も書いた。しかし、鶴どのはうんともすんとも応えてはくれぬ。ここはひとつ、鶴どのがあっと驚くような方法で言い寄ってみようかと思ってな」

「いっそのこと、押し倒してしまったらどうです？」

「これまで十三度試みたが、すべて手痛い反撃に遭《お》うてな。一度など、庭まで投げ飛ばされ、肘から先がおかしな方向に曲がって難儀したものよ」

戦場での武勇伝を語るかのように、左近はからからと笑う。やはり、喜兵衛の言っていたことは間違いないようだ。そこまでして駄目なら、もうなにをしても無駄だろう。というより、そんな目に遭えば、普通は諦めて引き下がるものだ。

いや、待て。もしも左近の求愛が成功し、鶴が嫁ぐことになれば、自分は晴れて自由の身になれるのでは？　洗濯だの薪割りだのにこき使われることも、海賊稼業の下働きに心身を磨り減らすこともなくなるに違いない。

そうとなれば、積極的に協力すべきだ。我が身の自由は、左近にかかっている。

「わかりました、お教えいたしましょう。我が故郷イスパニアに伝わる、セレナータを」

「おお、それはいかなるものだろうか」

目を輝かせる左近に、ジョアンは語って聞かせた。

セレナータとは、男が想い人に歌を捧げ、告白するという風習である。男は女をバルコニーに呼び出し、中庭から愛を歌う。懐に余裕のある者は、そのためにわざわざ楽団を雇うほど、イスパニアの男女にとっては重大な儀式だった。

ジョアンもマドリードにいた頃、幾度か婦人の家の前でセレナータを披露《ひろう》したことがある。意中の婦人を射止めることができたか否かはさておき、歌にはそれなりに自信があった。

「なるほど、それはなんとも雅《みやび》やかな儀式ではないか。鶴どのも、きっと感銘を受けるに違いない。早速、ご教授願いたい」

「では、どこか人気のないところへいきましょう」

「承知した。案内《あない》いたそう」

連れていかれたのは、雑賀城からやや離れた丘の上だった。

石段を上りきると、入り口に奇妙な形に組まれた赤い柱が立っていて、その奥に古ぼけた小さな建物が見える。神社という、この国の神々を祭る場所なのだそうだ。

鳥居と呼ばれるおかしな形の門をくぐり、建物の手前の広場で稽古をはじめた。異国の神の前でイスパニアの歌をうたうのは気が引けるが、他に人目につかない場所はなさそうだ。

それから数時間延々と、誰もいない神社でセレナータの稽古に励んだ。左近は、カスティーリャ語の歌詞を日本の仮名文字に直し、紙に書き写していく。その姿は、真剣で相手と立ち合うかのように鬼気迫るものがある。カスティーリャ語の発音や慣れない節回しに戸惑いながらも、素質があるのか、左近は砂が水を吸い込むように覚えていった。

翌日も、その翌日も、左近はジョアンに教えを請いにきた。ジョアンも多忙の中、極力時間を作ってセレナータのなんたるかを伝授する。いつしか二人の間には、師弟の絆《きずな》が生まれていた。

十日に及ぶ稽古の仕上げに、ジョアンは階《きざはし》を上り、社殿の回廊に座った。ここをバルコニーに見立て、鶴役のジョアンに向けて、庭で片膝立ちになった左近が歌う。陽光が降り注ぐ境内《けいだい》に、セレナータが響きわたる。

発音はまだまだぎこちなく、音程も安定しているとは言いがたかった。だが、歌は巧拙ではない。歌詞の一字一句に籠められた真摯《しんし》な思いが、ジョアンの心を激しく揺さぶる。かつて、これほど胸に響くセレナータを耳にしたことはなかった。

そこで、ジョアンははたと気づいた。どんな苦境にあっても諦めず、腕を折られた痛みにも耐え、ただひたすらに前進を続ける。これこそ、サムライのサムライたる所以《ゆえん》ではないのか。

ジョアンは、つまらない打算で彼を利用しようとした己を深く恥じた。翻《ひるがえ》ってみれば、智への想いを抱えながら鬱々《うつうつ》と日々を過ごす自分も、左近と同じような境遇にある。ここは、彼の不屈の魂に学ぶべきではないのか。

歌が終わった時、ジョアンは不覚にも滂沱《ぼうだ》の涙を流していた。立ち上がり、両手を叩く。

「ブラボー！　これで、姫さまの心はあなたのものです」

階を下り、ジョアンは右手を差し出した。信頼や友情といったものを確かめ合う南蛮の儀式だと伝えると、左近は大きく頷いた。

「この恩は生涯忘れまい。拙者はよき友を得た」

屈託のない笑顔を浮かべながら、ジョアンの手を固く握る。

幾多の困難に見舞われながらようやく真のサムライと出会えたジョアンは、万感胸に迫るものを感じていた。そして自分は今、そのサムライと固い友情の絆で結ばれたのだ。これまでの苦労は、ようやく報われた。

「ご武運を」

涙を拭いながら言ったジョアンは、そこで固まった。左近の肩越しに、黒々とした煙が空へと立ち上っていくのが見える。炊煙《すいえん》などではない。

「いかがした、ジョアンどの？」

怪訝な顔で言った左近が、ジョアンの視線を追って振り返る。

「左近さま。あれは……」

「……城が、燃えておるな」

「…………」

一瞬顔を見合わせ、同時に走り出した。

「智どの！」「鶴どの！」

それぞれに叫ぶや、なにが起きているのかもわからないまま神社を飛び出し、石段を駆け下りていく。

ただの火事か、それとも敵が攻めてきたのか。

なんでもいい。とにかく、智どのは私が守る。愛しい女人を危険から救うのも、イダルゴたる者の務めだ。

Ⅳ

城のある丘の麓に達した時点で、ジョアンの息はすっかり上がっていた。並んで駆けていた左近の背中は早々に見えなくなり、置き去りにされている。

ぜえぜえと荒い息を吐きながら、城門に続く坂道を這《は》うように上った。全身汗だくで、横腹が痛い。毎日野菜と魚ばかり食べているせいで、すっかり体力が落ちている。

愛する人を守るためにも、もっと肉を食さねば。この国の風習など知ったことではない。場違いな決意をしながら、顔を上げる。

周囲に敵の姿は見えない。だとすると失火だろうが、煙は一ヵ所からではなく、城内のあちこちから上がっている。ジョアンの長屋のあたりからも火が出ているようだ。

城門をくぐると、男女が右往左往し、城内は大混乱に陥っていた。

水の入った桶や大きな木槌を手に消火に当たる兵士。動転のあまり鍋を抱えて逃げ回る下女。どういうわけか、何頭もの裸馬が駆け回り、混乱にいっそうの拍車をかけていた。

群衆の中に智の姿を探していると、後ろから「おい、ジョアン！」と声をかけられた。

水夫頭の彦佐だ。背後に、数人の水夫を従えている。全員、顔は煤だらけで、着物のあちこちが焦げていた。そしてなぜか、木刀や長い木の棒を手にしている。

「おお、彦佐どの。この騒ぎはいったい……」

「ええか、ここだけの話やぞ」

彦佐はジョアンの肩に手を回し、低い声で耳元に囁く。

「殿がな、姫さまを幽閉なさったんじゃ」

なんでも、戦姫丸を手に入れますます増長する娘の行く末に危機感を抱いた孫一は、鶴と左近の婚儀を強引に進めようと、鶴を城内の一室に押し込めたのだという。

「殿は無理やりにでも姫さまを嫁にやって、ついでに戦姫丸を己の物にしようと考えたんやろ。あの船があれば、織田家の水軍なんぞ敵やないからな」

だが、そのことを予期していた鶴は、家来たちにあらかじめ指示を下していた。もしも孫一が強硬手段に出た時には、城のあちこちに火を放ち、混乱に乗じて自分を救出しろ、と。

「で、では、この火事は……？」

「俺らが火をつけたんや」

悪びれることなく、むしろ誇らしげに、彦佐は胸を張った。

「安心せえ。誰も死んだりせんように、火をつける場所は考えてある」

「いや、しかし……」

ジョアンは二の句が継げなかった。娘を幽閉する父も父だが、自分の城に火をつける娘も娘だ。やはりあの女は、頭のネジが弛《ゆる》んでいる。いや、何本か足りていないのか。

「ほな、行くで」

「行くって、どこへ……？」

「決まってるやろ。姫さまをお救いするんや。さっき、兵庫どのが一人で姫さまのもとへ向かった。その助太刀《すけだち》に行くで」

「じ、冗談じゃないっ……！」

叫んで、ジョアンは彦佐の腕を振り払った。

「どこの世界に、嫁に行くのが嫌だからと自分の家に火を放つ娘がいる？　見るがいい、このありさまを。こんな非道がまかり通るはずがあろうか。いや、断じてない！」

怒りに任せてまくし立てたものの、彦佐たちは口をぽかんと開けたまま小首を傾げ、ジョアンを珍しい生き物でも見るような目で見ている。

「いや、お前の国の言葉で喚かれても、なんのこっちゃさっぱりわからんわ」

「ぐっ……」

興奮のあまり、カタルーニャ語で話していたらしい。だが、わざわざ言い直すのもなんとなく気まずい。歯噛みしながら、無言で踵《きびす》を返した。イダルゴたる自分が救いにいくべきは、智だ。鶴などではない。

「おい、ジョアン、どこ行くんや！」

彦佐の声を無視して駆け出した。奥仕えの下女たちが暮らす奥御殿を目指し、一心不乱に走る。その間にも炎はますます大きくなり、あたりには煙が充満している。鼻と口を押さえながら奥御殿へと続く狭い道を駆け抜け、曲がり角を曲がろうとしたその時だった。

いきなり目の前に、小柄な人影が現れた。

「ぎゃっ!」

双方ともに全力で走っていたため、避ける間もなく真正面からぶつかり、相手の額が顎に直撃した。ジョアンの意識は一瞬だけ彼岸へと飛び、戻った時には、仰向けに引っくり返っていた。

「痛《い》ったぁ〜、どこ見て走っとんねん……」

両手で額を押さえながら、女が蹲っている。その傍らには、片目に黒い眼帯を着けた男。心配そうに女の顔を覗き込んでいる。

女の顔を確かめ、ジョアンはぎょっとした。体を起こし、こそこそと四つん這いになって逃げる。

「ちょい、待ちぃや」

後ろから襟首《えりくび》を摑まれた。そのまま、捕まった猫のように引っ張り上げられる。

「あんた今、なんで逃げた?」

息のかかる距離で、鶴が悪魔のように笑っている。婚儀に向けて孫一に着せられたのか、身につけているのはいつになく華やかな小袖だ。

「ああ、その、ええと……」

鶴の隣に立つ兵庫に救いを求める目を向けたが、我関せずといった様子であらぬ方を見ている。

「だいたい、主《あるじ》が閉じ込められてる時に、家来のあんたは城にも船にもおらんかったらしいやないか。どこをほっつき歩いとったんや？」

「ワタシ、コノ国ノ言葉、ヨクワカラナ……グァッ！」

頭突きが飛んできた。再び仰向けに引っくり返ったところへ、刀の柄に手をかけた鶴の言葉が降ってくる。

「あんたのその長い顎、邪魔にならんように短くしたろか？」

背筋がぞくりと震えた時、後ろからいくつかの足音が聞こえてきた。彦佐たちだ。

「姫さま、ご無事でしたか！」

「阿呆。燃やしすぎや」

「いやあ、どうせなら派手なほうが、姫さまのお好みかと。城の者はほとんど外に逃れましたゆえ、ご安心を」

「そうか。まあええわ、行くで。仕度は整ってるやろな？」

「はい、いつでも」

彦佐の答えに、鶴は満足そうに頷く。

再び足音が響いてきた。本丸のほうから、十数人の武装した兵士がこちらへと向かってくる。

「姫さま、大人しゅう殿のもとへお戻りくだされ。手荒な真似はしとうござらぬ！」

孫一の家臣らしき鎧兜の男が叫ぶ。時を同じくして、背後からも兵士たちが迫っていた。左右は身の丈をはるかに超える頑丈な板塀。逃げ場はない。完全に挟み撃ちの格好だ。

「しゃあないな、兵庫」

鶴が顎をしゃくる。兵庫は「はっ」と短く答え、懐から小さな黒い玉を取り出した。焙烙玉《ほうろくだま》だ。手早く導火線に火をつけ、やや前方の板塀に向かって放る。轟音《ごうおん》が巻き起こり、塀が吹き飛んだ。人ひとりが通るには十分な破れ目ができている。続けて、兵庫は前後に煙玉を投げつける。盛大に上がった煙に巻かれ、兵士たちは足を止めて咳き込んでいる。

「ほな、ジョアン。あんたからや」

「いや、行けと言われても……」

塀の破れ目から外を眺め、ジョアンは顔を引き攣《つ》らせた。足が竦むほどの急斜面が、丘の麓まで続いている。

「こんなもん、義経《よしつね》の鵯越《ひよどりごえ》に比べたらどうってことないわ！」

わけのわからないことを叫ぶや、鶴はジョアンの背中を蹴り飛ばした。

「おおおおぉっ……！」

いったん宙《ちゅう》に投げ出されたジョアンの尻が、地面に触れた。尻餅をついた格好のまま、斜面を滑り落ちていく。

景色が凄まじい速さで流れ、尻は焼けるように熱い。と、突然ふわりと浮き上がるような感覚を覚えた次の瞬間、ジョアンの体は城の外濠《そとぼり》に叩き込まれた。もがきながら、藻《も》でぬめる水を掻き分けなんとか浮かび上がる。咳き込みながら顔を上げると、濠際にはすでに鶴たちの姿があった。

「どんくさいやっちゃな。もっと慎重に降りれば、そんなことにはならへんのに」

主よ。この悪魔のような女に、どうか一刻も早く鉄槌を与えたまえ。声には出さず、心の底から願った。

彦佐の手を借り、やっとのことで濠から這い上がった。全身がぬるぬるして、おかしな臭いを放っている。そのありさまに顔をしかめながら、鶴が言った。

「ほな、行くで」

「あの、行くって、どこへ？」

「あんた、阿呆か。こんなことしでかしたら、さすがに雑賀にはおられんやろ。ほとぼりが冷めるまで、ここを離れる。もちろん、あんたも一緒に来るんや」

「い、嫌だ！　私は行かない！」

叫ぶと、全員の目がジョアンへ一斉に注がれた。

また、うっかりカタルーニャ語で話してしまったらしい。今度はちゃんと日本の言葉で、慎重に言葉を選んで語った。

「私はここに残り、智どのと添い遂げる。たとえ異国の地に骨を埋めることになろうと構わない。美しく聡明で、汚れを知らない智どのこそ、私の理想なのです」

ああ、そうだ。私は彼女を愛している。故郷もイダルゴとしての誇りも、彼女のためなら全て失ったとしても悔いはない。語りながら、ジョアンは自らの思いを確かめた。

「だから私は、皆さんと一緒には行けません」

言いきると、その場にいた誰もが押し黙り、俯《うつむ》いて唇を引き結んでいる。何人かは、決まりが悪そうに互いの顔を見合っていた。

「あのなあ、ジョアン」

沈黙を破り、鶴が口を開く。その声音は、不治の病に冒された患者にその事実を告げる医師のように、同情と憐れみに満ちている。

「残念やけど、智は、あんたが思うてるような女子やない。どっちかと言うと、その逆や」

「あー……なにを仰っているのか、まったくわかりません」

鶴は小さく息を吐き、六人いる男たちに向き直った。

「この中で、智とヤったことのあるもん、手ぇ挙げてみ」

兵庫を除く五人が、おずおずと遠慮がちに手を挙げた。

「あの、〝やった〟というのは、いかなる意味でしょう？」

薄々と察しながらも訊ねたジョアンに、鶴は破門を宣告する司祭の声で言った。

「一夜を共にしたっちゅうことや」

さらに、鶴は男たちに向かって続ける。

「そのうち、智のほうから言い寄ってきたのは？」

再び、五人の手が挙がる。

「わしは、去年の盆の祭で」

「俺は先月、社《やしろ》の裏手や。その前にも何度か」

「たぶん、アントニオも」

脳裏に智とアントニオの顔が浮かび、立ちくらみがした。

「まあ、そういうことや」

いつになく穏やかな口調で言うと、鶴はジョアンの肩をぽんと叩いた。

ジョアンは膝をつき、天を仰いだ。

視界の片隅で、炎に包まれた物見櫓《ものみやぐら》が崩れていく。そのがらがらという音が、ジョアンの耳にはなにか別のものが崩れ去る音に聞こえた。

生ける屍《しかばね》と化したジョアンは、兵庫の背に揺られていた。

城を離れた一行は城下を駆け、船着場へと向かっている。町並みや行き交う人々が、ただただ視界の中を流れ去っていく。

もう、どうにでもなってしまえ。そんな投げやりな気分だった。

なにを考えるのも億劫《おっくう》で、足を動かす気力さえ湧かない。故郷のイスパニアでも幾度となく恋に破れてきたジョアンだが、これほど深い傷を負ったことはない。日本の女に対する期待が大きすぎた反動だった。鶴や彦佐の話からすると、日本の女の貞操観念は、ヨーロッパの女のそれとは比較にならないほど緩やかなものらしい。

ふと気づくと、兵庫が足を止めていた。

兵庫だけではない。鶴も彦佐たちも立ち止まり、刀の柄に手をかけている。顔を上げて周囲を見渡す。すでに城下町は抜け、船着場の近くまで来ている。正面には、戦姫丸の姿も見えた。

だがその手前に、十数人の男が立ちはだかっていた。鎧兜こそ着けてはいないものの、それぞれに槍や刀を手にしている。その中央に立っているのは、左近だった。

「鶴どの、いずこへ参られるおつもりか。聞けば、お父上は婚儀の仕度をはじめていたというではないか。船に乗る必要などありますまい」

ちっ、と舌打ちを漏らし、鶴は一歩前に進み出た。

「わたくしはまだ、あなたさまの妻に相応《ふさわ》しい女子とは申せませぬ。それゆえ、しばしの間、諸国を巡って花嫁修業をしようと思い立ちました。必ずや、鶴はあなたさまのもとに帰って参りまする。それまでどうか、お待ちくださいませ」

これまで耳にしたことのない猫なで声。ジョアンの背筋に悪寒が走った。

「この左近、最早そのような虚言に騙《だま》されはしませぬぞ。かくなる上は、腕ずくでもあなたを我が妻に迎え入れる。お父上の許しもいただいた」

「……少しは成長したようやな」

小声で鶴が呟く。それはそうだろう。花嫁修業の旅など、日本でもイスパニアでも聞いたことがない。

観念したように鶴は息を吐き、腰の刀に手をやった。

「わかりました。どうしてもと申されるなら、お相手仕《つかまつ》りましょう」

さらに数歩進み、腰を低く落として構えを取る。左近は悠々《ゆうゆう》と前に進み出て、自信に満ちた顔つきで柄を握った。

「女子相手に剣を抜くは不本意なれど、致し方なし。あなたの剣の腕は承知いたしておるが、拙者とて幾多の戦場を渡り歩き、己が剣に磨きをかけて参った。我が太田家に代々伝わりし名刀、備前長船長光《びぜんおさふねながみつ》にてあなたを……」

長広舌《ちょうこうぜつ》が、途中で途切れた。鶴が鞘ごと投げた刀が、左近の顔面を痛打したのだ。左近が鼻血をまき散らしながら倒れる。

「相変わらず、べらべらとよう喋る奴や」

吐き捨て、鶴が叫ぶ。

「兵庫、行ったれ！」

「承知」

低く答え、兵庫は背負ったジョアンを放り出す。

尻と腰を強《したた》か打ったジョアンが体を起こした時、兵庫は刀を抜き放ち、敵中に躍り込んでいた。大将を失い動揺した敵は、次々と兵庫に斬り伏せられていく。刃のない側で斬っているのか、左近を除いて誰も血を流してはいない。極端に寡黙《かもく》だが、やはり兵庫の剣の腕は尋常ではない。

ジョアンは戦友の死体を見る目で左近を見た。昏倒《こんとう》した左近の体は、瀕死《ひんし》の虫のようにぴくぴくと震えている。

「ああ、左近どの……」

ジョアンは、日本でできたはじめての友に、心の中で呼びかけた。

友よ。確かに、私たちは敗れた。不屈の魂だけでは、女という不可解な生き物に立ち向かうことはできなかったのだ。だが、恥じることはない。我々は果敢に闘い、散ったのだ。いつか、今日の出来事を肴《さかな》に盃を酌《く》み交わそう。

「おい、ジョアン」

鶴の声が、感慨を断ち切った。見ると、前を塞《ふさ》いでいた敵は、あらかた倒されるか逃げ散るかしていた。

「いつまでぼーっとしとるつもりや。ここまでは連れてきたった。あとは、あんたが自分で決めぇ」

左近の傍らに落ちていた刀を拾い、鶴が言った。

「姫さまは、ここを離れてどうするつもりです？」

「ええ機会や。これからは、うちが本当にやりたかったことをやる」

そういえば、いつか智と、そんな話をした。その時は結局聞けずじまいで、忙しい日々にかまけていつの間にか忘れ去っていた。

「それは、どんなことです？」

「商いをはじめる。それも、そこらの商人がやっとるようなせせこましい商いとちゃうで。まずは琉球《りゆうきゆう》。それから朝鮮《ちようせん》、明国に呂宋《ルソン》、安南《アンナン》（ベトナム）、シャム（タイ）。異国を股にかけた、大商いや」

「あんたは知ってるかもしれへんけど」と、鶴は続ける。

「異国には、どこまで行っても果てしない砂浜やら、竜かと見紛《みまご》うようなでっかい蜥蜴《とかげ》やら、そんなわけのわからんもんが山ほどあるらしいやないか。この世が丸くて、日本がどれだけ小さいかも、堺の宣教師に聞いた。そんなことを聞いてもうたら、自分の目で確かめずにはおれんやろ?」

柄《がら》にもなく頬を上気させて語る鶴の顔を見て、ジョアンは誰かに似ていると思った。ずっと前から知っている、懐かしい顔。

ああ、そうか。鶴は、かつての自分だ。

マルコ・ポーロの『東方見聞録』をはじめて読んだ時の興奮。見知らぬ土地、想像もつかない不思議なものへの憧れ。あの頃のジョアンは、それが全てだった。

「あんた、イスパニアの言葉の他にも、いくつか喋れるって言うてたな?」

「え、ええ、まあ」

ポルトガル語は不自由なく操れるし、フィリピンにいた頃にはタガログ語と中国語を少しばかり覚えた。

「なあ、ジョアン。異国と商いをするには、あんたが必要や」

鶴の口から、そんな言葉が出るとは思いもしなかった。驚いて見返すと、鶴は唇を尖らせ横を向く。

「ま、あんたがどうしてもここに残りたいんやったら、無理にとは言わんけど」

「はあ」

このまま雑賀にとどまってしまえば、鶴がいなくなってしまえば、自分の居場所などない。捕らえられて労働力として酷使されるか、どこかに放り出されるか。

だが、鶴についていったとしても、先行きはまるで見えない。鶴の性格を考えれば、どこに行っても厄介《やっかい》な揉め事を起こすのは目に見えている。

どちらの道を選んでも、明るい未来は待っていそうにない。ならば……。

「わかりました。あなたに従います」

少しでも、自分を必要とする相手についていこう。

悲しいが、智は自分のことなどこれっぽっちも必要とはしていない。次から次へと若い男のもとを渡り歩きながら、この場所で生きていくのだろう。

「そうか。ほな、さっさと船に乗り」

口の端を小さく持ち上げ、鶴は笑った。

V

鶴は縄梯子《なわばしご》を伝い、艀から戦姫丸に乗り移った。後から、兵庫やジョアンたちも続いてくる。

船尾楼に上った鶴に、蒼褪《あおざ》めた顔の喜兵衛が近づいてくる。

「姫さま。また、なんという無茶な真似を……」

「しゃあないやろ」

ああでもしなければ、城から出ることはできなかった。雑賀城からは今も、黒い煙が幾筋も上がっている。父は今頃顔を真っ赤にして、鶴を連れ戻せと家臣たちに喚き散らしているに違いない。

さすがにやり過ぎたかとも思うが、あのまま左近の嫁にされて、城の奥に押し込められるよりはよほどましだ。

いきなり、甲板からアントニオの悲鳴が聞こえてきた。

「いでで……なにすんだヨ、アミーゴ！」

見ると、ジョアンがアントニオの頰をつねり上げている。

「別に。なんとなくだ」

これで、智のことは帳消しにしてやるということだろう。苦笑しつつ、鶴は声を張り上げた。

「全員揃ったな。戦姫丸、出航や。総帆、開けぇ！」

鶴の声に、水夫たちが慌ただしく動きはじめる。加わろうとしたジョアンを、鶴は手招きした。甲板の仕事をさせたところで、ジョアンは足手まといになるだけだ。

「これから、あんたは通詞兼、うちの従者や。ここにおれ」

傷ついたような表情を浮かべ、ジョアンが船尾楼に上ってくる。頰を腫らしたアントニオは、持ち場の見張り台にするすると登っていった。良く言えば陽気で大らか、悪く言えばいい加減きわまりない男だが、常人離れした視力の持ち主である。

船頭の喜兵衛は水夫たちを指図し、武者頭の兵庫は追っ手に備えて兵たちをまとめている。蛍は鉄砲の弾込めに余念がない。

水夫も兵も、鶴が自前の船を持つようになって以来、ずっと付き従ってきた仲間だ。一人一人の名前も人となりも、鶴は把握している。

強い追い風が吹いていた。見る見る船足は増し、船着場が遠ざかっていく。

狭い湾を抜けて沖合に出ると、戦姫丸は針路を北に取った。

父に着せられた艶やかな小袖と打掛は、とうに脱ぎ捨てた。袖なしの小袖に膝までの半袴をつけ、帯に小太刀をぶち込んでいる。百姓のような身なりだが、夏はやはりこのほうが動きやすい。潮風を肌で感じ、鶴は目を細めた。

和歌浦が見る見る遠ざかり、そのぶん目の前に横たわる淡路島が大きくなった。

古来より、紀伊と薩摩南方の種子島は潮流で結ばれ、船による往来は活発だった。種子島に伝来した鉄砲を、雑賀衆がいち早く取り入れることができたのもそのためだ。

紀伊から琉球へ向かうには、四国の南を通り種子島を経由するのが常だが、売る品がなければ話にならない。加えて、急な出航となったため、長期航海の準備はまったく整っていなかった。まずは、堺で食糧と交易品を買いそろえる必要がある。

「姫サマ、追っ手が来るで。あの旗は、『源氏丸』デス！」

帆柱の上の見張り台から、アントニオが叫んだ。『源氏物語』をこよなく愛する左近の船だ。

後方に目を向けると、源氏丸が追ってくるのが見えた。

帆柱が一本の関船だが、雑賀水軍の中では戦姫丸の次に大きい。三十丁の櫓を百足《むかで》のように突き出し、細身の船体で波を切って疾走している。

「しつこいやっちゃな」

「いかがします？」

辟易《へきえき》しながら、船頭の喜兵衛が訊ねてくる。

「しゃあない、この先もずっとつきまとわれたら面倒や」

鶴は回頭を命じた。船が傾き、やがて源氏丸の船影が正面に見えてきた。追い風を受けながら総櫓で走る源氏丸は、見る間に距離を詰めてくる。鶴は小刻みに帆を動かして巧みに風を受け流し、風上に向かって斜めに切り上がっていく。三本の帆柱に最初は戸惑っていた水夫たちだが、この三月《みつき》の訓練で、しっかりと鶴の指示通りに動けるようになっている。

距離がさらに近づいた。すでに、一人一人の顔まで見分けられる。源氏丸の水夫たちは、戦姫丸の切り上がりの速さに驚きの表情を浮かべていた。

鶴は源氏丸の舳先に目をやり、思わず「なんや、あれ」と声を上げた。

片膝立ちになった左近が両手を広げ、大きく口を開けていた。声こそ聴こえないが、歌っているようだ。砕けた波が降り注ぐのも構わず、一心不乱に声を張り上げている。

「とうとう、頭がおかしゅうなったか」

刀を投げつけた時に、頭を強く打ったのかもしれない。自分でやっておきながら、鶴はほんの少しだけ気の毒になった。

「あれは、イスパニアの男が想い人に愛を捧げる、セレナータというものです」

鶴は目を細めて束の間ジョアンを見やり、小さくため息を吐いてから命じた。

「船首大筒、用意」

甲板の下で、砲手たちが慌ただしく動きはじめる音が聞こえてきた。

「船足を止めるだけでええ。放てぇ！」

叫んだ直後、轟音が響き、船が揺れた。やや遅れて、源氏丸の後方で水柱が上がる。

源氏丸の帆に、二つの穴が開いていた。強い風を受け、瞬く間に破れ目が広がっていく。

船足が大きく鈍った源氏丸が見る見る近づいてくる。左近の麾下《きか》は弓鉄砲を構えてはいるものの、矢玉は飛んでこない。

「鶴どの！」

舳先から、左近が叫んだ。

「拙者の歌が聴こえたか。聴こえたならば……！」

鶴は遮るように、左近に呼びかけた。

「左近さま、父にお伝えください。鶴はいずれ、雑賀の者が戦場働きをせずとも生きていけるだけの財物を持って戻りますゆえ、お待ちください、と」

左近の返事も聞かず、鶴は喜兵衛に命じた。

「酉の舵いっぱい。主櫓と後櫓、風を抜け！」

前の帆だけに風をはらんだ戦姫丸の船首が、急速に左へと方向を転じる。振り回されるように、船尾が大きく弧を描いた。

再び船首を北へ向けた時には、源氏丸の姿ははるか後方にあった。こんな曲芸のような操船ができるのも、三本の帆柱と、厳しい訓練の賜物《たまもの》だった。

「あいつはもう追いつけん。放っていくで」

源氏丸は慌てて帆を畳み櫓走に切り替えたが、追い風を受ける戦姫丸には追いつけるはずがない。見る間に船影は小さくなっていった。

「やりましたな、姫」

「まあ、この程度で諦める相手なら苦労せんけどな」

答えると、喜兵衛も苦笑した。雑賀衆の中に、本心から左近を嫌っている者はほとんどいない。それは、鶴にしても同じだった。

ただ、もしも雑賀に戻っても、左近の妻になるつもりは毛頭なかった。

家の中に押し込められ、跡継ぎを作るためだけに生きる。そんな生を送るくらいなら、どれほど荒れた海でも漕ぎ出していきたい。それを認められる男なら嫁いでやってもいいと、鶴は思っている。

恋だの誰かに嫁ぐだの、今はどうでもいい。父がどれくらい怒っているか。いつか雑賀に戻れるのか。それも、小さな問題でしかない。今しかできないこと。それを頭に置いて、鶴は声を張り上げた。

「総帆、開け。このまま突っ走るで！」

水夫たちが、「おお！」と声を揃えた。見張り台のアントニオが太鼓を叩き、故郷の歌を歌いはじめると、手の空いた者たちが思い思いに踊り出す。賑やかさに誘われたのか、亀助まで甲板に上がってきた。

だがジョアンだけは、不安そうに舳先の向こうに広がる海を眺めていた。小さなため息を幾度も漏らす様子からは、智への想いを吹っ切れていないことがありありと伝わってくる。

恋に未練がましいのは、いつも男のほうだ。それは、国が違っても変わらないらしいと、鶴は思った。

まったく、世話の焼ける。呟き、ジョアンに歩み寄った。

「なんちゅう顔しとるんや。これから、いくらでも面白い物が見られるんやで。もっと嬉しそうにせんかい」

「はあ……」

「そうや」

思いつき、懐から取り出した羽筆を押しつける。

「船倉に落ちてた物や。あんたにやる」

「なぜ、私に？」

「あんたは、日本の娘に恋をするために海を渡って来たわけやないやろ」

自身の体験を記した本を故郷で発表する。それが、ジョアンが日本にやって来た目的なのだと、鶴は智から聞いていた。

「あんたはこれから、色んな物を見聞きする。忘れんように、しっかりと書き留めとき」

ジョアンは掌《てのひら》の上の羽筆に視線を落とした。

「うちは船に乗って、この国の外に乗り出す。あんたは、うちの商いを手伝いながら、旅の記録を本にする。あんたとうちは、持ちつ持たれつゆうわけや」

「モチツ、モタレツ？」

言葉が難しかったのか、首を傾げるジョアンを無視して、鶴は船尾楼の上に登った。

いつの間にか、日が沈みかけていた。澄んだ夕陽に照らされ、空も水面も赤く輝いている。それが錯覚にすぎないとわかっていても、世のすべてが美しく見えるこの光景が、鶴は好きだった。

いい追い風が吹いていた。この風に乗って、どこまでも走っていける。そんな気がした。

第Ⅲ章　海のサムライたち

Ⅰ

「Genial（素晴らしい）……」

ジョアンの口から、思わず感嘆の吐息が漏れた。

堺の町はまさに、「東洋のヴェニス」と称されるに相応しい繁栄ぶりだった。

和歌浦の小さな港町など、まったく話にもならない。建ち並ぶ家々も通りを行く人の数も、桁違いだった。通りを歩けば、店先には色鮮やかな着物や明国製の陶磁器、ジョアンが見慣れたガラス製の盃や置時計までが並んでいる。

驚いたのは、異国人の姿も珍しくないことだった。イスパニアやポルトガルの宣教師、商人、さらには彼らに付き従う黒人奴隷までもが、当たり前のように往来を闊歩《かっぽ》している。

かのフランシスコ・ザビエル以来、イエズス会が日本布教に力を入れている話は聞いていたが、これほど多くの同胞がこの国を訪れているとは思わなかった。

宣教師たちはジョアンを見かけると、寸足らずの着物に刀を差した珍妙な格好に憐れむような視線を向けてくる。羞恥《しゅうち》にうなだれるジョアンの尻を、鶴が蹴とばした。

「ぼんやりしとらんと、さっさと歩き。のんびり遊山《ゆさん》しとる暇はないんや」

「は、はい……」

あの宣教師たちに比べ、私ときたらどうだ。こんな野蛮な小娘に顎で使われ、挙句には尻まで蹴り上げられている。故郷の父母が見たら何と言うだろうか。

紀伊和歌浦を出航した戦姫丸一行は、和泉国《いずみのくに》堺に入港していた。

商業で栄えたこの地は、町の周囲に長大な濠と塀を巡らし、傭兵を雇うことで長く大名の支配を拒んできた。数年前に織田家の武力に屈したものの、「会合衆《えごうしゅう》」と呼ばれる富裕な商人たちの合議による自治を保ってきたという。

鶴とジョアン、喜兵衛の三人が向かっているのは、その会合衆の一人、今井宗久《いまいそうきゅう》の屋敷だった。鶴は珍しく髪を結わず、女らしい華やかな小袖をまとっている。聞けば、鶴と宗久は旧知の間柄だった。

「ほう、雑賀のいくさ姫が、とうとう海の外へ漕ぎ出しますか」

用件を告げると、宗久は鷹揚に笑った。

歳の頃は五十をいくつか過ぎたくらいか。肉付きがよく、いかにも好々爺《こうこうや》といった風貌だ。かつては自ら船に乗り込み、異国との交易に赴いたこともあるというが、海の男らしい荒々しさは感じない。

「お求めの品は……」

宗久が、鶴が渡した目録に目を通す。

「銅と銀、樟脳《しょうのう》、漆器《しっき》に刀剣。なるほど、南方の国々で高く売れる物ばかりですな」

「はい。まずは琉球へ渡り、そこから安南、シャムあたりへ」

「それがよろしいですやろな。明国へ出向いても、かの国々では商いはできませんよって。海禁は数年前にいくらか緩和されたものの、我が国とだけは、今も交易を認めておりまへん」

かつて、明国が私的な貿易を禁じていた話は、ジョアンも知っていた。明政府は勘《かん》合《ごう》と呼ばれる割符を持つ者だけに交易を許していたが、五十年ほど前に日本側と揉め事があり、大きな戦に発展したため、勘合による貿易も禁じられたらしい。

「密貿易は盛んですが、官憲に知られれば積み荷を奪われ、船まで沈められるやもしれまへん。いっそ南の国々まで足を延ばしたほうがなんぼもましや」

ところで、と宗久は鶴の後ろに控えるジョアンに顔を向けた。

「こちらの御仁は？」

「この者は南蛮からはるばる、侍とは何たるかを学びにまいったそうです」

　鶴が答えると、宗久は人好きのする笑みを浮かべた。

「ほう、それはまた奇特なことや」

「漂流して生死の境をさまよっていたところを助けたのです。それを恩義に感じたらしく、どうしてもわたくしの従者になりたいと申しますので、従者兼通詞として船に乗せております」

　ジョアンには一度たりとも見せたことのない柔らかな笑顔で、鶴は流れるように嘘を並べ立てる。訂正しようと身を乗り出すと、隣の喜兵衛に膝をつねられた。

「それはそうと、この時期に異国へ船を出すこと、よう孫一殿が承知なさいましたな」

　宗久の目が、一本の皺のように細くなった。鶴は、孫一の制止を振り切って飛び出してきたことを話してはいない。

「ええ。織田家との戦は、これからも長く続きましょう。それにはまず、なにより銭が必要になりますゆえ」

「なるほど。織田家は浅井《あざい》、朝倉《あさくら》を滅ぼし、勢いに乗っとりますからな。本願寺に与する雑賀衆としても、なかなかに苦しきところでございましょうな」

「織田家の敵である我らと商いをしたと知られては、宗久さまにもご迷惑がかかりましょう。この話は他言いたしませぬゆえ、どうぞご安心ください」

宗久は堺が織田家に降《くだ》った際、堺の代官に任じられていた。いわば織田家の家来も同然だが、鶴も宗久も意に介さず話を続けている。

この二人にはどこか似たところがあると、ジョアンは思った。雑賀衆を離れた鶴は、もう何物にも縛られていない。宗久も、表向きは織田家に従いながら、商人らしい自由さを失ってはいないようだ。これが、海に生きる人間たちなのだろう。

「宗久さま。まことに厚かましいお願いですが、我らが運んできた荷は、できれば今日明日のうちにも買い取っていただきとうございます」

「それはまた、えらいお急ぎで」

「ええ。戦は待ってはくれませぬゆえ」

「せやけど、ここに書かれてある品々を揃えるには、通常ならば少なくとも十日はお待ちいただかねばなりまへん」

「三日。それ以上は、待てません。ゆえに、値は宗久さまにお任せいたします」

「こちらの言い値でええ、と？」

鶴が頷く。

「当家と宗久さまは長い付き合い。こたびだけでなく、異国から戻った暁《あかつき》には、向こうで手に入れた品々を格別な値で宗久さまにお売りいたしましょう」

宗久はさらに目を細め、しばし考え込んだ。

鶴がこれほど急ぐのには、何か裏があるとむろん宗久も勘付く。だがそれを差し引いても、これだけの量の荷を言い値で取引できるというのは、宗久にとってうまみのある話のはずだ。

「承知いたしました。ほな、水と食糧はすぐにでも運ばせましょう。ご注文の品々も、三日以内に必ずお届けいたします」

化かし合いにも似た交渉が終わると、宗久は手を打って酒肴《しゅこう》を運ばせた。

雑賀では目にしたことのない、山海の珍味だ。生の魚やイカ、タコ、雉《きじ》の焼物に干した鮑《あわび》まである。イスパニアの洗練された料理とは比べるべくもないが、素材を活《い》かした見事な調理だった。酒も、これまで口にした日本の酒よりずっと上等で、雑味がなく、深い味わいを感じる。

ハポンの料理も、なかなかのものではないか。そんなことを思いながら舌鼓《したつづみ》を打っていると、宗久と鶴の会話が耳に入ってきた。

「……明国の沿岸は今も、倭寇《わこう》が跳梁《ちょうりょう》しているのですか」

「そうですな。倭寇も大頭目の王直《おうちょく》の死後は統制を失い四分五裂、いわば群雄割拠の様相を呈しております。互いに覇《は》を競い、そこへ明国朝廷の思惑も絡んでくるため、一筋縄ではゆきまへん。まあ、かの国へは近寄らぬが吉かと」

言葉が難解で、ジョアンには何の話をしているのかほとんどわからない。だが、鶴のいつになく真剣な表情が気にかかり、耳をそばだてた。

「現在、倭寇の中で最も力を持つのは？」

「かつては王直の片腕と称された浙江《せっこう》の除元亮《じょげんりょう》。台頭著しい福建《ふっけん》の李成《りせい》。王直と並ぶ勢力を誇った葉宗満《ようそうまん》の息子、葉宗武《そうぶ》。強大な海賊は幾人かおりますが、やはり最大の頭目は、林鳳《りんほう》でしょうな」

リンホウ。宗久がそう口にした瞬間、鶴の表情が険しいものになった。

「鶴どのは、林鳳をご存知で？」

宗久が訊ねると、鶴はすぐに温和な笑みを浮かべて首を振った。

「まさか。ただ、非道で冷酷な人物という噂は耳にしたことがございますので」

嘆息混じりに宗久が頷く。

「異国の商人たちから聞いた話やと、えらいおっかない男らしいですな。戦に強く、謀略にも長け、一度敵対した者には撫で斬りも辞さない。その苛烈さは、織田信長公にも似ておるやもしれまへん」

「それは恐ろしゅうございますね。林鳳なる者の船を見かけたら、すぐに逃げ出すといたします」

「それがええですな。林鳳は、配下に五十隻を超えるジャンク船を中心に、数百隻に及ぶ船団を抱えとるゆう話です。全盛期の王直にも迫る勢いですさかい、さすがのいくさ姫でも太刀打ちできまへんやろ」

リンホウという響きに、ジョアンは引っかかるものを感じた。だが酔いも手伝って、それがなんなのかは思い出せない。

話題は南方の物産や気候、文化へと移った。宗久も若い頃には船に乗っていたので、南の島々についてジョアンに色々と訊ねてくる。時に身振り手振りを交えてジョアンが語ると、宗久は声を上げて笑った。

だが、鶴は微笑を浮かべつつも、その表情にはどこか暗い翳《かげ》が差しているように感じた。

約束通り、宗久はその日のうちに水と食糧を届け、鶴の求めた交易品も翌日から続々と運び込まれてきた。

「ワコウ、とはいったいなんですか？」

出航準備の合間に、ジョアンは喜兵衛に訊ねてみた。

「なんじゃ、そんなことも知らんのか」

倭寇とは元々、明国、朝鮮の沿岸を荒らす日本の海賊のことを指していたという。だが、長い乱世で日本海賊の勢いは衰え、今では十人のうち七、八人までが日本人に擬装した明国人が占めているらしい。

その倭寇の中でも、絶大な力を持っていたのが王直という男だった。明国の浙江を拠点に密貿易を行っていた倭寇は、明軍の弾圧を受けると海賊に転じ、周辺海域を荒らし回った。やがて、九州の平戸《ひらど》に拠点を移し、日本から明国、さらには南の国々に及ぶ広大な海域を制したという。

しかし、王直は明国朝廷の官位を与えるという甘言に乗り、明国へ舞い戻ったところを捕縛され、処刑される。それが、今から十五年ほど前のことだ。

その後は宗久が言ったように、倭寇は幾人かの頭目が率いる集団に分かれて明国の沿岸を荒らし回っているらしい。その中でも最大の勢力を持つのが、林鳳という男だった。

「もしかして」

ふと思い当たり、ジョアンは恐る恐る訊ねた。

「林鳳とは、リマホンのことでしょうか」

リマホン。フィリピン総督府に出入りしていた貿易商人たちの口から何度か耳にした、忌むべき名。この東洋で最強かつ最悪と言われる、海賊の大頭目。その名を思い浮かべるだけで、腹の底から恐怖が込み上げてくる。

「ああ、明国人の名の発音は、土地によって変わる。そう呼ぶところがあってもおかしくはないな。ジョアン、どうした。顔色が悪いぞ」

「実は……」

まだフィリピン総督府に勤めていた一昨年の夏、マニラ近郊にイスパニア船が漂着したことがあった。

現地に派遣されたジョアンがそこで見たのは、空になった船倉と、船内に残された無数の屍、そして、恐らくは乗員の血で帆に大書された〝鳳〟の字だった。

屍の多くは皮を剝がれ、それが人であったとは思えないほど無残な姿を晒していた。イエス・キリストのように、杭で帆柱や壁に打ち付けられた者もいた。明らかに、戦の結果ではない。遊び半分で、愉《たの》しみながら殺したとしか思えなかった。

あの凄惨な光景は、今もこの両目に焼き付いて離れない。

「そうか。林鳳の勢力は呂宋まで……」

ジョアンの話を聞き、喜兵衛は腕組みしたまま言った。

「いちおう、姫に知らせておいたほうがよいな。だが、それほど案ずることもあるまい。広大な南の海で、林鳳に出くわすことなどそうそうありはせぬ」

「だといいのですが……」

そう応じたものの、ジョアンの胸からはしばらく、恐怖と不安が消えなかった。

II

明石《あかし》の瀬戸《せと》を抜けて瀬戸内に入ると、鶴はようやく伏せていた雑賀の旗印を掲げさせた。

織田家の版図は抜けた。雑賀水軍の船も、このあたりにはいないだろう。船首に翻る旗に描かれた八咫烏も、心なしか嬉しそうに見える。

ここから先は、村上《むらかみ》水軍の領分だ。雑賀衆の旗と並べ、〝上〟と大書した村上家の旗も掲げた。今井宗久に頼んで手に入れた、いわば瀬戸内の通行手形である。

雑賀から四国の南を通って種子島まで出向いたことは何度かあるが、瀬戸内ははじめてだった。

播磨灘《はりまなだ》を横切って小豆島《しょうどしま》に近づいた頃、湊《みなと》から一艘の関船が近づいてきた。村上水軍の旗を掲げている。村上水軍の本拠は伊予《いよ》の能島《のしま》だが、瀬戸内の島々に人と船を配し、無断で航行する船に目を光らせている。

船を停め、縄梯子を下ろすと、数人の武者が乗り移ってきた。

「それがしは能島村上家家臣、能島左馬助《さまのすけ》と申す」

具足に身を固めた年嵩《としかさ》の男が名乗った。

村上家は長い乱世で能島・因島《いんのしま》・来島《くるしま》の三家に分裂していたが、今は能島家が他の二家を圧し、宗家のように振る舞っている。この左馬助も、能島村上家の一族だろう。

「雑賀衆の旗を掲げておられるが、これはまこと、雑賀水軍の船にござるか」

左馬助が、戦姫丸の威容に圧倒されたような顔つきで言う。

「そうや。元はイスパニアの船やったけど、いろいろあって、うちが預かることになった」

「そなたが、この船の主だと申すか」

「雑賀のいくさ姫。噂くらい、聞いたことあれへんか？」

「なんと、あなたが……」

男の頬が引き攣っている。どうやら、あまりいい噂ではないらしい。

「ジョアン、積み荷の目録を」

「はい、姫さま。こちらになります」

はじめて南蛮人を間近に見るのか、左馬助は軽くおののきながら目録を受け取り、目を通す。

瀬戸内を航行する船は、帆別銭《ほべちせん》と呼ばれる通行料の他、荷の量に応じた関料を村上水軍に収めることになっていた。拒めば、荷を奪われた上、船を沈められる。

「行き先は、南の国々にござるな」

積み荷を見て判断したのだろう。存外、商いに通じているらしい。

「まずは琉球。そこから先は、まだ決めてへん」

「承知いたした。しかし、織田家との戦を抱えながら異国に船を出すとは、雑賀衆もなかなか商い熱心にござるな」

「あんたらも似たようなもんやろ。外で毛利《もうり》とやり合ってても、帆別銭の取り立ては手を抜けへん。それと同じや」

「確かに」

にやりと笑い、左馬助は目録をジョアンへ返す。

長く安芸《あき》毛利家の覇業に貢献してきた村上水軍だったが、毛利元就《もとなり》の死後は豊後《ぶんご》の大友《おおとも》家と結び、毛利と敵対していた。戦況は押され気味だというが、瀬戸内の支配権に揺るぎはないようだ。

「瀬戸内には慣れてへんよって、案内を頼みたい」

「承知いたした。では、それがしが上乗り（案内人）として、この船に残りましょう」

もろもろの銭を支払うと、左馬助以外の武者たちは自分たちの船に戻っていった。

「面倒なことですねえ。銭もかかるし」

再び船が進みはじめると、ジョアンが小声で言った。

「まあな。せやけど、村上水軍の案内なしには難所だらけの瀬戸内は抜けられへん。払う銭も、互いに納得できる額や。あの連中も、生きるには銭がいるよってな」

ろくに米が穫れない土地で生きる厳しさは、鶴にもよく理解できる。村上水軍も、昔は海賊働きがもっぱらだった。時には九州の海賊衆と徒党を組んで、朝鮮や明国まで出向いて略奪を働いたというが、帆別銭の仕組みが確立されてからは、ずいぶんと暮らし向きがよくなったと聞いている。

「その仕組みを作り上げたのが、能島村上家当主、村上武吉《たけよし》。村上水軍の大将や」

どんな人物なのか、一度会ってみたい。鶴は「日ノ本《ひのもと》一の海賊大将」とも称される男の姿を、心の中で思い描く。

願わくは、面白い男であってほしいものだ。

その夜は小豆島に碇《いかり》を下ろして一泊し、塩飽《しわく》諸島を抜け、燧灘《ひうちなだ》を横切り芸予《げいよ》諸島に達した。

多くの島々が浮かぶ瀬戸内は、潮流が複雑な上に激しく、岩礁《がんしょう》も多い。案内がなければ、とても無事には進めなかった。

それでも、行き交う船は相当な数だった。漁師舟に、少数の荷や人を載せた大小さまざまな荷船、時には南蛮船の姿も見える。それらがぶつかったり座礁したりすることなく航海できるのも、村上水軍の案内人たちのおかげなのだろう。

やがて、前方の左右に大きな島が見えてきた。その二つの島に挟まれた狭い海峡に、いくらか小さい島が浮かんでいる。

「ここが村上水軍の本拠や。右手に見えるのが伯方島《はかたじま》で、左手が大島《おおしま》。で、その間の小島が、鵜島《うしま》やな」

絵地図を見ながら鶴が教えてやると、ジョアンは首を傾げた。

「能島というのは、どこですか？」

「こっからは見えへんな。鵜島の陰になってるんやろ」

前方から一艘の小早船《こばやぶね》がこちらへ向かってきた。戦姫丸に漕ぎ寄せると、舷側に立った左馬助に何か伝えている。

左馬助が鶴の側にきて言った。

「我が主が、雑賀のいくさ姫にぜひともご挨拶いたしたいとの由。酒肴をご用意いたしておるゆえ、能島へお立ち寄り願いたいとのことにござる」

瀬戸内を行き交う船のことは、細大漏らさず能島に伝わるようになっているのだろう。村上武吉はやはり、抜け目のない男らしい。

「姫、先を急ぎましょう。なにかよからぬことを考えておるやもしれませんぞ」

喜兵衛が耳打ちするが、鶴はかぶりを振り、左馬助に向かって答えた。

「承知いたした。馳走《ちそう》にあずかりたい」

「では、伝えてまいります」

左馬助が離れると、再び喜兵衛が危惧の念を口にした。

「武吉かて、阿呆やない。毛利っちゅう大敵がおるのに、わざわざ雑賀衆と事を構える理由はあれへんやろ」

「しかし」

「なんかあったら、武吉を人質に取ったったらええ。それから能島の城に五、六発も大砲ぶち込んだったら、観念しよるやろ」

喜兵衛はやれやれといったふうに首を振った。

伯方島東端の船着場に碇を下ろすと、鶴は左馬助が櫓を握る端舟《はしぶね》に乗り移って能島へと向かった。ここから能島までは、十町ほどだという。

同行するのは、ジョアンと兵庫、アントニオの三人。ジョアンはまるで役に立たないが、どうしても城が見たいというので連れてきた。アントニオは武器こそろくに使えないものの、とにかく力が強い。

伯方島と大島に挟まれた狭い海域は、船折《ふなおり》瀬戸という恐ろしげな名がつけられていた。

確かに、ひとつ操船を誤れば船をへし折られそうなほど、潮流が激しく複雑だ。ところどころに見える渦潮に巻き込まれれば、戦姫丸でも無事ではすまないだろう。

船着場の南の岬を回り込み、鵜島の北側を通って南に目を向けると、ようやく能島が見えた。

「おお、これはすごい」

激しい揺れに蒼褪めていたジョアンが、身を乗り出して感嘆の声を上げた。南蛮でも、こんな城は見たことがないという。

島というよりも、城そのものが浮かんでいるかのようだった。東西は百間、南北は七十間ほどか。いくつか見える郭の周囲にはびっしりと回廊が巡らされ、いたる所に船着場が設けられている。渡り廊で繫がれた隣の小島は、出丸の役割を果たしているのだろう。

想像以上に小さい。だが水軍の城としてこれ以上のものは、そうはないだろう。

潮流は激しく、大型の船が漕ぎ寄せるのは難しい。近づいたとしても、上陸の際に城から無数の矢弾を浴びることになる。兵糧攻めをしようにも、この地形では包囲を維持することは不可能に近い。

桟橋で端舟を下りると、無数の小屋が見えた。武具を作る鍛冶職人たちの集まる一角らしく、甲高い槌音がかまびすしい。行き交う人々は皆忙しなく、こちらにほとんど興味を示さない。左馬助に軽く会釈し、足早に去っていくだけだ。

その様子に、鶴はどこか切羽詰まったものを感じた。人々の顔つきに、まるで余裕がない。毛利との戦は、それほど旗色が悪いのだろう。

「さあ、こちらへ」

左馬助の先導で、本丸へ向かった。

本丸は、海面から十五間以上は高く、周囲の島々や行き交う船を一望のもとに見渡せる。

「一昨年には、この能島に小早川隆景《こばやかわたかかげ》率いる毛利の大船団が押し寄せてまいりましたが、城は小ゆるぎもせず、敵は虚しく引き上げていき申した」

小早川隆景は毛利元就の息子で、西国でも指折りの戦上手として知られている。左馬助は自慢げだが、村上の本城である能島まで敵が迫ったということは、相当に苦しい戦況ということだ。

まずいな。鶴は内心で呟いた。どうにも、嫌な予感がする。

村上武吉は数名の一族郎党とともに、広間で待っていた。

「お初にお目にかかります。雑賀衆、鈴木孫一重秀が娘、鶴にございます」

「能島村上家当主、掃部頭《かもんのかみ》武吉にござる」

歳の頃は、不惑をいくつか過ぎたくらいか。中肉中背、髭で覆われた口元に温和な笑みを湛えている。

海賊大将らしく声はしわがれ、肌は灼《や》けているものの、思っていたよりも豪傑然とはしていない。だが、切れ長の目の奥には、油断ならない不敵な光が点っている。

「ようこそおいでくだされた。雑賀衆の精鋭ぶりは、この瀬戸内にまで鳴り響いておりますぞ」

「村上水軍の武名も、雑賀で知らぬ者はおりませぬ」

「さようか。それは嬉しい限り。さあ、今宵《こよい》はよき縁を祝い、大いに酌み交わしましょうぞ」

武吉が手を叩くと、酒肴が運ばれてきた。

すぐに座が騒がしくなった。見かけのわりに酒に弱いアントニオが歌い出し、村上の郎党がそれに合わせて鼓を打つ。他の者たちはジョアンに興味津々《しんしん》で、南蛮の事情について質問攻めにしていた。兵庫はいつものように、黙々と盃を重ねている。

「ところで鶴殿、お父上はご壮健かな?」

手ずから鶴の盃に酒を注ぎながら、武吉が言った。

「はい、それはもう。村上さまは、父と会ったことが?」

「一度だけな。あれはもう、二十年近くも昔のことじゃ。鶴殿が知らぬのも無理はない。孫一殿とは、戦場で出会《でお》うたのよ」

その戦で武吉は、敵に包囲された讃岐《さぬき》の海沿いにある城へ、兵糧を入れる仕事を請け負っていた。そして父は、城を囲む側にいたという。

「陸から鉄砲で散々に射ちすくめられてな。米の一粒も城へ入れることはかなわなんだ。その後、戦は矢留め（停戦）となったが、あれほど恐ろしい目に遭うたのは後にも先にもそれきりよ」

矢留めの後、孫一は単身で武吉の船を訪ね、酒を酌み交わしたという。

「面白き戦であった。そう言って、孫一殿は笑っておったわ。あの顔はまこと、愉快そうであった」

「戦は父の、生き甲斐《がい》にございますゆえ」

微笑しながら答えたものの、背中が汗ばんでいる。父と武吉が旧知の仲だったとは、まるで知らなかった。嫌な予感は、ますます大きくなっている。

「しかし鶴殿は、お父上にあまり似ておられぬ」

「よく言われまする」

似ているはずがない。声に出さず呟き、鶴は盃の酒を呷《あお》る。

「よき飲みっぷりじゃ」

すかさず、武吉が酌をしてきた。

「琉球へ向かうとのことだが、なにゆえこの瀬戸内を？　紀伊から琉球へ行くのであれば、黒潮に沿って種子島へ渡り、そこから南を目指すのが常道だが」

確かにその通りだった。だが、出奔同然で雑賀を出航したからなどとは言えない。

「あの船は手に入れたばかりで、水夫たちがまだ三本帆柱に慣れておりませぬ。ゆえに、調練を兼ねて瀬戸内を航海しようと」

「なるほど」

武吉が納得したとは思えない。なにか事情があることは察しているだろう。

「ところで一月ほど前、珍しく孫一殿から書状が届いてな」

鶴は頬が引き攣りそうになるのをこらえ、「その書状にはなんと？」と訊ねた。

「なんでも、娘が南蛮船を手に入れ、異国へ向かおうとしている。もしも瀬戸内を通るようなことがあれば、捕らえて雑賀へ送り返してほしい。相応の謝礼はいたす、と」

親父め。内心で毒づきながら、鶴は視線を左右に走らせる。

おそらく、隣の部屋にも廊下にも、武者たちが潜んでいる。武吉を人質にしようにも、この狭い城ではどこに鉄砲を持った兵が隠れているかわからない。

「それで、村上さまはいかがなさるおつもりで？」

「孫一殿のたっての願いだ。無下《むげ》にするわけにもいかぬ。されど、わしは鶴殿とそなたの船に興味があってな。ひとつ提案じゃ。あの船の力を、戦で試してみるつもりはないか？」

　そういうことか。敵は間違いなく、毛利軍だろう。戦姫丸を使って、不利な戦況を覆《くつがえ》すつもりなのだ。

「無論、それ相応の礼はいたす。銭三百貫に、今後の瀬戸内の航行にも格別な便宜《べんぎ》を図ろう。戦の後は、琉球なり明国なり、好きな所へ行かれるがよい。孫一殿にも、告げ口はせぬ」

　悪い話ではなかった。だが、戦が終わった後で武吉が約束を果たすという保証はない。それどころか、理由をつけて戦姫丸を乗っ取ることさえ、この男ならやりかねない。

「少し、時をいただけますか。船に戻り、郎党たちと相談せねばなりませぬゆえ」

「承知した。では明朝、船までお送りいたそう。後学のため、我が家臣を十人ばかり、戦姫丸に乗り込ませていただきたいと思うが、いかがかな？」

「喜んで」

　逃亡を阻止するための足枷《あしかせ》だ。しかし、断るわけにもいかなかった。

「では、返答は明日、改めて」

「よき返事を期待しておるぞ、いくさ姫よ」

　武吉の言葉に、鶴は微笑で応じた。

翌朝、戦姫丸に戻ると、喜兵衛のしかめ面が待っていた。

武吉が付けた〝足枷〟は左馬助をはじめとする十三人。いずれも屈強で身のこなしに隙がなく、相当な手練《てだ》れであることが窺《うかが》えた。武装した足枷たちは甲板の要所要所に立ち、周囲に目を光らせている。

「……とまあ、そういうわけや」

船尾楼の一室に主立《おもだ》った者を集め、わけを話した。内々の話だからと、村上の武者たちは甲板で待たせている。

喜兵衛は「だから言わんことではない」とばかりの盛大な溜め息を漏らした。

「それで、武吉殿はどのような戦を？」

頷き、鶴はジョアンに命じて絵地図を広げさせた。安芸湾の奥深くに位置する城を指す。

「毛利水軍の主将、児玉就方《こだまなりかた》の安芸草津《くさつ》城を襲うそうや」

「それはまた、大胆な」

草津城は毛利家の中枢、安芸国の海側に睨みを利かせる要衝だ。

当然、相当な数の船が停泊し、守兵も多いだろう。また、能島から草津へいたる海路には無数の島と狭い瀬戸が立ちはだかっている。そこにも監視の兵と船がいると考えるべきだった。

「乾坤一擲《けんこんいってき》の大勝負ですな」

寡黙な兵庫が、珍しく感想を口にした。

「難しい戦やが、成功すれば毛利水軍は主力を失い、領国の周囲に睨みを利かせられなくなる。それが、武吉の狙いや」

「毛利は村上と和睦《わぼく》して、もう一度味方につけるしかなくなる。そして村上は、その代償として瀬戸内の支配権を安堵される、というわけですか」

「そういうことや、ジョアン」

武吉は戦姫丸を先陣に立て、自軍の損害を最小限に抑えるつもりだろう。草津城までの険しい道のりが切り開けるなら、三百貫など安いものだ。

「出陣は三日後。明日にも、このあたりは村上の船が溢れ返ることになるやろな」

「それで」と喜兵衛が声を潜めて訊ねる。

「姫はいかがなさるおつもりか」

「決まってるやろ」

喜兵衛に向かって、鶴は笑みを浮かべた。

Ⅲ

「阿呆、三百貫やぞ。こんなええ儲け話、他にあるか！」

「阿呆は姫のほうじゃ。そんなはした金のために、この戦姫丸を沈めるおつもりか！」

「やかましいわ、うちの乗る船がそんな簡単に沈むわけあらへんやろ！」

「お二人とも、やめてくださーい。喧嘩はいかんデス！」

船室でそれぞれが喚きながら、床を踏み鳴らし、壁を叩く。

狙い通り、騒ぎを聞きつけた左馬助が数人を引き連れ、船尾楼に飛び込んできた。

「何事にござるか、この騒ぎは……」

言い終える前に、鞘のまま振り下ろされた鶴の小太刀が、左馬助の頭をしたたかに打った。間髪《かんはつ》を容れず、兵庫が後ろに続く二人を打ち倒す。背を向けて逃げようとした残る一人の後頭部に、アントニオが投げつけた鍋が命中した。

「よっしゃ、いったれ。一人も殺したらあかんで」

ジョアンに倒れた連中を縛り上げるよう命じ、甲板に出た。

「おのれ、狼藉《ろうぜき》いたすか！」

異変に気付いて殺到する武者たちの前に、兵庫が立ちはだかる。

兵庫が相変わらず見事な太刀捌きで数人を叩き伏せ、蛍は逆さに持った鉄砲で頭を殴りつけて回る。甲板にいた水夫たちも参戦し、武者たちに襲いかかった。

鶴は向かってきた一人の懐に潜り込み、腕を取って投げ飛ばした。頭から叩きつけられた武者は泡を噴いているが、死にはしないだろう。他の武者たちも全員が取り押さえられ、得物と鎧を剝ぎ取られている。

「みんな、ご苦労やったな。喜兵衛、すぐに出航や」

喜兵衛が舵柄を握り、水夫たちが持ち場に向かって駆け出す。風は真東、波もそれほど高くない。好都合だった。

「このような真似をして、ただで瀬戸内を抜けられると思うな」

縛り上げた武者たちを一ヵ所に集めると、左馬助が喚いた。

「別に、あんたらに恨みはあれへん。けどな、人の弱みにつけ込んで戦の矢面に立たそうとするような連中のために、うちの郎党に命懸《か》けさせるわけにはいかんのや」

ジョアンが意外そうな顔を向けてくるが、無視して続ける。

「それにな、うちは後払いの仕事は引き受けへん。絶対に」

「この、悪党が」

「最高の褒め言葉や」

船着場を出た戦姫丸は、南の岬を回り込み、船首を西へ向けた。

「やっぱりおったな」

伯方島、大島に挟まれた船折の瀬戸の入り口を塞ぐように、関船が三艘、横に大きく拡がってこちらを待ち受けている。

「舵、このまま。総帆、開け。正面の敵をかわして突っ切るで！」

前檣、主檣の横帆いっぱいに風を受け、船足が一気に上がる。潮流が激しくなり、揺れが大きくなった。

「船首大筒、弾込めが終わり次第ぶっ放せ。ただし、船に当てるんやないで！」

轟音が響き、二門の大筒が火を噴いた。

敵船の間近で水柱が上がる。敵は恐れをなしたように、あっさりと道を開けた。すれ違う時にも、攻撃はない。

潮流も波も、激しさを増している。波が甲板を洗い、水夫が何人も転倒した。鶴は帆柱に摑まりながら、海面を睨む。一度は通った海だ。ある程度は見極められる。

鵜島を左手に見ながら、西へ進んだ。揺れはさらに激しくなり、ジョアンなどは甲板を右へ左へと転げ回って悲鳴を上げている。

やがて、能島城が見えてきた。城の周囲には大小合わせて三十艘ほどの船団が屯《たむろ》しているが、動く気配は見えなかった。全力でこちらを阻止しようという意思はないらしい。

船折の瀬戸を抜けると、いくらか開けた海域に出た。波も潮も、いくぶん穏やかになっている。左手前方に見えるのは、伊予の大角鼻《おおすみのはな》だろう。

「どうやら、切所《せっしょ》は越えましたな」

「まだや、喜兵衛」

あの武吉が、これほどあっさり諦めるとは思えない。対毛利戦のためにも、戦姫丸は喉から手が出るほどほしいはずだ。

「だとすれば、そろそろやな」

呟いた直後、アントニオの声が響いた。

「姫さま、敵やで。真っ直ぐ前や！」

目を凝らす。およそ一里（一里＝約3900メートル）前方に見える中島《なかじま》、怒和《ぬわ》島《じま》、津和地島《つわじじま》といった島々の入江から、船が続々と湧き出してきた。

「関船五、小早二十！」

アントニオの声に、水夫たちがざわつく。さすがに、一艘でこれだけの敵を相手にしたことはない。

正面の敵は、村上の旗を掲げてはいなかった。

武吉は、こちらがどこかの海賊に襲われたことにして、戦姫丸を乗っ取るつもりなのだろう。船折の瀬戸で仕掛けてこなかったのは、これが理由か。

「まったく、大した悪党やで」

だが、それだけではなかった。

「姫さま、後ろからも敵やで！」

アントニオの声に、振り返った。後方に〝上〟の旗印を掲げた船団が見える。能島から追ってきたのだろう。数も、五十艘以上に増えていた。

「大変や、安宅船《あたけぶね》までおりますわ！」

和船の中でも最大級の船だ。戦姫丸よりもはるかに大きく、兵も二百人近く乗せることができる。

狭い瀬戸内を縄張りとする村上水軍は、関船と小早が主体で、安宅船を持っているとは聞いたことがなかった。鶴たちにはその姿を見せないよう、どこかの船隠しに潜んでいたのだろう。

縛られたままの左馬助が、笑い声を放った。

「見たか、小娘。あの安宅は、殿の御座船じゃ。逃げきれると思うなよ」

鶴はその顎を蹴り上げ、倒れた左馬助の胸倉を摑む。

「左馬助殿、一つ聞きたい。前におる船団は、どこの水軍や？」

「知らんな。どこぞの海賊衆であろう。いずれにせよ、我らとは無関係じゃ」

あくまでしらを切るらしい。

「そうか。ほな、なんの遠慮もいらへんな」

立ち上がり、命じた。

「このまま押し通る。すべての大砲に弾を込めえ！」

後方の船団に追いつかれれば、勝ち目は皆無だ。前方の敵を速やかに突破し、逃げ切るしかない。

敵は一艘の関船に四艘の小早を一組としている。前に一組、その後ろに二組。魚鱗《ぎょりん》の陣というやつだ。小早には十数人、関船にはおそらく四、五十人の武者が乗り込んでいる。

話に聞く村上水軍の戦い方は、矢を浴びせながら船を寄せ、焙烙玉を投げ込んで船を燃やすか、接舷して鉤縄《かぎなわ》を投げ、それを伝って斬り込むかのどちらかだ。だが、戦姫丸を無傷で手に入れるには、焙烙玉は使えない。

風も潮の流れもこちらに有利だ。前方の敵は、櫓走でゆっくりと進んでくる。

戦姫丸は左へ舵を切り、右の船腹を敵に向けた。距離はまだ十町近い。矢は届かないが、大筒ならばその程度は軽々と飛ぶ。

「放てぇ！」

五門の大筒が轟音を上げ、三百匁《もんめ》玉（一匁＝3・75グラム）が吐き出された。

二艘の小早が吹き飛び、乗り込んだ武者や水夫が海へ投げ出される。一発は関船の屋形の壁をぶち破り、二発は海へ落ちて水柱を上げた。

「左舷大筒、弾込め急げ。卯の舵」

戦姫丸は、今度は左舷を敵に向けた。再び大筒が放たれる。今度は全弾が命中し、二艘の小早が沈んだ。関船も船腹に大穴を開けられ、大きく傾いている。

だが、後方の二組は怯むことなくこちらへ向かってくる。距離はもう、三町ほどに縮まっていた。

「姫さま、このままやと挟み撃ちやで！」

彦佐の悲鳴に近い声を無視して、鶴は敵船団を睨んだ。ぱらぱらと矢を放ってくるが、まだ届きはしない。虚仮威《こけおど》しだ。

鶴はわずかに舵を切り、船首を右の組へ向けた。

敵船がなおも近づく。矢が、船首甲板に突き立ちはじめた。

「姫さま、ぶつかる！」

「今や。卯の舵いっぱい！」

船首が右を向き、戦姫丸が大きく傾いた。敵の鼻先を掠めるように突き進む。このまま敵をかわし、中島と怒和島の間を縫って走れば、敵は追いついてはこられない。

「よし、舵戻せ！」

命じた刹那《せつな》、船全体に衝撃が走り、いきなり船足が落ちた。東からの追い風が、突然やんだのだ。

「くそ、こんな時に！」

再び、船体にどん、という衝撃を受けた。素早く舳先を回した敵の小早が、左の船腹にぶつかったのだ。

さらに数回、衝撃が続き、小早が次々と接舷してきた。左の組の敵船も、転進してこちらへ向かってきている。こちらを取り巻いて動きを停め、武吉の主力を待つつもりだろう。

残る二艘の関船のうち、一艘が戦姫丸の前に出た。戦姫丸の船首が関船の船腹にぶつかり、船足がさらに落ちる。左舷と船首に、幾本もの鉤縄がかけられた。

「乗り込んでくるぞ。武者衆、船首で関船の兵を迎え撃て。鉄砲組は、左舷の敵や。手の空いてる者は得物を取って、鉤縄を切るんや」

鉄砲組が、左舷に出て発砲をはじめる。大筒の砲声も轟《とどろ》き、甲板は硝煙《しょうえん》の臭いに包まれた。鉤縄を切られ、敵兵が海へと落ちていく。だが投げられる鉤縄が多く、こちらの手が回らない。

「あかん、登られる！」

水夫の一人が叫んだ。数本の鉤縄を伝って、口に抜き身の刀をくわえた敵兵が続々と躍り込んでくる。

甲板に下り立った直後、敵兵の頭から血飛沫《ちしぶき》が舞った。

見ると、船尾楼の上で蛍が鉄砲を構えている。後に続く敵兵も、鉄砲組の兵が刀を抜いてどうにか防いでいた。

「姫、右じゃ!」

舵柄を握る喜兵衛が叫んだ。

鶴は舌打ちした。気づかぬうちに、右舷にも取りつかれていたのだ。そちらに回す兵力は残っていない。

鶴は小太刀を抜き放ち、自ら右舷へ駆けた。

先頭で登ってきた一人が、刀を振り下ろしてきた。小太刀で受け流し、懐へ飛び込む。切っ先を喉元に当て、一気に刺し貫いた。

「おのれ、小娘が!」

刃を引き抜くより先に、右から斬撃がきた。

小太刀で貫いた敵の死体をそちらへ向ける。死体の背中に、敵の刀が食い込んだ。

その隙に小太刀を抜き、片手突きを放つ。敵は首を捻ってかわそうとするが、刃からは十分な手応えが伝わってきた。

首筋を切り裂かれた敵が、血の噴き出る傷口を手で押さえながら呆然と立ち尽くす。その胸元を蹴りつけ、海へと落とした。鉤縄を登る途中の敵兵が数人、巻き込まれて落ちていく。

荒い息を吐いていると、頬に風を感じた。

やんでいた東の風が、また吹きはじめている。

「ジョアン、おるか？」

「は、はい、ここに！」

舵の座に隠れていたジョアンが顔を出した。

「ありったけの焙烙玉を、前の関船に放り込め」

「いや、しかし……」

「あいつが前を塞いでる限り、船足は戻らん。ここで死にたなかったら、急げ！」

蒼褪めた顔で頷き、ジョアンが駆け出す。

船首にも関船の兵が乗り移ってきているが、兵庫を筆頭に味方はよく防いでいた。船倉から焙烙玉の詰まった箱を運び出したジョアンは、なんとか船首にたどり着いたようだ。

「姫、後方の敵がもうそこまで来ておりますぞ！」

「あと少しや、喜兵衛。あと少しで、前に進める！」

答えた直後、凄まじい轟音が響き、黒煙が上がった。ジョアンの投げた焙烙玉が炸裂したのだ。

閃光が走り、さらに大きな爆発が立て続けに巻き起こった。

関船に積んでいた火薬に引火したのだろう。戦姫丸は軋《きし》むような音を上げながら仰け反るように大きく後ろへ傾き、すぐに元に戻った。衝撃で大波が起こり、左舷の小早の何艘かが転覆している。

鶴は船首へ駆け、海面を見下ろした。

行く手を塞いでいた関船は木《こ》っ端微塵《ぱみじん》となり、夥《おびただ》しい木材や武者、水夫たちが海面を漂っている。戦姫丸の船首もかなり損傷していたが、穴が開くほどではない。

戦姫丸は元の船足を取り戻し、追い風を受けて走り出した。窮地を脱し、水夫や武者たちが歓声を上げている。

「おい、ジョアン!」

爆風に煽られて転倒したのか、ジョアンは船首側の甲板で仰向けに伸びていた。胸倉を摑んで引き起こす。

「ようやった、大手柄や!」

肩を叩いて笑うと、ジョアンはまだ状況が飲み込めていないのか、ぼんやりとした顔であたりを見回している。

武吉の本隊とは、一里近くまで距離が開いていた。このまま順風が吹けば、もう追いつかれる心配はない。鶴もようやく、安堵の吐息を漏らした。

戦姫丸は中島と怒和島の間を抜けていた。右手には周防大島《すおう》、左手には伊予の陸地が見える。

「ほな、気を取り直して進むで。水夫は持ち場に戻り。武者衆、鉄砲組は死体の片づけや」

「姫さま、こいつらはどないしましょう。斬り捨てますか？」

縛り上げられた左馬助たちを指し、彦佐が訊ねた。威勢のよかった左馬助も、すっかりうなだれている。

「斬っても一文の得にもなれへん。縄を切って、海に放り込んだれ」

「へえっ」

鎧も剝ぎ取ってあるので、運がよければ死ぬことはないだろう。水夫に引き立てられる左馬助に歩み寄り、笑顔で言った。

「武吉殿にお伝え願おう。面白き戦であった、と」

「この女狐が。これで終わったと思うでないぞ」

左馬助が、ありったけの憎悪を籠めて言う。

「悔しかったら、琉球でも呂宋でも追ってきたらええ」

そう応じ、小太刀で左馬助の縄を切ってやった直後、見張り台からアントニオの叫び声が降ってきた。

「姫さま、正面に船や。馬鹿でかいで！」

周防大島の岬の陰から、巨大な船が進み出てくる。距離は、半里ほど。

矢倉と呼ばれる、甲板に細長い箱を載せたような構造。帆柱は一本だが、相手にとっては逆風のため、今は折り畳まれている。船腹から海面に伸びた櫓の数は、五十を優に超えているだろう。

まぎれもなく、安宅船だった。村上水軍のものかと思ったが、左馬助も困惑の表情を浮かべ、呆然と前を見つめている。

安宅船は舳先をこちらへ向け、悠然と進んでくる。

距離が詰まってきた。矢倉の上を行き交う人の姿もはっきりと見える。

矢倉の上に掲げられた旗印を見据えた刹那、鶴は思わず呻き声を漏らした。

「なんでや。なんで、あいつらがこんな所におるんや」

丸に十文字の旗。

それは間違いなく、薩摩《さつま》島津《しまづ》家の家紋だった。

IV

「姫、いかがなさいます？」

喜兵衛が、差し迫った顔つきで訊ねてきた。

安宅船の矢倉の上で、兵の一人が赤い旗を振っている。

停船せよ。さもなくば攻撃するという、水軍同士で用いられる合図だ。

安宅船は左へ舵を切り、戦姫丸の前に立ちはだかるようにこちらへ船腹を向けてきた。矢倉に穿たれた鉄砲狭間《ざま》から、大小様々な無数の銃口が覗いている。こちらが少しでもおかしな動きをすれば、戦姫丸はひとたまりもなく沈むことになるだろう。

後方からは、武吉の本隊が迫っている。逃げ道はどこにもない。

「……しゃあないな」

鶴は停船を命じた。彦佐が不満げにこちらを振り返る。

「姫さま、ここまできて降参なんて……」

「ええから、帆を下ろせ」

帆が下ろされ、行き足が止まる。舵を切り、安宅船と並ぶ形になった。

「雑賀衆、鶴姫の御座船とお見受けいたす」

甲高い、女の声が響いた。

すでに、一人一人の顔が見分けられる距離になっている。叫んでいるのは、緋縅《ひおどし》の具足をまとった長身の若い女だ。左右に、武装した屈強な武者たちを従えている。

安宅船の矢倉は、戦姫丸の甲板よりもはるかに高い。見下ろされる腹立たしさを抑え、女を見上げる。

「久しぶりやな。島津の姫さまが、薩摩くんだりからはるばる瀬戸内まで、いったいなんの用や？」

「やはりそなたであったか。相変わらず口の悪いことよ」

女は、よく整った口元に冷え冷えとした笑みを浮かべる。

「先刻の戦、しかと見届けた。この戦、我が島津家が預かる」

「預かるやと？」

「さよう。我らは村上武吉殿に格別な用向きがあってここまでまいった。ついでに、顔見知りのそなたも助けてやろうと言うておるのだ。ありがたく思うがよい」

いけすかない女や。腹の底で毒づきながら、女を睨む。

「おかしなことは考えぬほうがよい。その貧相な尻に、穴が一つ増えることになるぞ」

女は自ら鉄砲を構え、筒先をこちらへ向けた。

「あの餓鬼、口が悪いのはどっちや」

「姫。あの女、撃つ？」

鉄砲を手にした蛍が、体を寄せて囁いた。

「ここからでも、十分狙えるけど」

「やめとき」

鶴が首を振ったその時、視界の隅でなにかが動いた。

蛍が短い悲鳴を上げた。縄を解かれた左馬助が、蛍に渾身の力でぶつかったのだ。

蛍は甲板に倒れ、鉄砲は左馬助の手に移っている。

「油断したな、小娘」

左馬助が、銃口をこちらへ向けて笑う。周囲を水夫や武者たちが取り巻くが、誰も動くことができない。

歯噛みした刹那、左馬助の頭が柘榴《ざくろ》のように弾けた。

振り返る。安宅船の矢倉の上。女の構えた鉄砲の筒先から、一筋の煙が立ち上っている。

どう見ても、距離は一町近くある。これほどの腕を持つ者は、雑賀衆でも蛍の他にはそういない。

「危うきところであったな、鶴姫。やはりそなたには、どこか抜けたところがあるようだ。これからは気をつけるがよい。もっとも、その調子では、さして長生きもできぬであろうがな」

鶴を見下ろし、女は声を上げて笑う。

「姫さま、あの女性はいったい……」

困惑するジョアンに、鶴は答えた。

「巴姫《ともえ》。薩摩島津家の先代当主・貴久《たかひさ》の娘で、現当主・義久《よしひさ》の妹君や」

戦姫丸は巴の安宅船の後について、周防大島の港に入った。

逃げ出す隙はなかった。二十人を超える薩摩兵が乗り移ってきて、こちらを監視していたのだ。

この島はかつて、周防の大大名・大内《おおうち》氏の領地だったが、毛利家によって滅ぼされてからは能島村上家の勢力下にある。

それからほどなくして、村上武吉の安宅船も入港した。巴はたった一艘で武吉の船団の只中に飛び込み、交渉をまとめてきたようだ。

「それで、島津の姫君がそれがしなどに、いったいなんの御用かな」

怒りを押し殺した声音で、武吉が訊ねた。

場所は、巴の御座船『錦江丸《きんこうまる》』の一室だった。卓の周りに並べられた椅子には巴、鶴、武吉の三人。全員が刀を預け、室内に余人の姿はない。

「その前に、まずは鶴殿と村上殿の手打ちをせねばなりますまい」

艶のある微笑を湛え、巴が言った。

「当方としては、我が家臣を縛り上げ、さらには大筒を放ち逃走したその御仁を引き渡していただけば、それですむ話。島津殿が出てまいられるようなことでもござるまい」

「よう言うわ。か弱い女子の乗る船に、何十艘も差し向けといて」

「拙者も歳のせいか、目が悪うなってきたようだな。か弱い女子とやらはどこにも見えぬ。いくさ姫どころか、厄災《やくさい》をまき散らす疫病神《やくびょうがみ》なら目の前におるようだが」

「ほな、こういうのはどうや」

鶴はわずかに身を乗り出し、にやりと笑う。

「うちとあんたの一騎討ちで決める。どっちが勝っても後腐れ無しや。自信が無いんやったら、腕の立つ家来を出してもええで」

「ほう、面白い」

「いい加減になされよ」

巴が、冷ややかな声で二人を制した。

「和睦の仲立ちを買って出た以上、お二方が相手にするのは薩摩島津家そのものと心得られよ」

「鎌倉《かまくら》以来の名門、島津も変わったものだな。まさか女子が船大将を務め、あまつさえ、他家の戦にしゃしゃり出てくるとは」

「武吉殿。たった今、申し上げたはず。私を愚弄いたすは、島津本家を愚弄するも同じ。そして我が島津は、面目を潰された相手には一切の容赦をいたさぬ」

巴と武吉の視線が、束の間交錯する。

「少々、言葉が過ぎ申したな。ご無礼つかまつった」

先に折れたのは武吉だった。薩摩・大隅《おおすみ》の二ヵ国を領する大大名を敵に回すのは、得策ではないと判断したのだろう。

「では、話を続けましょう。端的に申せば、我が島津家は今、お二方の力を必要としております。ゆえに、つまらぬいざこざで船を失ってもらっては困るのです」

「話が見えへんな。うちらに、島津の戦に加担せえと？」

「島津のみにあらず。これは、日ノ本の行く末に関わる話にございます」

鶴は思わず、武吉と顔を見合わせた。どちらからともなく、笑い声が上がる。

「それはまた、大きな話だ。まさか、海の向こうから異国の大軍が攻めてまいるとでも？」

巴は答えない。鶴と武吉が笑いを収めると、重い沈黙が下りた。

「まさか、まことに？」

巴が頷いた。

「我が島津家は古くから、明国官憲との繋がりがございます。明国は海禁策を採っているものの、そこは裏の道があるとだけ申しておきましょう」

明国の役人には、表で海賊を取り締まりながら、裏では自ら密貿易に手を染めている者も多いという。島津との繋がりも、そのあたりのことだろう。

「二月《ふたつき》ほど前、とある明国海賊の乗る船が、琉球に漂着いたしました」

「それで？」

「琉球王府がその船の主を取り調べたところ、明国海賊は近く、大規模な出兵を目論んでいるとの由。多くの頭目が一つの目的のもと結集し、その勢力は軍船五百艘、兵力は数万にも上るとのことです」

「その目的、ゆうのはなんや？」

「日ノ本へ攻め入り、九州、さらには琉球までをも領土とする、新たな国を打ち立てること」

鶴は言葉を失った。あの男の顔が脳裏に浮かび、肌がかすかに粟立つ。武吉も目を見開き、巴を凝視していた。

「琉球王府に勤める役人が、薩摩で暮らす琉球人の縁戚に宛てた報せです。別の筋からも確かめましたが、事実と見て間違いありませぬ」

薩摩には多くの琉球人や明国人が住んでいる。その中に、琉球の役人の縁戚がいたとしてもおかしくはない。巴が虚言を弄しているとは思えなかった。

「馬鹿な。できるはずがない」

「そうでしょうか、武吉殿。今の九州は数多の大名、国人が乱立し、その利害も複雑に絡み合っております。となれば、敵の敵は味方の理屈で、海賊側に付く者も現れましょう。かの王直も五島《ごとう》、平戸を己が領地のようにしていたと聞きます」

「だが、琉球のみならともかく、せいぜい数万の軍勢で九州全土を制するなど……」

「明国には少なく見積もっても、日ノ本の数十倍の人が暮らしております。沿岸部だけでも、明国の政《まつりごと》に不満を抱く者は数十万に上りましょう。その者たちが故郷を見限り、新天地を求めて海を渡ってくるとしたら？」

「つまり、どこか一ヵ所でも拠点を築かれれば、堤の破れ目のように、そこからとめどなく人が押し寄せてくる。そういうことか」

頷いた巴に、鶴は訊ねた。

「けど、明国の役人はそれを黙って見てるつもりかい。たった数万の海賊くらい、その気になれば」

「期待するだけ無駄だ。明国は、南では海賊の跳梁、北では異民族の侵入によって、国力が著しく衰退している。政に不満を抱く者たちが外へ出ていくことを、むしろ喜んでいる節さえある」

再び重い沈黙が下りた。武吉は腕を組み、思案を巡らせている。

異国の軍勢が九州に攻め入る。それがどれほどの災禍をもたらすかは、考えるまでもない。

かつて蒙古《もうこ》の大軍が九州を襲った時には、大名たちは鎌倉幕府の命を受け、一丸となって戦った。だが今のこの国では、防戦を命じる幕府は無く、大名たちは領地を巡って飽くことなく戦を繰り返している。巴が言うように、進んで海賊に味方する者が現れてもおかしくはない。

「それで島津殿は、どう対処なさるおつもりか」

武吉が腕組みを解き、沈黙を破った。巴は懐から一枚の絵地図を取り出し、卓に広げる。そこには西日本から琉球、明国の沿岸部までが描かれていた。

「明国海賊のほとんどは浙江、福建、広東《カントン》、そして高山国《こうさんこく》（台湾《たいわん》）を縄張りとしています。そのあたりから船を出し、九州へ攻め入るとすれば武吉殿、貴殿ならばいかがなさる？」

「まずは琉球を制圧し、兵站《へいたん》を確保する。その後、奄美《あまみ》、種子島と北上し、薩摩へ攻め入る」

「当家でも、そう予想いたしました。しかしながら、我が島津はそれを阻止できるほどの水軍を持ちません。となれば、採り得るべき策はただ一つ」

鶴と武吉は、無言で先を促す。

「軍船を持つ各地の大名や水軍が、陸での利害を超えて盟約を結び、総力を結集する。その上で、こちらから琉球まで進出し、敵を迎え撃つ」

「待て。なぜわざわざ、琉球まで出向かねばならん。薩摩、あるいは種子島で待ち構えればよいのではないか？」

「琉球が敵の手に落ちれば、南蛮との交易の道が断たれます。それは、こちらの兵站を切られるも同然」

確かに、南へ続く海の道を閉ざされれば、火薬の原料は手に入らなくなる。

「加えて、琉球を押さえた敵がすぐさま北上してくるとは限りますまい。その間ずっと、船団を薩摩や種子島に張りつけておくことはできません」

「なるほど。軍略についてはわかった。だが、大名と水軍の盟約というのは絵に描いた餅だな。この乱世で、恩讐《おんしゅう》を超えて手を結ぶなど、夢物語だ。陸《おか》の上で生きる大名と、海に生きる水軍衆が、互いに信頼し合うことなどできん」

「そうでしょうか。かつて、九州や四国、瀬戸内の多くの大名と水軍が互いに手を結び、幾度も大陸に攻め入りました。海禁令を布き、海の道を閉ざそうとする明国の軍と戦うためです。村上水軍も、その戦に加わったと聞きますが」

「昔の話であろう。今は時世が違う」

「そうです。明国の海禁令などより、はるかに大きな危機が迫っている。寸土を巡って争っている時ではない。ここで手を組むことができなければ、我らはすべてを奪われるのです。船も、家も、そして争うべき領地さえも」

巴は、武吉と鶴を見回し、続けた。

「すでに、肥前《ひぜん》の松浦《まつら》、大村《おおむら》、有馬《ありま》の三家から、盟約への参加を取りつけました。ついては、村上水軍と雑賀衆にも、この盟約に加わっていただきたい。それが、私がこの瀬戸内まで来た理由です」

武吉は再び腕を組み、思案する。

「もしも盟約に加わっていただければ、毛利との和睦も仲介いたしましょう」

「だが、我らは豊後の大友宗麟《そうりん》殿と組んで、毛利に敵対してまいった。ここで掌を返して毛利と和するは、信義にもとる」

なにが信義だ。鶴は冷笑するが、口は挟まなかった。

「その点についてもご懸念には及びませぬ。まことに勝手ながら、当家はすでに大友、毛利、両家中への根回しをはじめております。武吉殿さえそのおつもりがあれば、三家の和睦は成りましょう」

「手回しの早いことよ」と、武吉は口元に笑みを浮かべる。

「しかし、事は当家の存亡にかかわるゆえ、即答はいたしかねる。一度能島へ戻り、主立った者たちと評定を開いた上で、近日中に返答いたす。それでよろしいか」

「承知いたしました。では、鶴殿は？」

「今のうちは、ただの商人や。戦に加わるつもりはあれへん」

にべもなく答えると、巴の目に鋭さが増した。

「九州が、異国となってもよいと？」

「そうなったら、その国の商人たちと商いをするまでや」

「人は、拠って立つ大地なくして生きることはできぬ。この日ノ本の地を守ることは、己の生きる場所を守ること。私はそう思うが」

「考え方の違いやな。うちは、海と船さえあれば、それでええ」

もしも九州全土が明国海賊の手に落ちれば、多くの大名家が滅びることになる。村上水軍も、帆別銭の徴収などできなくなり、存続は危うい。そしてこの国は、さらに激しい乱世となり、戦は果てしなく続いていくだろう。

だがそれは、陸の上でのことだ。鶴の目には、狭い陸の上で小さな領地を奪い合い、勝った敗けたと騒いでいる連中がたまらなく愚かに映る。

長い歴史の中で、これまで数えきれないほどの国が生まれ、滅んでいるのだ。今さら陸の上に新しい国が一つ増えたところで、海で生きると決めた自分には、関わりない話だ。国も大名家も、命を懸けるに値するものだとは思えない。そのあたりは、名門・島津家の娘に生まれた巴との違いだろう。

しばしの沈黙の後、巴が口を開いた。

「鶴殿の考えは承《うけたまわ》った。では、雑賀衆はいかがか」

「うちはもう、雑賀衆となんの関わり合いもあれへん。雑賀衆を引っ張り込みたいんやったら、直接父上に掛け合った方がええ」

「では、雑賀へは別の者を使いに立てるといたそう」

雑賀衆が九州まで出張《でば》るのは無理だろう。雑賀衆は、織田家との戦を抱えている。島津の仲介程度では、織田と本願寺の戦が収まるはずもない。

「それはそれとして、鶴殿の南蛮船は、こちらの大きな武器となり得る。考え方の違いは脇へ置き、商いとして戦に加わってはいただけないだろうか」

考え方が違うとわかれば、すぐさま割り切って商いの話に切り替えるあたりは、なかなかしたたかだった。島津家の危機感がそれほど大きいということでもある。

「明国海賊を打ち払った暁には、報酬《ほうしゅう》を出そう。船が傷ついた場合の修繕費も、当家が持つ。いかがかな？」

「返答の前に一つ、聞いときたいことがある」

「なんなりと」

「明国の海賊をまとめ上げた、敵の大将の名は？」

「明国海賊の大頭目、林鳳」

やはりそうか。腹の底から、恐怖と憎悪が同時に込み上げる。

黙り込んだ鶴の様子を窺うように数拍の間を置き、巴は続けた。

「噂がまことであれば、そなたの、実の父に当たる男じゃ」

第Ⅳ章　林鳳の影

Ⅰ

およそ二月《ふたつき》ぶりの鹿児島《かごしま》だった。八月ももう半ばを過ぎ、南国薩摩に吹く風にも秋の匂いが漂いはじめている。

巴は錦江丸の矢倉に立ち、向島《むかいじま》（桜島《さくらじま》）の吐き出す煙を見上げた。物心ついた頃から眺め続けたこの光景が、巴は好きだった。雄大な向島と穏やかな錦江湾を目にすれば、やはり心が落ち着く。

漁師舟は別として、商船の姿は少ない。半年ほど前から、琉球や明国、南方の国々を行き来する交易船が、頻繁に襲われていた。そのため、島津家に入る関料も大きく目減りしている。この状況が続けば、財政にも深刻な影響が出てくるだろう。日本では産出されない火薬の原料となる硝石の買い入れができなければ、戦で鉄砲も使えなくなる。

「急がねば」

独《ひと》り言《ご》ち、端舟に乗り移って港へ向かった。

港から鹿児島内城《うちじょう》までは、わずか四町足らず。巴の姿を目にすると、番兵たちは背筋を伸ばした。

この二月、肥前、豊後、安芸、伊予を回り、諸国の大名や水軍衆に盟約への参加を呼びかけた。途中経過は、書状に認めて鹿児島へと送っている。

天下の情勢は、巴が思った以上に織田家を中心に回っていた。多くの大名が、遠い異国の海賊よりも、目の前に迫る織田家への対処を優先し、参戦を拒んだのだ。海からの脅威を感じ取ったのはやはり、海を重視する一部の大名たちだけだった。

内城本丸の広間に上がると、すぐに長兄の義久が現れた。三番目の兄の歳久《としひさ》を従えている。二番目の兄・忠平《ただひら》（義弘《よしひろ》）、四番目の兄・家久《いえひさ》は、それぞれ預けられた領地にいるのだろう。

父は同じくしても、母が違うため、巴と義久、歳久はあまり似ていない。二人とも、いかにも無骨な薩摩隼人《はやと》といった風貌だ。

「して、首尾は？」

挨拶もそこそこに、義久が訊ねた。兄妹の中では最も温和で沈着冷静な人柄だが、事が事だけに、気が急くのだろう。

「肥前の松浦、大村、有馬はすでに盟約に応じております。毛利、大友、村上の和睦も九分九厘成り、出兵を確約いたしました。ただ雑賀衆は、織田家との戦があるゆえ、兵を出すことはかなわぬとの由」

島津、毛利、村上はそれぞれ七十艘。大友が五十艘。小大名の松浦、大村、有馬は三家で五十艘。外洋での戦に小早は役に立たないため、すべて関船と安宅船である。これに、琉球水軍のジャンク船が二十艘ほど加わることになっていた。ただ、そもそも琉球では戦らしい戦がほとんどないため、どれほど戦に耐えられるかわからない。

「よくやってくれた、と言いたいところだが、それでも状況は厳しかろうな」

「強固な盟約というにはほど遠いかと。特に松浦、大村の両家はここ数年、激しい戦を繰り返しておったゆえ、互いに疑心暗鬼は拭えておらぬ様子」

「しかし、強大な水軍を持つ毛利が七十艘というのはいかにも少ないな」

「毛利も、今は東の織田家が気にかかっているようです。大友との和睦に応じたのも、織田家の脅威に対処するためという意味が大きいかと」

「七十艘を出すのがやっと、ということか」

「御意」

「やはり、陸の上での争いを棚上げにいたすは難しいか。この日ノ本そのものが危機に瀕しているというに、まったく人とは愚かなものよ」

大きく嘆息を漏らした義久に、巴は進言した。

「いっそ、織田家に出兵を求めるというのはいかがでしょう。肥沃《ひよく》な尾張《おわり》、美濃《みの》に加え、畿内近国を押さえる織田家は、軍資金も兵力も豊富なはず」

「それはかなうまい」

それまで黙っていた歳久が言った。

「織田家も今、一向《いっこう》門徒との戦で手一杯であろう。それに、織田家はろくな水軍を持たぬと聞く。ここは粘り強く、西国の水軍衆を集め続けるしかあるまい」

「承知いたしました」

「ところで、先日の書状にあった〝雑賀のいくさ姫〟とやらは、今いかがいたしておる？」

歳久が訊ねた。島津家中興の祖として家中の尊崇を集めた亡き祖父・日新斎《じっしんさい》から、その智謀を高く評価されていた。島津家という船の舵は、この歳久が握っていると言ってもいい。諸大名と盟約を結んで大船団を作り上げる策も、歳久の発案だった。

「船の修理と弾薬の補充のため、長崎《ながさき》へ向かいました。村上水軍との戦で、かなり消耗した様子でしたので。かの港には、南蛮船を修理できる船大工も多くおるそうです」

「戦には、加わりそうなのか？」

「即答は避けられました。かの者にとっては、実の父を敵とすることになりますゆえ」

鶴とはじめて会ったのは五年ほど前、種子島でのことだ。巴は十八歳、鶴はまだ、十四歳だった。南方の国々との交易で賑わい、良質の砂鉄も採れる種子島には、雑賀衆もよく訪れる。紀伊から種子島までは、黒潮に乗ればほんの数日で着くのだという。

それからも、しばしば種子島で顔を合わせた。水夫同士の喧嘩が原因で、合戦寸前までいったこともある。

あの小生意気で口の悪い姫が、巴は嫌いではない。遠く離れた紀伊にも、自分と同じような姫がいる。それは、なかなかに痛快なことだった。

鶴が明国海賊、林鳳の落胤《らくいん》だという噂を耳にしたのは、一、二年前のことだ。詳しい経緯はわからないが、鶴の実父が林鳳で、鶴が種子島に流れ着いたところを居合わせた雑賀孫一に引き取られたのだという。

真偽のほどは定かではないが、島を治める種子島家の者から聞いた話だ。その噂は、一部でまことしやかに囁かれている。

「実の娘を先陣に立てたところで、矛先《ほこさき》を鈍らせる男ではあるまいな、林鳳は」

「話に聞く限りでは、そのような手段が通じる相手ではございませぬ。鶴を人質としたところで、なんの躊躇もなく見捨てましょう。そもそも、鶴が自分の娘だなどと、林鳳は知りもしますまい」

「だが、林鳳の娘であるということを差し引いても、たった一艘で村上水軍と渡り合ったその力は、ぜひとも欲しい。なんとか、味方に加える算段《さんだん》はつかぬか」

「難しゅうございます。なかなかに狷介《けんかい》な気性ゆえ、無理強《じ》いすれば逆に離れていく結果になりかねません」

「いくさ姫のことはもうよい」

それまで何事か考え込んでいた義久が、口を開いた。

「我らに今できることは、可能な限り盟約を広げ、万全の態勢を整えることのみ。我らに勝ち目があるとなれば、いくさ姫も馳せ参じてまいろう」

「どうじゃ。十月には間に合いそうか？」

鋭い眼光で、歳久が訊ねる。

諸国の水軍の集結と琉球への出航は十月を予定しているが、それでも遅いくらいだった。敵はいつ、九州へ攻め入ってくるかわからないのだ。

「間に合わせます。必ずや」

兄たちへの報告を終えると、巴は城内の自室に戻った。質実剛健が家風の島津家にあって、この部屋も例外ではない。贅《ぜい》を凝らした調度品の類《たぐい》など、一つもない。

巴は荷の中から、絵地図を取り出して床に広げた。

薩摩を離れる前に明国へ放った五艘の斥候船からは、いまだなんの連絡もない。おそらくは、すべて発見され、沈められたのだろう。となると、琉球での迎撃策が敵に漏れた恐れもある。そしてこちらは、林鳳が今どこにいるのかさえ摑めていない。状況は、圧倒的に不利だった。

「五百艘」

声に出して呟くと、じわりと恐怖が込み上げてきた。

だが、やるしかない。それが、島津家に自分がいる意味なのだ。

巴は、五歳の時にこの城に引き取られた。今からもう、十八年も前の話だ。

母は鹿児島近郊の地侍の娘で、城へ奉公に上がった際に貴久の手がつき、実家に戻って巴を産んだ。それを貴久が知った時には、母は流行《はや》り病で世を去っていた。家は貧しく、薬を購《あがな》うことさえできなかったのだ。

「すまぬことをした」

はじめて対面した娘に、父はそう言って深々と頭を下げ、涙まで流した。その姿を目にした時、巴は自分の中にわだかまっていた父への鬱屈が霧消していくのを感じた。

その日以来、腹を空かせて泣くことも、雨漏りや隙間風に悩まされたこともない。この恩を返すため、自分になにができるのか。考えた末にたどり着いたのが、船だった。

山がちで土地の痩せた薩摩にとって、海は命綱だ。薩摩や大隅では古くから、多くの商人が琉球や明国、さらに南方の国々まで船を出し、時には倭寇となって米や銭を得てきた。

船に乗って交易をし、島津家の銭倉を潤わせる。それならば、女である自分にもできるはずだ。

もともと九州の海辺には、昔から女領主が少なくない。当主の男が戦や海で死ぬことがよくあるからだ。領主として土地を守るだけでなく、自ら海に出て商いや戦をする女子もいる。

野良仕事や険しい山道を通っての水汲みで、足腰は鍛えられていた。背丈も、並みの男ならばそれほど変わらない。無理にとせがんで撃たせてもらった鉄砲にも天分があった。もしも海賊に襲われたとしても、鉄砲があれば戦える。

懇願《こんがん》すると、貴久は渋々、巴が船に乗ることを認めた。その父は三年前、隠居先の加世田《かせだ》で没している。

「己が望みのままに生きよ。それが、我が望みである」

そう言い遺して、父は逝った。

海へ出るようになって、もう十年近くになる。異国へも何度か渡り、船戦の経験も積んだ。船での暮らしも肌に合っていた。海の上では、男も女もない。水夫たちも、貴久の娘だからと、巴を特別扱いしたりはしなかった。

やがて兄たちからも認められ、島津水軍の一部を預けられていた。家中や近隣の水軍衆からは、〝今巴御前〟などと呼ばれている。源平《げんぺい》の昔、木曾《きそ》義仲《よしなか》に仕えた女武者、巴御前から取られた異名だ。

だが、まだ満足はしていない。明国海賊の襲来。この未曾有《みぞう》の難局を乗り切ってはじめて、島津の家に受けた恩を返せるのだ。

巴は絵地図を畳むと、袋から鉄砲を取り出して手入れをはじめた。

火薬に含まれる硫黄《いおう》は、鉄を錆《さ》びさせる。錆びた状態で撃ち続けると暴発の恐れがあるため、手入れは欠かせない。

道具を使ってネジを外し、筒（銃身）と台（銃床）、そして絡繰《からく》り部分に分ける。こつさえ摑んでしまえば、鉄砲の分解はそれほど難しい作業ではない。

侍女に運ばせた湯で尾栓《びせん》を外した筒を洗い、火薬の滓《かす》を落とす。それから布で水気を拭き取り、錆止めの椿油《つばきあぶら》を塗っていく。

作業に没頭しているうち、先刻の恐怖は消えていった。

巴は初めて戦の場に立った時から、この鉄砲を使っている。貴久が、巴のためにわざわざ近江国友村《おうみくにとも》の職人に頼んで作らせた物だ。女子でも扱いやすいよう、台尻は通常の物よりいくらか細く、握りやすくなっている。他の鉄砲よりも小さく軽いが、威力も命中精度も劣ることはない。

この鉄砲に、幾度となく命を救われた。これがあれば、相手がどれほどの大軍であろうと、落ち着いていられるはずだ。

開け放した襖の向こうに目をやった。向島は、今も悠然と佇み、白い煙を吐き出し続けている。

自分は、鶴のように割り切って生きることはできない。船に乗ってはいても、帰るべき場所はいつでも、この薩摩にある。

薩摩は、島津家が四百年近くも治めてきた国だ。そしてそれ以上に、巴を生み育て、兄たちや、多くの家来、領民たちが今も生きている。この地を、異国の海賊などに踏みにじらせはしない。

まだ見ぬ林鳳の顔を思い浮かべ、組み立て直した鉄砲を構える。

引き金に指をかけ、静かに引いた。

Ⅱ

ジョアンは、自分の荒い息遣いだけを聞いていた。波の音も海鳥の啼き声も、もう耳には入らない。

相手は二本の木剣をだらりと下げ、ろくに構えすら取ってはいない。それでも、ジョアンの打ち込みはことごとく弾き返され、相手の体に掠りさえしない。

もう体力はほとんど残っていなかった。ならば、次の一撃にすべてを懸けてやる。木剣を握り直し、大きく息を吸い、吐く。相手までの距離は、およそ2メートル。

「イヤァァッ！」

全力で甲板を蹴り、前へ踏み出した。全身全霊を籠め、木剣を振り上げる。

次の瞬間、足の裏が宙に浮いた。甲板が目の前に迫り、顔面に凄まじい衝撃が走る。

一瞬遅れて、足払いをかけられたのだと理解した。

「なんじゃ、ジョアン。相変わらず弱いのう」

「そんなへっぴり腰では、女子にもてへんで」

水夫たちの笑い声が響いた。頭を振って起き上がり、掌で鼻を拭う。べっとりと、赤い血がついていた。

「今日はこれまで」

二刀を提げた兵庫が息一つ乱さず言い、ジョアンは嘆息を漏らす。今日も、一本も打ち込めなかった。

雑賀を出航してからも、兵庫との稽古は暇を見て続けられていた。

相変わらず叩きのめされてばかりではあるが、最初は木剣一本で相手をしていた兵庫が、十日ほど前からは二本使うようになっている。少しは上達しているのかもしれないが、寡黙な兵庫に褒められたことはまだ一度もない。

村上水軍との戦を終え、周防大島を出航した戦姫丸は、船の修理と弾薬の補充のため、肥前長崎の港に入っていた。

それから一月近くが経ち、九月も終わろうとしている。修理はとうにすんでいるが、鶴は出航を命じようとしない。

明らかに、鶴の様子がおかしい。それは、周防大島で巴という島津家の姫との会談を終えてからだった。

普段の闊達《かったつ》さは消え、口数もめっきり減った。長崎に入ってからは船尾楼の自室に籠もることが多くなり、甲板にもほとんど出てこない。ジョアンが食事を運ぶと、ぼんやりと宙を見つめていることがしばしばだった。

「それにしても、暇やのう」

甲板で車座になって酒を呑みながら、彦佐が愚痴をこぼした。日はまだ高いが、他にやることもないのだ。

アントニオは見張り台の上で太鼓を叩き、兵庫は離れた場所で一人、刀を振っている。蛍は亀助とともに、束ねた綱を枕にいびきを掻いていた。

ジョアンは開いた帳面を睨み、鶴にもらった羽筆を握ったまま嘆息を漏らした。雑賀を出航して以来、毎日つけている日記の今日の頁は、日付と天気以外は白いままだ。

この数日は、書くべきことがなにもない。諦めて帳面を閉じると、羽筆を矢立にしまう。筆と墨壺が一つになった日本の筆記具で、持ち運びできるので重宝している。

彦佐の愚痴は、まだ続いていた。

「姫さまはどないしてもうたんや。戦に加わるにしろ、商いを続けるにしろ、こないなとこで油売ってても、どないもならんやろうに」

巴姫との会談の内容は、乗員にも伝えられていた。西日本各地の大名や水軍が同盟を結び、あのリマホン――林鳳に戦を仕掛けようというのだ。そして鶴は、いまだ回答を保留している。

「しかし、その林鳳とかいう奴は、そないに強いんかい。所詮は、明国海賊やろ」

水夫たちの何人かが頷く。

無防備な港や村を襲い、武装の少ない商船ばかり狙い、明国の官憲が現れればすぐに逃げ出す。それが、日本人の明国海賊に対する認識だった。

「島津だの大友だの村上だのが手ぇ組んで攻めかかれば、すぐに逃げ出すんとちゃうか？」

「そうや。俺らも戦に加わって、明国海賊のお宝をごっそりいただくっちゅうのもええな」

水夫の一人が言うと、口々に賛同の声が上がった。

「そらええな。ほな、姫さまにお勧めしてみるか」

「よさんか、彦佐」

盃を舐めながら、喜兵衛がたしなめた。

「姫には姫のお考えがある。それがまとまるまで、腰を据えてお待ちするのが家来の役目じゃ」

鶴の迷いがどこにあるのか、知っているのは喜兵衛だけのようだった。だが、それを語ろうとはしない。

「南蛮にも、似たようなことがありました」

「なんや、ジョアン」

「多くの国々が盟約を結び、異教徒を討ってキリスト教の聖地を取り戻すべく、大軍を遠征させたのです」

「それで、どうなった？」

「負けましたよ、彦佐殿。それも、こっぴどく。盟約を結んだ国々は互いの利益ばかり考え、連携はばらばら。それでも二百年近くにわたって戦い続けましたが、聖地は今も、異教徒のものです」

彦佐は口を噤《つぐ》み、水夫たちも黙々と盃を重ねる。

「なんや、盛り上がらへんな」

ぽつりと言って、彦佐はおもむろに立ち上がった。

「どや。ここは一つ、陸《おか》に上がってみんなで妓楼にでも繰り出すっちゅうのは。どうです、喜兵衛さん」

「まあ、たまにはよかろう。あまり羽目を外すでないぞ」

喜兵衛が答えると、水夫たちから「おお！」と声が上がる。

ジョアンも、我知らず拳を突き上げていた。異国を知るには、異国の婦人と肌を合わせることが必須だ。

九州本土の西端に位置する長崎は、わずか三年前に開かれた新しい港だった。

かつて、日本を訪れるポルトガル船は多くが北の平戸に寄港していたが、在地の商人や武士と諍《いさか》いを起こし、南の横瀬浦《よこせうら》へと移っていた。だが、その直後に横瀬浦も戦で焼けてしまう。行き場を失ったポルトガル船に、大村純忠《すみただ》という大名が提供したのが、この長崎の港だった。

元々は小さな漁村だったというが、深い入江を持つ天然の良港で、町は瞬く間に発展を遂げた。今ではポルトガル船だけでなく、日本各地や明国からの船も碇を下ろし、多くの船と人とで賑わっている。

狭い平地に家々がぎっしりと建ち並んでいるが、中にはヨーロッパ風や明国風の建物も少なくない。ジョアンは日本へやってきてはじめて、本格的な教会を目にした。

夜はすっかり更けている。小高い丘の上から見下ろす長崎の町に点々と灯《とも》る明かりが美しかった。日記を書くためにも、目にした景色はしっかりと記憶しておかねばならない。

妓楼でめくるめくひと時を過ごしたジョアンは、恍惚《こうこつ》とした気分に浸っていた。この国に流れ着いて、これほど幸福だったことはない。日本の女の肌は上質な絹のように滑らかできめ細かく、柔らかかった。

「主よ、感謝いたします」

ジョアンは手を組んで神に祈りを捧げた。マニラを発《た》って以来、幾度となく死にかけた。今日は、それらの試練を乗り越えた恩寵《おんちょう》に違いない。

「なにしとんのや、ジョアン。置いてくで」

彦佐の声に、ジョアンは慌てて駆け出した。

この時刻になっても、遊郭《ゆうかく》が建ち並ぶ一帯は賑わっていた。白粉《おしろい》と酒、海の男たちの体臭が混じり合い、方々から客引きの声や、男女の騒ぐ声が聞こえてくる。

気づけば、すっかりはぐれていた。どこか店を見つけて呑み直すと言っていたが、まるで姿が見えない。

まあいい。これ以上酔っては、せっかくの柔肌《やわはだ》の余韻《よいん》が掻き消えてしまう。ここは酔い覚ましがてら、先に船に帰るとしよう。そう決めて歩き出し、いくつか角を曲がった時だった。

聞こえてきたのは、男の怒声だった。人気の無い狭い路地の先で、大柄な男が二人、一人の女を相手になにやら喚いている。

君子《くんし》、危うきに近づかず。東洋には、確かそんな格言があったはずだ。面倒事は避けようと踵を返しかけたジョアンは、男たちの声に思わず顔を上げた。

「いいから付き合えって言ってんだよ、この売女《ばいた》が！」

懐かしい、カスティーリャ語だった。よくよく見れば、男たちが着ているのはチュニックに長ズボン、足元は革の靴だ。洒落者らしく、羽飾りのついた帽子までかぶっている。腰には、細身のレイピア剣を提げていた。

「黄色い猿の分際で、もったいぶってんじゃねえよ」

「東の果ての野蛮人に、神の恩寵を与えてやろうってんだ。ほら、さっさと付いてきな」

女はまだ若い。長い髪を後ろで束ね、鮮やかな緋色の筒袖の上衣に、足首を紐で絞めた細い股引《ももひき》をはいている。たぶん、明国人だろう。恐怖のためか、俯いたまま一言も発しようとしない。

「なんだ、てめえ。なに見てやがる」

こちらに気づいた男たちが、肩を怒らせながら近づいてきた。相当に酔っているらしく、呂律《ろれつ》も怪しい。

「い、いや、私は……」

「なんだこいつ、イスパニア人かよ。ハポンの服なんて着やがって、みっともねえ」

「商売に失敗して、ハポンの奴隷にでも成り下がったか？」

男たちの嘲笑に、腹の底で怒りの火が点る。大の男たちが女一人に絡む姿も、東洋人を露骨に見下すその態度にも腹が立つ。せっかくの日本最良の夜に、冷や水をかけられた気分だった。

許さん。イスパニア人の面汚しめ。酔いも手伝い、思わず腰の脇差に手が伸びる。

「おいおい、抜く気か？」

「そんな短い刀で、俺たちに勝とうってのかよ」

二人が揃って剣を抜いた。

いいだろう、稽古の成果を見せてやる。

脇差の鯉口《こいぐち》を切った刹那、いきなり甲高い声が響いた。

女が、凄まじい高さにまで跳躍していた。そのまま、男の側頭部に蹴りを叩き込む。とてつもなく硬い物で打たれたように、男の体が吹き飛んだ。

「なっ……！」

もう一人が振り向いた時、着地した女は前へ飛び出していた。男は叫びながらレイピアを振るが、体を屈めて難なくかわし、男の鳩尾《みぞおち》に肘を打ち込む。

体をくの字に曲げ、男が膝をついた。女はさらに、その顎を膝で蹴り上げる。なんの躊躇も容赦もない、強烈な一撃だ。男は白目を剝いて仰向けに昏倒した。

ほんの一瞬の出来事だった。ジョアンは脇差の柄を握ったまま、微動だにしていない。

「でかいなりして、大したことないな」

明国の言葉だった。たぶん、福建や浙江あたりの人々が使う、閩南《びんなん》語だろう。マニラにも多くの明国人が暮らしているが、その多くは閩南語を話していた。

「あんた、仏郎機《フランキ》賊？」

仏郎機賊とは、明国での南蛮人の呼び方だ。イスパニア船やポルトガル船に積まれたフランキ砲からとって、そう呼ばれている。

「あ、ああ。イスパニアから来た」

「へえ、閩南語ができるんだ。珍しい」

女はあれほど激しく動いた直後にもかかわらず、息一つ乱れていない。

歳は、鶴より二つか三つ上だろうか。色は白く、目鼻立ちも整っている。その器量は、先ほど妓楼で抱いた娼婦《しょうふ》よりも数段上だ。

「ねえ、ちょっと呑みにいかない？　近くに知り合いの店があるんだけど」

妖艶な笑みを、月明かりが照らし出す。

ジョアンは魂が抜けたように、歩き出した女の後を追った。

Ⅲ

目覚めると、胸の上に茶色く柔らかいなにかが乗っていた。

「うわっ……！」

跳ね起きると、亀助が「にゃっ」と一鳴きして逃げていく。

戦姫丸の船倉の、いつもの寝床だった。周りでは、彦佐たち水夫がいぎたなく雑魚《ざこ》寝《ね》し、盛大に鼾を掻いている。

ひどい頭痛と吐き気に、ジョアンは呻いた。それとは別に、額が痛む。指で触れると、大きなたんこぶができていた。

そうだ。あの後、明国人の女と店に入り、ずいぶんと呑んだ気がする。南蛮人が多く出入りする店で、久方ぶりのワインに浮かれてしまったのだ。なにを話したのか、どうやって戦姫丸まで帰ってきたのか、ほとんど覚えていない。それどころか、女の名も、顔さえもはっきりしなかった。

喉の渇きを覚え、ジョアンはよろめきながら階段へ向かった。途中、何人かの水夫を踏んづけたが、誰も目を覚まさない。皆、昨夜は相当に愉しんだのだろう。

甲板に出ると早速、喜兵衛の小言が待っていた。

「まったく、揃いも揃って泥酔して帰ってきよって。だから羽目を外しすぎるなと言ったのだ」

「ああ、すいませんでした」

「ジョアン、お前がいちばんひどかったぞ。南蛮の歌を唄い散らすわ、帆柱にぶつかるわ」

そうか、額のこぶはその時のものか。

「さっさと姫に朝餉をお持ちしろ」

「はい。姫の様子は？」

「相変わらずや。今朝も甲板には出てこられん。そろそろ肚《はら》を決めていただかねば、皆の士気にも関わるのやが」

やれやれと、喜兵衛は首を振った。雑賀を出航して以来、喜兵衛の髪にはずいぶんと白い物が増えた気がする。

「来たか」

喜兵衛が言って、湾の入り口を指す。

五十艘ほどの船団が、港に入ってくるところだった。そのすべてが関船で、様々な旗を掲げている。

「喜兵衛殿、あれは」

「松浦党の関船よ。島津家との盟約で、薩摩へ向かうのであろう」

古くから、このあたりの海辺に領地を持つ武士団の集まりだという。かつては固い結束を持ち、倭寇の中核として度々明国へも遠征していたが、近年は領地を巡って互いに争いを繰り返しているらしい。

「それでも、なんとか話をまとめたようやな。明国海賊にすべてを奪われるよりは、一時利害を棚上げにして戦ったほうがよいと考えたんやろ」

やはり、林鳳との戦は近づいているのだ。

林鳳の名を思い浮かべると同時に、あの日見た光景がまざまざと蘇る。生皮を剝がれた無数の骸。血で描かれた、鳳の文字。

できることなら、鶴には参加してほしくないと、ジョアンは心から願っていた。


その日の昼過ぎ、一人の武士が戦姫丸を訪れた。

武士の名は大村主計《かずえ》。長崎を領する大村家の一族で、港の差配を任されている。船大工の手配や食糧弾薬の補充も主計を通じて行ったので、戦姫丸には何度も訪れている。

鶴は面倒がったものの、渋々船室へ招き入れた。

「今宵、松浦党の面々を招いて一席設けることになりましてな。ぜひとも、鶴殿にもおいでいただきたく参上した次第」

立派な八の字髭を蓄えた主計が、人のよさそうな笑顔を浮かべて言った。

「大村家と松浦党は、ずいぶんと仲が悪いゆう噂やけど？」

興味なさげに鶴が言う。

「ゆえに、この機に親交を深めておきとうござる。鶴殿の話をすると、松浦党の方々も興味を抱いたようでしてな。ぜひとも会ってみたいと」

「言うとくけど、うちは島津の戦に加わる気はあらへん」

鶴のその言葉に、ジョアンと喜兵衛は顔を見合わせた。

「構いませぬ。今宵の宴はあくまで、互いの和を深めるためのもの。平戸や唐津《からつ》、壱岐《いき》まで治める松浦党と誼《よしみ》を通じておくのは、鶴殿にとっても悪いことではありますまい」

しばし思案した鶴は、意外にも「承知した」と答えた。

「まあ、退屈しとったところやし、ご馳走にあずかるわ。あんたの屋敷まで出向いたらええんか？」

「いえ。港からしばし歩いたところに馴染みの酒亭があります。店の主は明国人ですが、無論、海賊とは縁もゆかりもござらぬ」

「わかった。そこでええ」

「では後ほど、迎えの者を寄越しましょう」

主計が帰ると、ジョアンは鶴に言った。

「てっきり、断るものかと」

「いい加減退屈しとったしな。それに、後々の商いまで考えたら、松浦党に顔を繋いどくのも悪うない」

「では、まことに島津の盟約には……」

「知らん。うちは、商いのために雑賀を出てきたんや。戦なんか、やりたい奴にやらせといたらええ」

その言葉に、ジョアンは胸を撫で下ろした。

夕刻、迎えの端舟が戦姫丸に横付けした。鶴に同行するのは、兵庫とジョアンの二人だ。鶴はぶつぶつ言いながらも化粧をし、女物の単衣《ひとえ》を着込んでいる。

「姫、くれぐれも揉め事だけは起こされますな。村上水軍の例もありますゆえ」

「ああ、わかっとる」

釘を刺す喜兵衛ににべもなく答え、鶴は縄梯子を下りていく。ジョアンと兵庫も、その後に続いた。

端舟を下りてしばらく歩くと、柱や門、瓦まで赤く塗った、明国風の派手な建物に案内された。通された広い部屋には、丸い大きな卓と椅子が置かれていた。入り口脇の刀架《とうか》に武器を置き、中へ入る。

主計が立ち上がり、笑顔で鶴たちを出迎えた。

「ようおいでくださった。こちらが平戸松浦家家臣で、船団の大将を務められる松浦主膳《しゅぜん》殿にござる」

「以後、よしなに」

紹介された大柄な男が、座ったまま頭を軽く下げた。

恰幅《かっぷく》のいい体に、無骨な四角い顎。海の男らしく、声はしわがれている。いかにも歴戦の強者《つわもの》といった風貌だった。

ただ、主計は向こうがこちらに興味を持っていると言っていたが、主膳の目つきはどこか不機嫌そうで、こちらを見下しているようにも思えた。鶴は気にする様子もなく愛想笑いを浮かべ、「よろしゅう」と応じている。

卓には主膳の他、松浦党の武士二人がついていた。いずれも、松浦党を構成する有力領主の名代だという。

鶴たちが椅子に腰を下ろすと早速、卓に料理と酒が用意された。運んできたのは、明国風の衣装をまとった若い女たちだ。

料理は大皿に盛られ、それぞれの皿に取り分けられるようだ。酒は日本のものに加え、九州でよく呑まれるという焼酎《しょうちゅう》、明国の黄酒《ホアンチユウ》(紹興酒《しょうこうしゅ》)、さらにはワインまで揃っている。

「鶴殿と申されたな。先頃、瀬戸内で派手な船戦をなさったという噂じゃが、まことかな?」

盃を片手に、主膳が挑むような口ぶりで訊ねた。口に合わないのか、料理には箸もつけていない。

「確かに瀬戸内を航行中、どことも知れぬ海賊が襲ってまいったゆえ、十数艘ばかり沈めてやりましたが、それがなにか?」

微笑を湛えたまま、鶴が答える。

「ほう。では、よほどの腰抜けの集まりだったのでしょうな。いくら大筒を積んだ南蛮船とはいえ、女子の操る船に手もなくやられるとは」

「ええ。ゆえに、此度《こたび》の戦に我らが加わっては、皆さまの足手まといとなりましょう」

「うむ、それがよい。たかが明国海賊ごとき、我が松浦党の力をもってすれば容易く討ち平らげられようぞ」

どうやらこの男は、よほどの南蛮嫌いらしい。南蛮船を操り、南蛮人を従者にしている鶴にも、不快の念を抱いているのだろう。主膳は南蛮人を、日ノ本の富をくすねる盗人呼ばわりし、キリストの教えを邪教と決めつけた。松浦党の他の二人も、口々に追従《ついしょう》を述べる。

「異国の手からこの日ノ本を守るに、女子や南蛮人の手を借りるは、我ら日ノ本水軍の名折れ。我らが海の平穏を取り戻して差し上げるゆえ、鶴殿は安心して銭儲けに励まれるがよい」

主膳がげらげらと笑い、主計は困ったように、曖昧な笑みを浮かべている。

隣を見ると、兵庫が隻眼を細め、主膳を見据えていた。ほとんど感情を面に出さない兵庫のこめかみに、はっきりと青筋が浮かんでいた。

兵庫の視線にも気づかず、主膳は大言壮語をまき散らしている。ジョアンも腹に据えかねるものはあったが、それよりも鶴が癇癪《かんしゃく》を起こさないか気が気ではなかった。

「ところで主計殿。ここにはなかなか見目のよい明国女がおるのう。船に持ち帰って伽《とぎ》をさせたいが、何人か見繕ってはくれぬか？」

「いや、この店は妓楼ではござらぬ。当家と懇意の明国商人の店ゆえ、なにとぞご容赦を……」

「なんじゃ、つまらんのう。まあよい。林鳳めの首を獲れば、あ奴の抱える妾《めかけ》がごまんとおろう。戦利品として連れ帰るも一興というものか」

「主膳殿」

黙々と酒を呷っていた鶴が、静かに声を発した。

「一つ、よきことを教えて差し上げましょう」

「ほう、なにかな？」

すっかり赤ら顔の主膳が、酒で濁った目を向けた。鶴は相変わらず微笑を湛えているが、その目は笑っていない。ジョアンの背筋に悪寒《おかん》が走った。

「港で貴殿らの船を拝見しましたが、ほとんどが二十年、三十年と経った老朽船ですね。おまけに、水夫の練度も低く、港に入るだけで一苦労だったご様子。海の武士たる松浦党が、陸の上で争ってばかりおられるせいでしょう」

「そなた、なにが言いたい」

「まことに残念ながら、あの船と水夫では、外洋の航海には耐えられますまい。運良く林鳳の根城にたどり着いたとしても、戦になれば大半の船が沈むでしょう。貴殿がどうなろうと知ったことではありませんが、水夫や将兵のためにも、尻尾《しっぽ》を巻いて領地にお帰りになられてはいかがです」

「女、我ら松浦党を愚弄いたすか！」

主膳の怒声が響き、ジョアンは頭を抱えた。主計は気の毒なほどに慌てふためき、二人を宥《なだ》めている。

その時、部屋の奥にあるもう一つの入り口の扉が開き、きらびやかな衣装をまとった四人の女が現れた。

三人が笛と鉦《かね》、胡弓《こきゅう》を演奏し、剣を手にしたもう一人が舞いはじめる。いずれもまだ、二十歳前後と見える若さだった。明国の舞踊だろう。ジョアンはこれと似たようなものを、マニラの明国人街で観たことがあった。

次第に激しさを増す演奏に合わせ、踊り手はくるくると回り、高く飛び跳ねる。手にした剣は片刃で、日本刀よりも刃が広く、柄が短い。確か、柳葉刀《りゅうようとう》と呼ばれる明国の武器だ。

ジョアンはほっと息を吐いた。主膳は見事な舞踊にすっかり毒気を抜かれ、踊りに見惚れている。主計も、安堵したように額の汗を拭っていた。

一曲目の演奏が終わり、踊り手が片膝をついて頭を下げる。

その顔が、記憶のどこかに引っかかった。

「兵庫、ジョアン。帰るで」

鶴が椅子を引いて立ち上がると、主膳の拳が卓を叩き、大きな音がした。

「待たれよ。まだ、我らを愚弄いたした詫《わ》びを聞いてはおらんが」

「しつこい御仁やな。ええから、さっさと引き返したほうが身のためやで。戦もせんうちに海の底に沈みたいんやったら、話は別やけど」

「よかろう。林鳳めの首を獲る前に、まずはそなたらを血祭りに上げてくれるわ！」

主膳が席を蹴って立ち上がった。

続けて、ジョアンたちが入ってきたほうの入り口から、抜き身を提げた男たちが続々と駆け込んでくる。主人の怒声を耳にした、主膳の家来たちだろう。

次の刹那、ジョアンの視界の隅をなにかが横切った。柳葉刀。勢いよく回転しながら、主膳目がけて飛んでいく。

主膳の首が飛んだ。切口から激しく噴き上がった鮮血が、卓に降り注ぐ。

剣を投げたのは、舞いを舞っていた女だった。口元に、ぞっとするような笑みを浮かべている。その顔を目にした瞬間、あやふやだった昨夜の記憶がはっきりと像を結んだ。

あれは、昨夜の女だ。

Ⅳ

目の前で、主膳の首が飛んだ。

主計も松浦党の男たちも、なにが起きたのか理解できず、呆然とその場に立ち尽くしている。

鶴は、剣を投げつけた女に視線を向けた。女は笑いながら、懐から黒い毬《まり》のような物を取り出す。

「伏せろ！」

鶴は咄嗟《とっさ》に叫ぶと同時に、卓を蹴り上げた。鶴と兵庫はその陰に隠れ、ジョアンと主計もそれに倣う。

間を置かず、激しい爆音が響き、卓がびりびりと震える。卓のそばにいた松浦党の二人が、爆風に煽られ壁に叩きつけられた。あたりが、煙と火薬の臭いに包まれる。

「おい主計、これはなんの余興や！」

鶴が胸倉を摑むと、主計は泣き出さんばかりの顔で首を振る。

「し、知らん、わしはなにも……」

その間にも、煙の向こうで足音が交錯し、剣戟の音が響いた。甲高い女の叫び声、男たちの断末魔《だんまつま》の悲鳴。押されているのは、松浦党のほうだ。

「うちが合図したら、飛び出すで。自分の得物を摑んだら、部屋を飛び出て一気に店の外まで駆ける。ええな」

鶴は帯を解き、単衣を脱ぎ捨てた。その下には、いつもの袖のない着物と半袴をつけている。

卓の陰から顔をわずかに覗かせ、あたりを窺った。

煙ではっきりとわからないが、敵は恐らく、あの四人だけだ。対する松浦党の武士たちは、まだ十人近く残っている。女たちはどこかに隠し持っていた短い剣や槍で、それぞれの相手と斬り結んでいる。

女たちは恐らく、林鳳の放った刺客《しかく》だろう。狙いは、松浦党の大将の謀殺というところか。だとすれば、自分たちに用は無いはずだ。

「よし、行くで。ひい、ふう、みい！」

三つ数え、卓の陰から飛び出した。刀架まではほんの三、四間。鶴と兵庫は手早く自分の武器を摑み、腰にぶち込んだ。ジョアンもあたふたと、まるで似合わない刀を腰に差している。

気づくと、主計の姿がない。だが、構っている暇はなかった。入り口から廊下へ出ようとしたところで、目の前を掠めたなにかが壁に突き立った。飛刀と呼ばれる、投擲《とうてき》用の短刀だ。

「久しぶりだな。後でお前の船に挨拶に行くつもりだったが、まさかこんな所で会えるとは」

いくらか薄くなった煙の向こうから、声が聞こえる。それはかつて、嫌というほど耳にした閩南語だった。

「ようやく会えたな、小香《しょうこう》」

「貴様、月麗《げつれい》か」

鶴は小太刀の柄に手をかけ、閩南語で応じた。声が震える。全身の肌が粟立ち、動揺を抑えきれない。

「八年……いや、九年ぶりか。それにしても寂しいな、私の顔を見忘れるとは」

煙が完全に晴れた。柳葉刀を提げ、微笑を湛えた女の顔が、はっきりと目に映る。

林月麗。長く蓋《ふた》をしてきた記憶が、脳裏にとめどなく溢れ出した。

「さあ、私と一緒に帰るぞ、小香。鳳老大《ほうろうだい》のもとへ」

「その名で、私を呼ぶな！」

鶴は小太刀の鞘を払い、前に出た。

立て続けに繰り出した斬撃が、ことごとく弾き返される。不意に、全身に衝撃が走り、息ができなくなった。腹に、月麗の膝がめり込んでいる。

「頭に血が昇るとなにも見えなくなる癖、直したほうがいいな」

続けて胸元に蹴りを受け、壁に叩きつけられた。

「姫さま！」

思わず膝をついた鶴に、ジョアンが駆け寄った。二人を庇うように、二刀を抜いた兵庫が前に出る。

兵庫が次々と繰り出す斬撃を、月麗は見事に受けきっている。だが、月麗の柳葉刀も、兵庫には届かない。

二人の技量はほぼ互角だった。激しい剣戟の音が響き、火花が散る。斬撃に交えて月麗が繰り出す足技も、兵庫は巧みに距離を取って避けていた。ジョアンは、呆気に取られたように二人の闘いに目を奪われている。

徐々に、二人の息遣いが荒くなっていく。月麗が後ろに跳び、いったん間合いを取った。

「私の仲間に、お前とよく似た剣術を使う日本人がいる。もしかして、お前の師匠かなにかか？」

月麗が訊ねるが、兵庫は閩南語を解さない。

「通じないか。まあいい。そろそろ終わりに……」

言いかけた月麗の背後に、人影が現れた。

主計だった。叫び声を上げながら、刀を振り上げて斬りかかる。

だが、月麗は難なく打ち込みをかわし、足を撥《は》ね上げる。主計の手から刀が飛び、次の刹那には柳葉刀が胸を斬り裂いた。

「今や、逃げるで！」

鶴の後にジョアン、兵庫が続く。

部屋を飛び出して廊下を駆け抜け、中庭に出た。逃げ惑う男女は、店の者たちだろう。やはり、敵はあの女たちだけだったらしい。

門を抜けて外に出たところで、鶴は足を止めた。

港の方角で、火の手が上がっている。それも、尋常な数ではなかった。

「本命は、船か」

鶴は歯軋りした。月麗たちはあくまで別働隊にすぎない。敵の本隊の目的は、松浦党の船を焼くことだった。

「急ぐで。松浦党はどうでもええけど、戦姫丸は燃やされるわけにいかへん」

港への道を、駆けに駆けた。

火の手が上がっているのはやはり、松浦党の船だった。すでに、半数以上が焼かれている。火の粉が風に煽られたのか、関係のない船までもが燃えていた。

炎と月明かりで真昼のような船着場は、大混乱に陥り、完全に戦場と化していた。

方々で斬り合いが行われ、銃声も聞こえてくる。

「姫さま、船は……」

「いた。あそこや！」

戦姫丸は火の手を避け、船着場を離れていた。近づこうとする数艘の小舟を、鉄砲で迎撃しているようだ。

「姫さま、こっちやで！」

アントニオの声がした。三十間ほど先に舫《もや》われた端舟から、手を振っている。鉄砲を手にした蛍の姿も見えた。

走り出そうとした時、後方から足音が聞こえた。月麗。凄まじい速さでこちらへ向かってくる。

「ここはそれがしが」

静かに言って、兵庫が刀を抜いた。頷き、ジョアンを促して端舟へ走る。

「姫さま、お怪我は？」

「大丈夫や、アントニオ。それより蛍、あの女、狙えるか？」

蛍が頷き、鉄砲を構えた。

兵庫と月麗は目まぐるしく位置を変えながら斬り合いを続けている。凄まじい速さで、一時として同じ場所にとどまってはいない。

「よう狙えよ。兵庫に当てるんやないで」

答えず、蛍は狙いを定め続ける。

やがて、蛍の指が動いた。銃声。月麗が膝を折って倒れる。

「外れた。足を掠っただけ」

「兵庫、とどめはええから戻ってこい！」

鶴の声に応じ、兵庫が駆けてきた。アントニオが舫い綱を解き、戦姫丸に向かって漕ぎ出す。桟橋から兵庫が飛び移り、端舟が大きく揺れた。

燃え盛る関船の間を縫い、頭上から降り注ぐ火の粉を払いながら進んだ。敵の小舟がこちらに気づいて寄せてきたが、戦姫丸から放たれた大鉄砲を受け、呆気なく沈んでいく。

縄梯子を伝って戦姫丸の甲板に上がると、喜兵衛が安堵の表情を見せた。

鶴は捕らえた敵兵を船倉に放り込むよう命じ、喜兵衛に状況を説明した。

「そうですか。やはり、林鳳の……」

「それで、こっちはなにがあった？」

「半刻《はんとき》（約一時間）ほど前、船着場に突然、数十人の明国人が現れました。数人ずつに分かれて松浦党の関船に火を放ち、船から逃げ出した兵と水夫を殺して回ったのです」

喜兵衛は、鶴たちを収容するためアントニオと蛍を残し、戦姫丸を船着場から遠ざけた。だが、敵は港の小舟を数艘奪い、追撃してきたのだという。

「つまり、敵は全員、長崎の町に潜んでいたっちゅうことか」

林鳳は恐らく、何十日も前から長崎に兵を潜ませ、この時を待っていたのだろう。

そしてそれは、島津の計画が敵に筒抜けになっていることを意味する。今頃、薩摩の港も襲われているかもしれない。

「ひ、姫さま……実は」

ジョアンが恐る恐る進み出た。

昨夜、酒に酔ったジョアンは月麗と出会い、鶴と戦姫丸のことを話したのだという。

「この、たわけが！」

喜兵衛が怒声を発し、ジョアンの頰を殴りつけた。情けない悲鳴を上げ、ジョアンが甲板に倒れ込む。

「喜兵衛、もうええ。うちもまさか、こんな所であの女と鉢合《はちあ》わせするとは思えへんかった」

鶴がかつて林鳳のもとにいたことを知るのは、この船では喜兵衛だけだ。ジョアンを責めるのは酷というものだろう。

日本へ逃げた林鳳の娘が、雑賀衆の姫として育てられているという噂は、ごくごく一部で囁かれていた。林鳳、あるいは月麗は、どこかでその噂を耳にしたのだろう。

「姫、一つお聞きいたしたい」

珍しく、兵庫が問いを発した。

「斬り合いの最中、あの女子がそれがしになんと言ったか、姫はおわかりか？」

鶴は月麗の言葉を訳してやった。兵庫と同じ剣術を使う日本人。恐らくは、林鳳の配下なのだろう。

「確かに、日本人と言ったのですな？」

頷くと、兵庫の頰にあるか無きかの笑みが浮かんだ。この男が笑ったところを、鶴は一度も見た記憶がない。なにか心当たりがあるのだろうが、詮索はしなかった。

「あの女は姫さまに、ともに帰ろうと誘っていました」

ぽつりと、ジョアンが言った。

「姫さまはリマホン、いえ、林鳳を知っているのですか？」

「よさんか、ジョアン！」

再び怒声を上げる喜兵衛を手で制し、鶴は一同を見回した。

「わかった、すべて話す。けどその前に、この港を出るで」

狭い長崎湾を抜けた戦姫丸は南へ進み、名も知れない小さな入江に停泊した。月明かりはあるものの、夜に知らない海を航行するのはあまりに危険が大きい。

甲板には、戦姫丸に乗り込むすべての者が車座になって座っていた。いくつか、燭《しょく》台《だい》も用意されている。

胡坐《あぐら》を掻いて座ると、鶴はゆっくりと口を開いた。

「あの男――林鳳は、うちの父だった男や」

第Ⅴ章　日本水軍集結

Ⅰ

物心ついた時、林香玉《こうぎょく》はすでに、船の上で暮らしていた。

〝鳳〟の旗を掲げた、明国の言葉が飛び交う大型のジャンク船。その主である林鳳が父であることを、当時〝小香〟と呼ばれていた香玉は誇りに思っている。〝小〟は、女の童につける愛称のようなものだ。

船を動かすのは気の荒い男たちだが、女子供も少なくない。香玉と母、そして月麗も、その一員だった。

母の名は、香那《かな》といった。琉球の生まれで、林鳳に見初められ、十数人いる妾の列に加えられたのだという。

母は優しく美しかったが、時折悲しげな表情を浮かべ、どこか遠くを見るような目で、胸に下げた銀の首飾りを撫でていることがしばしばある。それは決まって、母が林鳳の部屋に呼び出された夜の翌朝だった。

「妈妈《マーマ》（お母さん）、どうしてそんなに悲しそうな顔をしているの？」

訊ねると、母は微笑を浮かべて「大丈夫、なんでもないから」と答え、香玉の頭を優しく撫でる。母と鶴に与えられた部屋はひどく狭かったが、誰にも侵されることのない大切な場所だった。

林鳳の船は常に移動し、一ヵ所にとどまることがない。香玉も、陸の上で眠った記憶がほとんどなかった。だが、船の上の暮らしを不満に思ったことはない。この船が自分の家であり、船で暮らす男女が家族だったのだ。

いつの頃からか、林鳳の船団は徐々にその数を増やし、やがては大小の数十艘が付き従うようになっていた。他の船に乗る者たちも仲間であり、家族なのだと、大人たちは言った。

林鳳は自分に親しく言葉をかけることも、頭を撫でてくれることもない。だが、家族を敵から守り、食うに困らないだけの食糧と銭を手に入れてくれる。それだけで十分、尊敬に値した。

香玉は船の男たちから武術や風、潮の読み方、船の動かし方を学んだ。船には数こそ少ないが日本人もいて、日本の言葉も習った。

いつか、林鳳から船を与えてもらい、自分の力で海へ漕ぎ出す。それが、あの頃の夢だった。

船団はしばしば、明国水軍や他の海賊に襲われた。林鳳が負けたことはなかったが、親しくしていた大人が死ぬことはよくあった。そして林鳳が船戦に勝つたび、〝家族〟は増えていった。

香玉がはじめて人を斬ったのは十歳、林鳳が明国水軍の拠点となっていた、福建沿岸部のとある城市を攻めた時のことだった。

香玉と月麗が甲板に呼び出された時、戦はすでに終わっていた。二人に与えられた役目は、捕虜の処刑だった。縄で縛られ、甲板に座らされた数十人の捕虜。中には女や年端もいかない子供、足腰の弱った老人も多くいた。

「この者たちは、我が家族に害を為す毒虫のようなものだ。だが、毒虫にも魂はある。苦しまぬよう、一刀であの世に送ってやるがよい」

月麗は嬉々として柳葉刀を抜いたが、なぜか香玉の足は竦み、手は瘧《おこり》のように震えた。

「なにしてるの、小香。悪い虫は退治しなきゃ」

無邪気な笑顔を見せ、月麗が駆け出した。鮮やかな刀さばきで、捕虜の首を次々と飛ばしていく。血と潮の臭いが混じり合い、吐き気が込み上げる。柳葉刀を抜いたものの、手は震え、足は一歩も動かない。

「どうした、香玉。お前は、父の言うことを聞いてくれぬのか」

林鳳の悲しげな声が耳朶《じだ》に響き、心臓が激しく脈打った。

「それとも、家族よりも、この毒虫たちの命を選ぶというのか？」

そうか。父は、娘が〝家族〟の一員に相応しいかどうかを試している。これは、自分が本当の家族になるための儀式なのだ。逃げるわけにはいかない。

相手は人ではない。ただの毒虫だ。己に言い聞かせ、歯を食い縛り、心を無にして刀を振るった。

泣き叫ぶ女子供や老人の喉を斬り裂き、這って逃げようとする者は、背中から串刺しにした。悲鳴。嗚咽《おえつ》。母や妻、子や孫の名を呼ぶ声。やがて、なにも聞こえなくなった。

「二人とも、よくやった。これからも我が家族の力となってくれること、期待している」

林鳳の言葉に、返り血に全身を染めた月麗は白い歯を見せる。

「やったね、小香。老大に褒められた！」

喜ばしいことだ。誇らしいことなんだ。香玉は自分に言い聞かせようとしたが、なぜか喜びは湧いてはこなかった。

「小香、よく聞いて」

捕虜を処刑した日の夜、母は香玉に向かってはじめて、自分の生い立ちを語った。

鶴の祖父は琉球王府に仕える役人で、一家は那覇《なは》で暮らしていた。

そして母は、十六歳の時に日本人商人と恋に落ちる。商人は年に何度か那覇を訪れ、交易を司る役所に勤める祖父の家に泊まることもしばしばあったのだという。

やがて、母は親の反対を押し切り、半ば出奔のような形で商人の船に乗った。

だが、日本へ向けて那覇を出航した船は突如、海賊の襲撃を受ける。商人も水夫たちもことごとく殺され、頭目に気に入られた母だけが命を助けられた。

そしてその時、母は腹の中に、商人の子を宿していたという。

「まさか……」

「そう。その時に身籠《みご》っていた子が小香、あなたよ」

林鳳を仇《かたき》と憎みこそすれ、夫だと思ったことなど一度たりともない。普段は悲しげに伏せられた目にはっきりと憎悪の火を点し、母は断言した。

「私には今、想い人がいます。その人も私を想い、ともに逃げようと言ってくれました」

その相手は、趙成徳《ちょうせいとく》といった。林鳳の有力な家来として自前の船を持ち、数艘の船団を率いている。そして、幼い頃から香玉になにかと目をかけ、面倒を見てくれた男だった。

「成徳さんが……」

「三日後の新月の夜、彼は自身の船団とともに林鳳の麾下を離れ、日本へ逃れることにしたそうです。日本にはまだ、林鳳の力は及んではいませんから。私は、彼についていく。あなたはどうするか、自分自身で考えて」

　父と信じてきた男が、実の父を殺し、母を虜囚《りょしゅう》としていた。捕虜の処刑で大きく揺らいでいたなにかが、音を立てて崩れていくような気がした。

　悩んだ末に、香玉は決断した。母とともに、日本へ渡る。すべてを知ってしまった以上、もうここにはいられない。そしてそれ以上に、母と離れて生きることなど考えられなかった。

　今までの生がすべて嘘だったのなら、新しく生まれ直せばいい。母も、成徳もいる。恐れることなどない。

　決意を告げると、母は香玉を抱きしめ、銀の首飾りを外して香玉の首にかけた。

「これはロザリオといって、あなたの本当のお父上が肌身離さずつけていた物よ。きっと、あなたのことを守ってくれる」

　頷くと、母は続けた。

「日本へ行ったら、あなたは〝鶴〟と名乗りなさい。あなたの本当のお父上が、生まれた子が女の子だった時に付けようとしていた名です」

それから三日後、香玉は母とともに、密かに趙成徳の船へ乗り移った。碇を上げ、林鳳一党が停泊していた浙江省の港を出ると、一路九州の地を目指した。そこには成徳の縁者がいて、林鳳と対立しているのだという。

だが、脱走は露見していた。成徳の配下の一人が、林鳳に密告していたのだ。厳しく執拗な追撃は数日にわたり、成徳の船団は一艘、また一艘と沈んでいく。

やがて、残ったのは成徳と香玉たちの乗る船だけになった。すでに船体は傷だらけで、帆も破れている。追いつかれるのは必至だった。

「もはや、これまでです」

成徳は香玉と母を小舟に乗せ、船を離れるよう命じた。その指差す先に、細長い島影が横たわっている。日本の、種子島という島らしい。

「すべては、私の責任です。投降したところで、鳳老大はここにいる全員の首を刎ねるだけでしょう。お二人は、わずかでも生き延びられる道に懸けてください」

母は泣きながら食い下がったものの、成徳を翻意させることはできなかった。

「小香、お前の腕があればあの島までたどり着けるはずだ。お母上を、しかと頼んだぞ」

二人が乗った小舟が離れるのを見届けると、成徳は舳先を巡らせ、迫りくる林鳳の船団へ突き進んでいった。

その直後、海が荒れはじめたのは僥倖《ぎょうこう》だった。成徳のジャンクを屠った林鳳《ほふ》の船団は、追撃を諦めて引き返していったのだ。香玉と母を連れ戻すのを諦めたのか、それとも最初から成徳を殺すことだけが目的だったのか、今となってはわからない。

嵐が迫る中、波間を木の葉のように漂う舟の艫《とも》に立ち、香玉は必死に櫓を動かした。

降り出した大粒の雨が体を叩き、砕けた波が全身を洗う。手の皮が擦り剝け、血が滲む。波に弄ばれた舟は幾度となく転覆しかけたが、それでもなんとか堪えた。

次の波は、どの方向からか。舟の角度は。櫓の遣い方は。頭にあるのは、この嵐を乗り切ることだけだった。

いつの間にか、島影が目の前に迫っている。ふと気を抜いた瞬間、後ろからの高波が舟を持ち上げ、足を滑らせた香玉は船底で強かに頭を打ちつけた。

気がついた時、香玉は砂浜にうつ伏せに倒れていた。目を動かすと、すぐそばに、乗ってきた小舟が船底を上にして打ち上げられている。

嵐はとうに去ったのか、穏やかな波の音だけが聞こえる。痛む頭をさすりながら、体を起こした。

そうだ、母は。立ち上がり、あたりを見回すが、姿は見えない。

「妈妈……妈妈、どこ？」

舟をひっくり返してみたが、そこにもいない。浜を端から端まで駆けたが、母を見つけることはできなかった。

必死に記憶を辿った。成徳のジャンクから小舟に乗り移った時、母は確かにいた。雨が降り出し、波がうねりはじめた時にも、船縁にしがみついていたはずだ。

だがそこから、母の姿を見た覚えがない。母がいたなら、狭い舟の船底で頭を打ちつけるはずがない。

答えは明らかだった。

砂浜に座り込み、呆然と海を眺めた。潮が引き、波打ち際がかなり遠ざかっている。

なにかが見えた。人の体。寄せては引く波にも、微動だにしていない。香玉は叫び声を上げ、走り出す。

「しっかりして、妈妈……妈妈！」

呼びかけても答えはない。腹を押し、口に息を吹き込んでも、水を吐き出すことも息を吹き返すこともない。香玉は、冷たくなった母の胸に顔を埋めた。

どれほどそうしていたのか、再び潮が満ち、腰まで水に浸かっている。

「このまま溺れて死ぬつもりか？」

不意に、背後から声をかけられた。顔を上げ、振り返る。

口髭を生やした大柄な男が、すぐそばに立っていた。歳は、四十手前くらいだろうか。総髪を後ろで結い上げ、腰には日本刀を差している。

「体に毒だ。浜に上がるがよい」

日本語だった。男は濡れるのも厭わず片膝をつき、母の亡骸に手を合わせる。

「装束からすると、明国の娘か。この者は、そなたの母であろう。引き上げ、丁重《ていちょう》に弔《とむら》ってやろう」

言葉は難しくて理解できなかったが、その声色に、香玉は不思議と安堵を覚えた。

「あの小舟で嵐を乗り切るなど、信じ難いほどの強運ではないか。なにも、ここで自ら死を選ぶこともあるまい」

男が微笑みかける。はじめて、香玉は声を上げて泣いた。

II

「それが、雑賀の父上との出会いや」

長い話に一区切りつけるように、鶴が大きく息を吐く。

ジョアンを含め、甲板で車座になった一同は鶴が語る間、誰も口を挟もうとはしなかった。

鶴が孫一の実子ではないと知り、乗員の多くは動揺を隠せないでいる。喜兵衛だけはそのあたりの事情を知っていたらしく、落ち着いた視線を鶴に向けている。兵庫や蛍は、相変わらずなにを考えているのかわからない。

十歳の少女が味わうにはあまりに苛酷な経験だと、ジョアンは思った。貧しいとはいえ、貴族の息子としてそれほどの不自由もなく育った自分には、想像もつかない。

「あの時、父上に出会えへんかったら、うちは死んどったやろな。うちは神だの仏だのに興味はないけど、もしかすると、これが導いてくれたんかもしれん」

小さく笑い、鶴は胸元のロザリオを握る。

それから鶴は、孫一の逗留先である種子島家の館に案内され、温かい食事を与えられた。種子島家の者たちも、幼い漂流者に興味を示している。

だが、鶴がたどたどしい日本語で、自分が林鳳のもとから逃げてきたと伝えると、場の空気は一変した。種子島家の者たちは蒼褪めた顔で、「この子を島に受け入れるわけにはいかぬ」と言い立てる。無論、林鳳の報復を恐れてのことだった。

「よろしい。この子はそれがしが引き取ろう」

見かねた孫一が言った。

「たとえ、その林鳳とやらがこの子を連れ戻しにきたとしても、我が雑賀衆が鉄砲で釣瓶《つるべ》撃《う》ちにしてくれるわ」

その日から鶴は、孫一がたびたび訪れていた種子島で妾に産ませた子ということになった。鶴の母が病で没し、見かねた孫一が紀伊まで連れ帰ったことにしたのだ。孫一には多くの実子がいたが、分け隔てはなかった。孫一の家臣で事情を知るのは、喜兵衛も含め、その場に居合わせた数名だけだという。巴や月麗が耳にした噂は恐らく、種子島家の家臣の口から洩れたものだろう。

「あとは、みんなも知っての通りや。父上は、うちを実の娘同然に扱って、鈴木家の姫君として育ててくれた。感謝はしてるけど、城の中で大人しゅうしてるっちゅうのは、どうにも性に合わへんかった。で、みんなを集めて海へ出たんや」

「そうや」

はじめて口を開いたのは、彦佐だった。

「姫さまは海へ出な、姫さまやあれへん。きれいな着物きて歌なんか詠んでたら、気色悪いで。なあ?」

「そうや、そうや」と、水夫や武者たちから口々に賛同の声が上がる。

「気色悪いとはなんや」

苦笑しながら言うと、笑いが上がった。

「さあ、話はしまいや。寝るとしよか」

ことさらに明るい口調で言い、鶴が腰を上げかける。

「お待ちください」

「なんや、ジョアン」

「姫さまはこれから、どうなさるおつもりですか？」

「決まってるやろ」

上げかけた腰を再び下ろし、鶴は全員に告げた。

「何度も言うたはずや。この船は海賊船でも、軍船でもない。商船や。戦に加わる気はあれへん」

数拍の間を空け、鶴は続けた。

「紀伊へ帰る。南の海はしばらく、商いどころやなくなるからな」

「その後は？」

「戦の行方《ゆくえ》次第や。巴たちが勝てば、また南海へ乗り出す」

「負けた時は」

「そうなったら、もう異国へは出られへんやろな。上方や東国で細々と商いを続けるか、いっそ全部諦めて、左近のところへ嫁ぐのもええかもしれへんな。うちが、あの左近の嫁やで。笑えるわ」

鶴は乾いた笑いを漏らすが、乗員たちはうつむき、押し黙ったままだった。

「なんや、その顔は。こればっかりはどうにもなれへん。仕方のないことや」

違うと、ジョアンは思った。鶴は、本当のことを語ってはいない。

「逃げ出すということですか、林鳳から」

「……今、なんて言うた？」

鶴の声音が変わった。鋭い視線が刺さるが、ジョアンは己を奮い立たせ、言葉を重ねる。

「あなたにとって、林鳳は父と母の仇ではありませんか。いや、それだけじゃない。あなたの夢までも、林鳳のために断たれようとしている。そんな相手となぜ、あなたは戦うと仰らないのですか」

また殴られるかと思ったが、喜兵衛は押し黙ったまま動こうとしない。他の乗員たちも無言のまま、ジョアンと鶴を見守っている。

「林鳳が九州の王になれば、きっと多くの人が苦しむ。異国に支配される民の怒りや悲しみや絶望を、私はフィリピンで嫌というほど見てきた」

ジョアンの脳裏には、かつての記憶がまざまざと蘇っていた。

家々を焼く炎。次々と撃ち殺されていく村人たち。狩りでも愉しむかのように銃を構えるイスパニア兵。そして、縄を打たれて連れ去られる子供たち。ジョアンに救いを求めるような目を向ける、一人の少女。

あの子供たちは皆、孫一に出会えなかった鶴だ。今頃はどこかへ売り飛ばされ、見知らぬ土地で奴隷として扱われていることだろう。それも、生きていればの話だ。

鼓動が速まり、手が震える。それでも鶴の目を見据え、続けた。

「私は自分の国の行いから、すぐそこで繰り広げられている惨劇から目を背け、過ちを正そうともしなかった。そして、自分が正しいと信じることをなに一つとして為し得ないまま、日本まで逃げてきた」

そうだ、逃げたのだ。サムライの魂を学ぶ。自分自身にそんな言い訳をして、その実、逃げ出してきただけではないか。

「しかし、私はもう、逃げたくはない。あなたにも、自分の過去から逃げてほしくはないのです」

鶴が視線を落とし、甲板に静寂が下りた。数秒の沈黙の後、うつむいたまま言う。

「ジョアン、あんたはなんもわかってへん」

沸き立ちそうになる感情を押さえつけるように、鶴の声音は低く、重い。

「わかっているつもりです。あなたが本当に恐れているのは、林鳳ではない。仲間を、新しく築き上げた家族を、また失うことだ。違いますか？」

なにか言いかけた鶴が、言葉を詰まらせる。

「俺は、ジョアンの言うことはもっともやと思う」

周囲の反応を窺うように、彦佐が口を開く。

「難しいことはわからへん。けど、尻尾巻いて逃げるなんて、俺の知っとる姫さまやない。誰かが道を塞いでたら、力ずくで押し通る。それが、雑賀のいくさ姫やないか」

「そうや。姫さまの親の仇は、俺らの仇やで」

「やったろうやないか。わしら雑賀衆が、明国海賊なんぞに怖気《おじけ》づいてたまるかい！」

乗員たちが、口々に気勢を上げる。だが、鶴の視線は足元に落とされたまま動かない。

「蛍。あんたはどう思う？」

鶴の問いに小首を傾げ、蛍が答えた。

「うちは、姫さまについていくだけや。アントニオもそうやろ？」

「もちろんです。姫さまはこの国ではじめて、わしのことを人として扱《あつこ》うてくれた。だから死ぬまで、姫さまについていくで」

「兵庫はどうや？」

「それがしは、林鳳の手下に用がござる。姫が雑賀へ帰ると仰せなら、しばし暇《いとま》をいただき、一人で明国へ赴く所存。用がすめば、また姫のもとで働かせていただきたい」

「まったく、どいつもこいつも、勝手なことばっか言いよるわ」

鶴の口から、嘆息とともに苦笑が漏れる。

「姫、ご決断を」

それまで無言だった喜兵衛が促す。鶴は頷きを返し、一同に告げた。

「相手は明国一の海賊や。ここにいる誰か、もしかすると全員が生きて帰れへんかもしれん。船を下りるなら、今のうちやで」

声を上げる者は誰もいない。

「ジョアン、あんたもええんやな？」

できることなら、戦場になど二度と立ちたくない。林鳳の名を聞けば、今でも体が強張る。それでも、この答えは間違っていないと、体が感じている。

胸を張り、ジョアンは答えた。

「戦います。私はイスパニアのイダルゴ——サムライですから」

「言うやないか」

すぐ近くで、鈴の音がした。いつの間に甲板に出てきたのか、亀助はジョアンの膝に上がり、ごろごろと喉を鳴らす。

「ふうん」

鶴は値踏みするように、ジョアンの頭からつま先までじろじろと眺め回す。

「ようやく、一人前の船乗りと認められたらしいな」

「はあ……」

どうやらこの船では、亀助に認められなければ一人前の船乗りになれないらしい。

鶴は立ち上がり、乗員たちに命じた。

「ほな、船を出すで。目的地は、薩摩や」

いつの間にか、東の空がうっすらと白みはじめている。長い夜が、ようやく明けようとしていた。

Ⅲ

薩摩国山川津《やまがわつ》には、軍船が続々と集結していた。

薩摩半島の南部、錦江湾の入り口付近に位置する山川津は、瓢《ふくべ》にも似た形の入江を持つ天然の良港だった。海への出口は東側だけで、残る三方は山に囲まれているため、琉球や大陸へ向かう船が風待ちをするには格好の港だ。

九月も終わりに近づき、琉球へ渡るにはうってつけの北東からの風が吹きはじめている。

巴は船着場に立ち、港を眺めていた。湾内にはすでに、百艘をはるかに超える関船が所狭しと停泊している。

「なんとか、ここまでこぎつけましたな」

隣に立つ梅北国兼《うめきたくにかね》が、感慨深げに目を細めた。国兼は島津水軍の将で、巴の副将的な立場にある。

「浮かれるでない。戦はまだ、はじまってもおらんのだぞ」

そう言いつつもやはり、港を埋め尽くさんばかりの軍船を目にすれば、この三月余りの労苦が報われた気にもなる。

各船団が掲げる旗は、実に様々だった。島津の丸十文字の旗をはじめ、毛利、大友、村上。他にも瀬戸内や九州各地の中小国人衆。これだけの水軍が一堂に会したことは、日ノ本の長い歴史でもそうはないだろう。見物に集まった領民たちも、驚きの声を上げている。

「あとは、肥前の松浦、大村、有馬か」

「すでに長崎に入ったという報せはありましたが、それにしては遅うございますな。なんぞ、問題が起きておらねばよいのですが」

「長崎か」

鶴のことが、頭をよぎった。周防大島で別れた後は、なんの音沙汰もない。船の修理などとうに終わっているはずだが、今はどこにいるのかさえ定かではなかった。

「まあいい。そろそろ軍議の刻限であろう。館へ戻る」

巴は踵を返し、港の東側にある地頭館へ向かう。

大広間で待つと、主立った諸将が三々五々、集まりはじめた。

能島村上水軍の村上武吉。毛利水軍の主将、児玉就方。大友水軍を束ねる若林鎮《わかばやししげ》興《おき》。伊予河野《こうの》家や忽那《くつな》水軍、肥後《ひご》の国人衆などが送ってきた将たち。島津家からも、義久の弟・忠平、歳久、家久の他、一門の島津忠長《ただたけ》や種子島家当主の時尭《ときたか》などが列席していた。

広間にはどこか、張り詰めた気配が漂っていた。盟約を結んだとはいえ、昨日までは敵として、互いの首を狙い合った者たちもいる。誰かが口論でもはじめれば、たちまち斬り合いが起こってもおかしくはない。

やがて用意した席がほとんど埋まり、列席する者はあらかた集まった。当然ながら、女は巴ただ一人だ。

諸将の視線は、次兄の忠平に向けられていた。一昨年、たった三百の兵で三千の伊《い》東《とう》軍を完膚《かんぷ》なきまでに打ち破った木崎原《きざきばる》の合戦は、九州の諸将の間で語り草となっている。

忠平は当年四十。四角く張った顎に、仁王像を思わせる厳めしい顔つき。祖父の日新斎からは、「雄武英略を以て他に傑出する」と評された猛将である。

遠征には忠平の他、巴と家久が同行し、義久と補佐役の歳久は薩摩にとどまる。

「やあ、もうお揃いにござったか」

遅れて現れた人物に、諸将がざわついた。

「それがしの席は、こちらにござるか。や、すまぬ。ち と通していただけるかな」

不惑をいくつか過ぎたくらいの、取り立てて豪傑らしさもない温和そうな武士。この男が、大国毛利を支える〝毛利両川《りょうせん》〟の一翼にして西国屈指の名将、小早川隆景だった。山陰方面の経略を担当する兄の吉川元春《きっかわもとはる》に対し、隆景は山陽方面を受け持ち、毛利水軍も統轄している。

巴も数日前、毛利家からの書状で隆景の出馬を知って驚いた。それだけ、毛利家が危機感を抱いているということだろう。

「これは武吉殿、お久しゅうござるな」

着座した隆景が、武吉の顔を見つけて声を掛けた。

「武吉殿にはここ数年、ずいぶんと手痛い目に遭わされ申した。さすがは日ノ本一の海賊大将じゃ。方々、くれぐれもこの御仁を敵に回さぬがよろしいぞ」

隆景が笑い声を上げ、場の空気がいくらか緩んだ。武吉も、毒気を抜かれたように苦笑を浮かべている。

「それにしても、よもや隆景殿御自らお出ましとは。織田家との戦は目前に迫っているのでは？」

「そうなのだ、武吉殿。信長の傍若無人ぶりには家中一同、迷惑しておってな。降りかかる火の粉は払わねばならぬが、異国の敵も捨て置けぬ。それがしが南海まで出張ることは家中でもごく一部の者しか知らぬゆえ、方々も、くれぐれもご内密にお頼み申す」

隆景は悪戯《いたずら》を見つかった童のように、人差し指を口に当てる。

しばらくすると義久が出座し、広間が静まり返った。上座に着くと、一同を見渡す。

「方々、此度は我らが呼びかけにお応えいただき、心より御礼申し上げる」

義久が深々と頭を下げ、島津の一族郎党もそれに倣う。だが、他家の将たちは誰も頭を下げず、値踏みするかのように義久らを見据えている。

「この際申し上げておくが、我らがここに集《つど》いしは、島津家のためではない。ひとえに、この九州を異国の賊から守らんがため。そのことを、心しておいていただきたい」

言ったのは、毛利水軍の児玉就方だった。

齢《よわい》六十を過ぎ、頭髪に黒いものは残っていない。矍鑠《かくしやく》たる居住まいと野太い声は、大毛利を支えてきた歴戦の古強者に相応しい。広間に再び緊張が走るが、義久はあくまで、温厚な笑みを崩さず応じる。

「無論、承知の上。此度の戦を呼びかけたは当家なれど、我らの間には上も下もござらぬ。それぞれが対等の立場で、この日ノ本のために力を尽くしていただきたい。ただ便宜上、当家が評定を仕切らせていただくが、そこは何卒《なにとぞ》、ご寛恕《かんじよ》なされよ」

上から押さえつけるでもへりくだるでもない義久の態度に、就方も納得したようだった。

海の上で生きる者は、他人の力を当てにしない。そして、共に戦う味方を冷静な目で見定める。信頼できる相手のためなら命も投げ出すが、見限れば容赦なく切り捨てる。それが、巴が見てきた海の男たちの強さであり、弱さでもあった。

「ではまず、総大将の人選からはじめさせていただきたい」

出陣はもう、三日後に迫っている。遅れている肥前の三家を待っている余裕はなかった。

「よろしいか」

隆景が挙手した。促され、口を開く。

「それがしは、義久殿のご舎弟、忠平殿が総大将に相応しいと存ずるが、方々はいかがかな？」

隆景の後を受け、武吉が言った。

「同意いたす。ここは島津のご一族であり、猛将の誉《ほま》れ高い忠平殿が総大将を務めるがよかろう」

忠平は船戦の経験こそ少ないが、その武勇は西国に鳴り響いている。年齢も若過ぎず、総大将としての風格も備えている。

二人が忠平を推挙するのは、歳久の根回しによるものだった。誰もが一目を置く隆景と武吉の言葉に、異を唱える者はいない。

総大将がすんなりと決まり、副将は隆景が務めることが満場一致で決定した。その次が武吉、さらにその次が、大友水軍の若林鎮興である。上位の者が倒れれば、それに次ぐ者が采配を引き継ぐことになっていた。

これで、総大将が討たれて全軍が崩壊、という結末は避けられるだろう。船戦の経験が少ない忠平の側には、家久が付く。家久は以前、錦江湾を渡って鹿児島に攻め寄せた敵を、海上で殲滅《せんめつ》した実績を持っていた。

「方々、よしなにお願い申し上げる」

忠平が頭を下げた。

「此度の戦には各々の御家の存亡のみならず、この日ノ本の国そのものの命運が懸か

 っており申す。勝ったとて、新たな領地を得られるでも、官位を与えられるでもない。されど我らには、武門の意地と誇りがござる。異国の海賊どもに、日ノ本のもののふの恐ろしさをとくと味わわせてやろうではござらぬか」

諸将が「おお」と声を揃える。

「すでにお伝えいたしておる通り、出陣は三日後の十月朔日《さくじつ》。細かい陣立ては追ってお伝えいたす。本日は固めの盃とまいろう」

義久が言うと、いくらか和んだ空気が広間に流れた。下女たちが酒肴を運び入れ、宴がはじまる。

「姫。港に鳥原宗安《とりはらそうあん》殿の荷船がまいっております。ご検分を」

国兼が耳打ちし、巴は腰を上げた。

鳥原宗安は薩摩きっての海商で、九州各地から琉球、南海までを股にかけた手広い商いを行っている。今回の遠征でも、兵糧の手配を依頼していた。

館から出ると、東の開口部から湾内に進入する十艘ほどの船団が見えた。

先頭は、二本の帆柱を持つ中型のジャンク船だった。その後に続いて、十艘の小型船が進んでくる。

遠眼鏡《とおめがね》を取り出し、船団に向けた。いずれも櫓走で、中型ジャンク船以外は甲板に米俵を満載している。掲げる旗はどれも、鳥原家の家紋だ。

湾の中央まで進んだジャンク船はなぜか櫓を上げ、船足を停めた。後に続く小型船がジャンク船を追い越し、味方の軍船が密集する船着場へ向かう。

「なにをしておるのだ」

国兼が怪訝な顔つきで言う。

遠眼鏡を小型船に向けた巴は、違和を覚えた。

空はまだ明るいにもかかわらず、甲板に立つ水夫の一人が、松明《たいまつ》を手にしている。

「まさか」

全身の肌が粟立つ。積み上げられた米俵に、松明が投げ入れられた。水夫たちがすぐさま海へと飛び込む。米俵は異常な速さで燃え上がり、火の玉と化した船は、北東の風に乗って船着場へと流されていく。

「敵襲だ。兄上たちにお知らせいたせ！」

近くにいた兵に命じた。

「国兼、船を出すぞ。急げ！」

叫んで、巴は錦江丸へ向かって駆け出す。

敵船は次々と味方の関船にぶつかり、火の手を上げている。炎の勢いからすると、甲板に積んでいたのは米俵に見せかけた枯草かなにかだろう。味方は密接して投錨しているため、他の船に燃え拡がるのは避けられない。

あの敵船は、林鳳が南海で拿捕《だほ》したものだろう。水夫たちは月代《さかやき》を剃っていたが、恐らくは日本人に擬装した明国海賊だ。佐多岬《さたみさき》や屋久島《やくしま》には物見船を置いていたが、沈められたのか。

港の方々で鐘が打ち鳴らされ、兵や水夫の叫び声が入り乱れる。巴は大混乱に陥った船着場を駆け抜け、端舟に飛び乗って錦江丸へ漕ぎ寄せた。

恐れた通り、炎は凄まじい勢いで拡がっていった。火を避けようと碇を切って漕ぎ出した船が、別の船とぶつかる。火薬に引火して大爆発を起こす船もいる。

「出すぞ。あのジャンクを仕留める！」

錦江丸の甲板に上がり、巴は命じた。あの中型ジャンクに、敵の将がいるはずだ。

ジャンクは船を前に進め、海に飛び込んだ水夫たちを引き上げていた。今なら船を寄せ、接舷して斬り込める。太鼓が打ち鳴らされ、錦江丸は櫓走をはじめた。

いきなりジャンクから砲声が響き、動き出した錦江丸のすぐそばで水柱が上がった。敵は、大筒まで積んでいる。

砲声はさらに二度続いた。一発は右手前方の海面に落ち、一発が船首楼の屋根に穴を開ける。

「被害は？」

「兵二名負傷！」

ジャンクは回頭し、湾の出口に向かっていた。引き上げきれない水夫は、置き去りにするつもりのようだ。

「逃がすな、進め！」

海面を漂う敵兵に構わず、ジャンクの後を追った。火攻めを逃れた味方が錦江丸の後ろに続く。

逆風のため、敵味方ともに帆は張れない。櫓の数は、錦江丸の八十挺櫓に対し、ジャンクは三十挺櫓。だが、船体はこちらのほうがはるかに重く、高い矢倉は風の抵抗も受けやすい。徐々に距離が開き、ジャンクの船尾が遠ざかっていく。数艘の関船が錦江丸を追い抜いていった。

湾を抜け、ジャンクを追って南へ舵を切った。敵も味方も帆を張り、北東の風を受けている。船足は格段に上がったが、距離は縮まらない。

長崎鼻と呼ばれる岬に近づいた時、見張りの兵が叫んだ。

「西《とり》の方角（西）およそ四半里、船影あり！」

岬の陰から姿を現したのは、三本帆柱の南蛮船だった。

南蛮船が掲げる旗を遠眼鏡で確かめ、巴はにやりと笑った。八咫烏。戦姫丸だ。

突如として現れた南蛮船に、ジャンクは慌てて舵を切る。だが、戦姫丸は向かい風を切り上がり、その進路を塞いだ。そして接舷するや、瞬く間に武者たちが斬り込んでいった。

「あれが、雑賀のいくさ姫にござるか」

歴戦の国兼が目を瞠《みは》るほどの、鮮やかな操船だった。船の性能もさることながら、船大将と水夫たちの呼吸がぴったりと合っていなければ、船をあれほど意のままに操ることはできない。

斬り合いは、ごく短い時間で片がついた。巴は錦江丸の帆を下ろし、ジャンクに船を寄せる。

ジャンクの甲板はすでに、戦姫丸の武者たちに制圧されている。縛られ、中央に座らされた鎧兜の男が、ジャンクの船大将だろう。

「遅いなあ、あんたの船。うちらがおらんかったら、逃げられるとこやったで」

こちらを見上げて憎まれ口を叩く鶴に向かい、巴は声を張り上げた。

「鶴殿。参陣、かたじけなく存ずる！」

「別に、あんたらのためやない。うちは、気に食わん相手をぶっ潰しにいくだけや」

相変わらず小生意気な姫だ。苦笑しつつ、巴は錦江丸に回頭を命じた。

Ⅳ

敵襲から一夜明けた山川の港は、惨憺たるありさまだった。

無数の船を焼いた火の手はようやく収まったものの、船着場には焼け焦げた材木が散乱し、全焼は免れたが航行不能の関船が湾内のいたる所を漂っている。火の手を逃れた船も、多くが碇を切り離したため、外洋に出るのは難しい。

「ずいぶんとやられたものだ」

桟橋で、巴の隣に立つ兄がぽつりと言った。

どこか他人事のような口ぶりを、巴はたしなめる。

「なにを呑気《のんき》な。どれほどの船が失われたと思っているのです」

「うん。まあ、なかなかに厳しいな」

島津家四男、家久。当年二十八。祖父の日新斎から「軍法戦術に妙を得たり」と評されたこの兄は、昔からどこか茫洋《ぼうよう》としていて捉えどころがなく、なにを考えているのかまるでわからない。言動も子供じみていて、巴にとっては世話の焼ける年上の弟のような存在だが、用兵の手腕だけは、兄弟の中でも傑出している。

「それで結局、何艘失ったんだ？」

事の重大さをわかっているのだろうか。巴は内心で嘆息を漏らしつつ答えた。

集結した二百六十艘のうち四十艘が全焼し、二十五艘が航行不能に陥っている。人的被害は最小限に抑えられたものの、船団の四分の一を失う甚大な損害だった。武器兵糧も、かなりの量が海中に没している。

「それだけではありません」

一昨日には、長崎でも同様の奇襲攻撃があった。松浦党の大将・松浦主膳は暗殺され、集まった五十艘の大半が失われている。

「要するに、こちらの動きは敵に筒抜けだったというわけか。襲撃に使われたあのジャンクは？」

「昨夜のうちに宗安の身柄を拘束しましたが、鳥原家のものに間違いないそうです。半年ほど前に、南海で消息を絶った船だとか」

ジャンクの中には、鳥原家の者が数名いた。脅され、水先案内をさせられていたのだ。それ以外の乗員は、すでに殺されていた。

「どこから情報が漏れたか、探りますか？」

「無駄だな。九州にどれだけの明国人がいると思う。いや、味方の中にだって、敵に尻尾を振って甘い汁を吸おうと考えるやつがいるかもしれん」

「しかし」

「俺たちはただでさえ寄り合い所帯だ。内通者探しでさらに溝を深めるのは、得策とは思えんな」

「では、打つ手はない、ということですか」

毛利も大友も、これ以上増援を送ることはできないだろう。いや、武器と兵糧の多くを失ったからには、船団を維持することさえ難しい。

「そうでもない」

ぼんやりと海を見つめながら、家久が言う。

「なにか、お考えが？」

「そうだな……」

ぎゅう、と家久の腹の虫が盛大に鳴いた。

「まずは、飯にしよう」

巴は頭を振り、踵を返して歩き出した家久を追った。

「林鳳本隊はすでに、福建を発ったというのだな？」

義久が、憂いを帯びた声で言った。

「得られた情報からは、まず間違いないかと。数日中、あるいは、すでに琉球にまで達している恐れもあります」

巴の返答に、広間に集まった諸将からいくつかの溜め息が漏れる。

昨日捕らえた敵将、楊建英《ようけんえい》に激しい拷問《ごうもん》を加えた結果、得られた情報だった。楊建英が福建の泉州《せんしゅう》を出陣したのが二十日前。本隊は十日遅れて琉球へ向けて出航したはずだという。

敵本隊の陣容は、軍船が五百、荷船が百五十。兵力は四万に上るとのことだった。

「味方はたったの二百艘足らず。これで、どう戦えというのだ」

苦渋の表情で言ったのは、大友水軍の若林鎮興だった。昨日の襲撃で、鎮興は麾下の半数近くを失っている。

「もはや、船戦で勝ち目はあるまい。我らがここにおったとて、撃ち沈められるのを待つだけではないか」

「こちらから打って出るのは諦め、九州に敵を引き込んで叩くのはいかがか」

「遠征は中止するしかあるまい。ここは元寇《げんこう》の例に倣い、薩摩、大隅の沿岸に陣地を築き、迎え撃つべきであろう」

諸将の多くは消極策に傾いていた。それだけ、昨日の奇襲の衝撃は大きい。

「あの林鳳が、素直に薩摩へ攻め込んでくれるとは、うちには思えへんなあ」

末席で欠伸を嚙み殺していた鶴が、ぽつりと言った。

鶴がかつて林鳳のもとにいたことは、諸将には周知してある。その発言に、注目が集まった。

「うちが林鳳なら、陣地を作って待ち構えてるところなんかわざわざ攻めへん。狙うなら、肥後、肥前、あるいは日向《ひゅうが》。なんなら、いきなり府内《ふない》へ攻め入るという手もあるな」

若林鎮興の顔色が変わった。豊後府内は、大友家の本拠地である。

「いずれにしろ、敵を九州本土に上陸させれば、勝っても負けてもひどいことになるで。田畑は荒らされ、城も町も焼かれる。どれだけの兵と民が死ぬかわからへん」

独り言のように、鶴は続ける。

「それくらいなら、今の手持ちの戦力で敵を防ぐ策を講じたほうがええと思うんやけどなあ」

「黙らぬか、小娘。そのような策などないと言うておるのがわからぬのか！」

「島津殿。なにゆえ、このようなろくに戦も知らぬ小娘が軍議に連なっておるのか！」

遠征中止を訴えていた将たちが、一斉に声を荒らげる。

「なんとも、情けなきことよ」

聞こえよがしに嘆いてみせたのは、児玉就方だった。

「この日ノ本の命運を分かつ戦を前に、どこの馬の骨ともわからん小娘が軍議に加わり、意見を述べるとは」

大仰に首を振る就方に、鶴が鋭い視線を向け、張り詰めた気が漂う。だが、就方は意に介さず言葉を継いだ。

「そしてそれよりも情けないのは、男どもがこの期に及んで腰が引けておることよ。わしの若い頃には、困難な戦ほど血が滾《たぎ》ったものじゃがのう」

就方の言葉に、鶴はにやりと笑う。だが、収まらないのは鎮興らだった。

「児玉殿、我らを愚弄いたすか！」

「なんの。怖気づいたのであれば、戦は年寄りと小娘に押しつけて国に引き上げるがよろしい。たとえわしの首が胴から離れるとしても、貴殿らが九州から逃げ出すくらいの時は稼いでみせよう」

「それを愚弄と言うておるのだ！」

「児玉殿、言葉が過ぎよう！」

不毛な言い争いを制するように、忠平が拳で床板を打った。

「方々、戦を前に味方同士で斬り合いでもなさるおつもりか」

鍾馗《しょうき》を思わせる大きな眼で睨まれ、諸将が口を噤む。そこで小早川隆景が、「よろしいかな」と手を挙げた。

「それがしも、敵を九州へ引き入れるは得策ではないと存ずる。それがしが敵の大将ならば、まずは琉球に腰を据え、南海への海路を塞ぐでしょうな。方々の御家には、収入を交易に頼っているところも多いのでは？」

隆景は穏やかな顔つきで一同を見回すが、反論できる者はいない。

「併せて、船団をいくつかに分け、九州各地の沿岸を繰り返し襲わせる。これを半年も続ければ、兵も民も疲弊し、国力は枯れ果てる。その上で主力をもって九州に攻め入れば、もはや対抗できる大名家はおりますまい」

諸将はそれぞれに思案を巡らせているのか、広間は水を打ったように静まり返った。

「ここで敵を待つことはできぬ。国許《くにもと》からの増援も望めぬ。となれば、打って出る他あるまい。桶狭間《おけはざま》の例もござる。ここは方々の腕の見せ所と存ずるが、いかがかな？」

「しかし、荷船を合わせれば三倍以上の相手と、いったいどうやって戦うと言われるのか」

「負けるとわかった戦で、主より預かった将兵を死なせるわけには……」

「策なら、無くはない」

それまでずっと何事か考え込んでいた家久が、はじめて口を開いた。

「いかなる策か、申してみよ」

忠平が訊ねた。

「ほとんど博打のようなものだが、当たれば敵船の大半を沈められる。だが外れれば、俺も忠平兄者も確実に首が飛ぶ。それでもいいか？」

「訊ねるまでもあるまい。我ら薩摩武士は、戦の前から命など捨てておる」

「わかった」

家久は不敵な笑みを浮かべ、広間の末席に目を向けた。

「まずは鶴殿、そなたの仕事だ」

第Ⅵ章　奄美沖海戦

Ⅰ

「見えた、港や！」

見張りの上げる大声に、雑賀孫一は腰を上げた。

「ようやく着いたか」

大きく伸びをし、肩を回して凝り固まった体をほぐした。慣れてはいても、不惑も半ばを過ぎた身には、長い船旅はなかなかに辛いものがある。

「さて、あのじゃじゃ馬の尻を蹴り上げにいくとするか」

独り言ち、船尾の矢倉から甲板に出た。兵や水夫たちが久方ぶりの陸地にはしゃいだ声を上げている。

上方とはずいぶんと趣きの違う、荒々しく切り立った山々と、いかにも南国らしい濃い緑。もう十月に入ったというのに日射しは強く、吹く風にも身を切るほどの冷たさは感じられない。

孫一が十艘の関船を率いて紀州《きしゅう》雑賀を出航したのは、もう十日ほど前のことだった。雑賀から薩摩へ渡るには、季節にもよるが、五日もあれば十分だ。だが今回は天候に恵まれず、土佐《とさ》で数日風待ちをする破目になった。

孫一の出陣に、雑賀衆の主立った者たちの多くが反対した。今の雑賀衆に、九州まで船を出す余裕などない。織田家との戦には、雑賀衆の存亡がかかっているのだ。

信長は、決まった主君を持たず、合議で方針を定める雑賀衆の存在を許しはしない。信長の望みは、すべての権力を己の手に握り、この国に生きる者をことごとく自分の足元にひれ伏させることだ。雑賀衆が生き延びるには、信長に抗い、戦い続けるしかない。

だが、明国海賊の大軍が九州へ向かっているとなれば、放ってはおくわけにはいかなかった。なんとなれば、雑賀衆の用いる火薬は、南の国々から九州を経由してもたらされるのだ。九州が明国海賊の手に落ちれば、雑賀衆は戦に出ることすらかなわなくなる。

熟慮の末に、孫一は自ら出陣することに決めた。自分にもしものことがあったとしても、嫡男の孫三郎重朝《まごさぶろうしげとも》がいる。まだ若いが、親の欲目を差し引いても、〝雑賀孫一〟の名を継ぐだけの器量はあった。

「大殿」

声をかけてきたのは、この『源氏丸』の船大将、太田左近だった。

普段から鬱陶しいくらい闊達で饒舌《じょうぜつ》な男の表情が、どこか冴えない。腹でも下しているのかと思ったが、そうではなさそうだった。

「いかがした」

「どうにも、おかしなことになっております。まずは、ご覧ください」

そう言って、南蛮製の遠眼鏡を差し出す。受け取り、覗いた。

港には、各地から集まった水軍の大船団どころか、一艘の関船さえもいなかった。

九月末、薩摩山川津に集結。島津家からの使者は、確かにそう言ったはずだ。

さらに目を凝らすと、港の方々に船の残骸らしき物が見えた。船着場に積み上げられた、かつて船だったと思しき材木の多くは焼け焦げている。

「火事でもあったのでしょうか」

「阿呆。戦じゃ」

恐らく、林鳳軍が奇襲を仕掛けてきたのだ。だが、全ての船が沈められたとも思えない。船団は山川を離れ、どこかへ退避したのだろう。

「なんということだ！」

左近が頭を抱え、天を仰いだ。

「ようやく鶴殿に会えると思うたに。何故、天は我ら二人を分かとうとなさるのか！」

この世の終わりのように苦悶する左近を無視して、孫一は麾下の船団に入港を命じた。まずは、情報を得なければならない。

それにしても、厄介なことになった。

孫一が林鳳の名をはじめて耳にしたのは、種子島で鶴を引き取った時のことだ。その名を口にする種子島家の家臣たちは、一様に恐怖に蒼褪めていた。

あれから九年。異国と往来する堺の商人の口から時折、林鳳の動向は聞いていた。王直の死後、群雄割拠となった明国沿岸で覇権を握り、今や明国水軍も迂闊に手出しはできないほどの勢力になっているという。

だが、孫一にとっても国内での戦に明け暮れる多くの大名たちにとっても、林鳳の台頭は文字通り対岸の火事にすぎなかった。

「それが、直接干戈《かんか》を交えることになるとはな」

今となれば、あの出会いにも宿命めいたものを感じる。

波打ち際に呆然と座り込む、異国の装束をまとった少女。あの光景はなぜか今も、この目にはっきりと焼きついていた。

港へ入ると、艀が近づいてきた。

「島津家家臣、上井《うわい》覚兼《かくけん》と申します」

三十前後の聡明そうな武士が、この数日の経緯を語った。

「やはり、林鳳軍による奇襲か」

「はい。お味方はかなりの損害を受けました。肥前長崎でも襲撃があり、松浦、大村、有馬の船団は……」

「そのようなことはどうでもよい。鶴殿はご無事なのか！」

嚙みつかんばかりの勢いで吼える左近の首根っこを摑み、孫一は訊ねた。

「それで、お味方の主力は何処に？」

左近の剣幕に顔を引き攣《つ》らせながら、上井が答えた。

「二日前、奄美大島へ向かい申した。決戦は、彼の地にて」

II

楊建英は、全身の痛みに呻き声を上げた。

自然の洞穴を利用した牢獄。天井は低く、地面には薄い筵《むしろ》が一枚敷かれているだけだ。洞穴の入り口は竹を組んだ檻《おり》で阻まれ、常に兵士が張りついている。日は落ちているが洞穴に明かりはなく、外で焚かれる篝火が見えるだけだ。

　楊建英が捕縛されたのは、もう七日前のことだ。激しい拷問を受けた挙句、船に乗せられ、この牢獄に放り込まれた。自分を殺さないのは、いずれ何らかの取り引きに使うつもりなのだろう。

「倭人《わじん》どもめ……」

　本当なら今頃、琉球で林鳳の本隊に合流しているはずだった。あの南蛮船さえ現れなければ。嬉々とした表情で拷問を加えてきたあの女船長の顔を思い出しただけで、腸《はらわた》が煮えくり返る。

　なにがあろうと生き延びてやる。呻きながら、楊建英は己に言い聞かせた。

　生まれ育った貧しい漁村を捨て、海賊として海へ出て二十年。官憲に捕らえられて脱走したこともあれば、他の海賊との戦で瀕死の重傷を負ったこともある。この程度の死線は、幾度もくぐり抜けてきたのだ。

　ここがどこかはわからないが、吹き込む風の中に潮の匂いが混じっている。海は遠くない。隙を見て逃げ出し、小舟を奪って漕ぎ出してしまえば、後はどうにかなる。

　筵の上に横たわり、想像を巡らせる。

　再び林鳳と合流し、あの女を捕らえて八つ裂きにしてやろう。生きたまま、生皮を剝いでやるのもいい。あの女が泣き叫んで命乞いする様を思い浮かべると、ほんの少しだけ痛みがやわらいだ。

まどろみの中、声が聞こえた。

日本語。内容はわからないが、言い争っているらしい。体を起こすと、篝火の向こうに人影が二つ。一人は、見張りの兵だ。

いきなり、もう一人が棒のような物で見張りを殴り倒した。

篝火がその姿を照らす。ひょろりと背が高く、髪は金色で目は青い。倭人ではなく、仏郎機賊だろう。確か、あの南蛮船に乗っていた男だ。

「楊建英殿」

男は檻を開けながら、閩南語で話しかけてきた。

「あなたを助けに来ました。船も用意してあります。さあ、お急ぎください」

「待て。お前はあの女の家来ではないのか」

「私はジョアンといいます。あの女に船も財産も奪われ、無理やり働かされているのです。奪われた物を取り戻し、私が自由の身になるためには、あなたの力が必要です」

罠。一瞬、頭によぎったが、今さら自分を嵌める必要などない。

「それで、俺に何をしろと?」

「私が知っている日本軍の情報をお教えします。それを林鳳様にお伝えして、日本軍を打ち払ってください」

「なるほどな」

「さあ、時がありません。あなたの部下たちも牢を抜け、船で待っています」

頷き、洞穴を出た。日本軍の陣営の外れなのだろう。遠くにいくつもの篝火の灯りが見える。方々に大量の材木が積み上げられ、船もかなりの数がいるようだ。

「ここは、いったいどこなのだ？」

「奄美大島の南、古仁屋《こにや》という港です。日本軍はここに船と兵の大半を集め、城を築いています」

「奄美か」

頭の中で、絵図を思い浮かべる。確かに、琉球から九州へ向かう軍を押さえるにはうってつけの場所だ。

二人で物陰に隠れながら進み、海岸に出た。岩場に、十人ほどが乗れそうな船が舫われている。乗っているのは、楊建英の部下たちだ。船の傍らには、黒い肌の大柄な男が棒を手に立っている。この男も、ジョアンの仲間なのだろう。

「ここに、日本軍の情報を記してあります。これを、林鳳様に」

ジョアンが懐から書付を取り出して差し出した。

「待て。お前はここに残るつもりか？」

「はい。日本軍と林鳳様が戦になった時、折を見て仲間と共にあの南蛮船を乗っ取るつもりです。林鳳様には、よしなにお伝えください」

書付には、日本軍の情報の他、船を乗っ取る際の合図なども細かく記されている。

「見かけによらず、なかなかの悪党だな」

にやりと笑い、書付を懐にしまった。

「お前のことは、しかと伝えておこう。鳳老大も、悪いようにはなされまい」

船に乗り込み、舫い綱を解いた。

対岸に大きな島が横たわる、狭い海峡だ。水路は複雑だが、慎重に進めばなんとかなるだろう。

俺の運は、まだ尽きてはいないようだ。潮風に傷が疼《うず》くのを感じながら、声に出さず笑った。

III

北九州よりもはるかに鮮やかな青色が、眼前に広がっていた。

林月麗は、倭人たちが〝ジャンク〟と呼ぶ船の甲板に立ち、目を細めた。その先には、豊かな緑に覆われた琉球本島が横たわっている。

松浦党の船を焼き、長崎を出航して三日。どこにも立ち寄らずひたすら南へ進んだ。順風のおかげで船足は速く、予定よりも数日前倒しで合流がかないそうだ。

横波を受け、船が大きく揺れた。左足に鈍い痛みが走り、月麗は顔を顰める。長崎で、香玉の手下に撃たれた傷だ。ほんの掠り傷で、ほとんど癒えかけてはいるが、時折痛みが走る。

ほどなくして、那覇の港が見えてきた。

沖合には、夥しい数の船が停泊している。そのすべてが、林鳳の麾下だった。

那覇は、林鳳軍の完全な制圧下にあった。

方々に浮かぶ船の残骸は、琉球水軍の物だろう。港の多くの建物は、砲弾を受けて瓦礫《がれき》と化していた。役所らしき屋敷には〝鳳〟の字を大書した旗が掲げられ、入り口を林鳳軍の兵が固めている。この光景を見る限り、琉球軍は林鳳軍に手も足も出なかったようだ。

小型船が一艘、こちらに向かってきた。信号旗を使い、味方であることを合図する。

小舟に乗り移り、船の間を縫うように進んだ。

その先には、一艘の巨大な船が碇を下ろしている。舳先には、金で縁取られ、〝鳳〟の一字を大書した旗が掲げられていた。

林鳳の旗船、『鳳天《ほうてん》』。月麗が乗ってきたジャンク船の三倍はあろうかという、黒く塗られた船体。天を衝くような四本の帆柱。舷側には無数の砲門を備えている。

縄梯子を使って甲板に上がると、血の臭いが鼻を衝いた。

剣を手にした兵たちが、後ろ手に縛られ座らされた数十人の男たちの首を次々と斬り落としている。処刑されているのは、捕らえた琉球水軍の将兵だろう。

背筋を伸ばして月麗を迎える兵たちを掻き分け、一人の長身の男が歩み寄ってくる。

「蔣虎《しょうこ》殿、ただ今戻りました」

「手負われたそうだな、月麗殿」

男が、淀《よど》みのない閩南語で話しかけてきた。

腰に大小の日本刀を差した男の顔には、左の頰から顎にかけて、禍々しい刀傷が走っている。これだけの血の臭いを嗅いでも、男の表情は穏やかなままだ。

「ただの掠り傷で、大したことはありません」

「そうか。ならばよかった」

蔣虎は、林鳳軍の副将を務める男だった。歳の頃は四十前後だろう。五、六年前に林鳳軍に加わっているが、倭人という以外の詳しい経歴を月麗は知らない。

「首尾は上々だったと聞いた」

長崎での成果はすでに、おおよその状況は伝えてある。鏡と光を利用すれば、小舟や狼煙《のろし》を使っての伝令よりもはるかに速く、情報を伝達できるのだ。

「ただ、松浦党の船はどれも古く、兵の練度も低いものでした。あの程度の相手なら、戦に加わったとしても大した脅威ではなかったかと」

「そうか。松浦党はそれほどまでに弱体化しておったとは。ならば、危険を冒す必要もなかったかもしれんな。月麗殿、すまぬことをした」

林鳳軍にいる倭人には傲慢な者が多いが、こうして率直に過ちを認めることができるのが、蔣虎の長所だった。

「それで、こちらの状況は？」

「この港に入ったのは、一昨日のことだ。琉球水軍が二十艘ほどで立ち向かってきたが、ほぼすべてを沈めている。港に砲撃を加えると、那覇の役人どもはすぐに降伏を申し入れてきた」

「首里《しゅり》の王府は、備えを固めているのでしょうか」

「いや。那覇の陥落を知ると、すぐに使者を寄越して和を請うてきた。首里への侵攻を思いとどまってくれれば、水と食糧を提供するとのことだ」

歴代中華王朝に服属してきた琉球王府の役人には、明国人も少なくない。そのうちの何人かは、金銭で林鳳に抱き込まれている。琉球が明国に援軍を求める恐れもあったが、内通者からの情報を得て、使者の乗った船をすべて沈めることで防いだ。

「それにしても、あまりに呆気ない。琉球王府がこれほど腰抜けとは」

「まあ、この大船団を目の当たりにすれば、当然とも言えるが。戦わぬという決断を下すことも、大事なことだ。少なくとも、無駄な血は流れずにすむ。まあ、この者たちはけじめとして首を刎ねねばならんが」

蔣虎は甲板に座り死を待つ捕虜たちに目をやった。

倭人としては、いや、海賊としてはどこか荒々しさに欠ける。しかしそれでいて、ひとたび日本刀を抜けば凄まじい剣技を発揮するのだ。やはり、倭人というのは理解しがたい。

「では、すべては予定通り、順調に進んでいるのですね」

「ただ、薩摩の山川を攻めさせた楊建英が、いまだ戻っておらぬ」

「そうですか、楊が」

それなりに有能ではあるが、他に代わりがいないというほどではない。投入した船も少なく、全滅したとしても、大した痛手ではなかった。

「鳳老大は？」

「船尾楼におられる。まずは、帰還の報告をなさるがよい」

広大な甲板を歩き、船尾楼に入った。

「月麗です」

「入れ」

低く、穏やかな声音が響く。扉を開くと、この大船の主は絹の上等な寛衣《かんい》をまとい、椅子に深く腰掛けていた。

もう四十も半ばを過ぎたはずだが、髪も鼻の下に蓄えた八の字髭にも、白いものは見えない。秀でた額に、切れ長で思慮深さを思わせる両の目。その相貌は、海賊の頭目というよりも、唐《とう》代の大詩人を思わせる。

「ただ今戻りました」

「うむ。まずは座るがよい」

月麗は、部屋の一角にある椅子に腰を下ろした。この部屋の椅子や机、調度の品々はすべて西洋風で、いまだに馴染むことができない。

「松浦の倭人どもの船を、ことごとく焼き払ったそうだな。よくやってくれた」

「すべては、老大の策あってのものです」

「いや、これはそなたでなければできぬ任であった。そなたは、我が一族の誇りだ」

林鳳の声を聞くと、不思議なほど安らぎを覚える。はじめて出会った時から、今も変わらない。

「しばらくは琉球に腰を据える。しっかりと休んで傷を治し、また私のために働いてくれ」

「はっ。お心遣いいただき、ありがとうございます」

月麗は言うべきか否か束の間迷い、「一つ、ご報告が」と口にした。

「長崎で、香玉に会いました」

「香玉？」

まるではじめて聞く名のように、林鳳は怪訝な表情を浮かべる。無理もない。林鳳には二十人を超える妾がおり、生《な》した子は男女合わせ、三十人以上もいるのだ。

「九年前、趙成徳とともに逃げた香那の娘です。生きて日本に流れ着いたらしく、今は紀伊の雑賀衆なる傭兵集団の棟梁《とうりよう》に、娘として育てられているとか」

香玉が生きているという話を聞いたのは、三月ほど前に月麗が襲った日本船に乗り合わせていた、種子島の商人からだった。こちらが林鳳の配下と知り、関心を引くためにその話をしたのだ。無論、その商人は殺して海に捨てた。

月麗は長崎で香玉と出会った経緯を、手短に伝えた。

「そうか、あの小香が生きておったとはな」

「はい」

「では、あれの母も日本に？」

「いえ。流れ着いた時にはすでに息絶え、種子島に埋葬されたとのことです」

「それは残念だな。生きておれば探し出し、娘の目の前で斬り刻んでやったのだが……」

林鳳の顔が、かすかに歪《ゆが》んだ。きっと、心の底から悲しんでいるのだろう。その心情を思うと、月麗の胸も痛む。立ち上がり、林鳳の傍らに膝をついた。

「老大。香玉は必ずや私の手で捕らえ、御前に引き立ててご覧に入れます。ですから、そのような悲しげなお顔をなさらないでください」

「小月よ」

林鳳の手が、月麗の頬に触れた。心臓がとくん、と波打つ。

「私とお前は血の繋がりこそないが、本当の娘よりも大切に思っている。これからも、しかと力を尽くしてくれるな？」

「はい。この命に代えても」

一礼し、部屋を出た。頬にまだ、林鳳の掌の感触が残っている。

やはり老大は、自分を実の娘のように思ってくれている。そう思うと力が湧き、傷の痛みなどどこかへ吹き飛んでいきそうだった。

軍議が召集されたのは、その日の夜のことだった。

捕縛されていた楊建英が内通者の手引きで船を奪い、奄美に置かれた敵の本営から脱出してきたのだ。途中、数艘の敵船に追撃を受けたが、林鳳軍の前衛が駆けつけると戦うことなく逃げ去ったという。

林鳳の居館として琉球王府から提供された屋敷へ出向くと、すでに主立った者十数名が揃っていた。長期にわたる拘留と拷問で憔悴《しょうすい》しきった楊建英は、この場にはいない。

「揃ったな。おおよその話は、すでに伝えた通りだ」

進行役の蔣虎が、卓に広げた絵図を示した。

「内通者によると、敵は奄美の古仁屋という港に城を築いている。船はおよそ百艘、兵は一万ほどらしい。敵の総大将、島津忠平もその港にいる」

「山川に集結した敵船は、二百五十艘を超えていたという話だったが。楊の奇襲で半数以上も沈めたとは思えん」

疑問を口にしたのは、赤い甲冑に身を包んだ隻眼の将だった。

葉宗武。かつては王直と並ぶ大海賊として知られた、葉宗満《そうまん》の子だ。明国官憲に捕縛され、刑死した父から勢力を引き継ぎ、数年前から林鳳の麾下に入っている。

「敵は各地の領主の寄せ集めだ。勝ち目がないと踏んで離脱した者が多く出たのだろう。奄美にいる船の多くは島津のものらしい」

「一万とはいえ、奄美に拠点を築かれるのは厄介だな。上陸して城を落とすには犠牲を払わねばならんが、放置しておくには、いささか数が多すぎる。抑えの兵を置いて北上し、薩摩を衝くのが兵法の常道だが」

蔣虎と並ぶ副将として林鳳に重用されるだけあって、葉宗武は軍略に長じている。明国政府から、将軍として勧誘されたことも一度ならずあるという。

「おいおい。葉宗武ともあろう御仁が、ずいぶんと気弱なことだな」

無遠慮に嘲笑するのは、福建の泉州を根城とする李成だ。今回の遠征では、林鳳の呼びかけに応じて五十艘を率い参戦していた。

まだ三十手前の若さだが、勇猛さと苛烈な戦ぶりで、明国沿岸に名を轟かせている。その巨軀とすべてが大ぶりな顔立ちからは、獣じみた粗野で凶暴な気配が漂っていた。月麗は前々から、この男の粗暴で横柄な人となりに、かすかな嫌悪を感じている。

「敵の総大将がいるなら、絶好の機会じゃねえか。さっさと攻め込んで、その忠平って奴の首を獲ればいい」

「我らの目標は、あくまで九州全土の制圧。緒戦で無駄な犠牲を払うは得策ではないと言っている」

「犠牲なんざ、最初から覚悟の上よ。なんなら、俺たちだけで忠平の首を獲りに行ったっていいぜ。俺の部下には、倭人に恐れをなすような腰抜けは一人もいねえからな」

「ほう。李成殿は、我ら林鳳軍が腰抜けだと？」

葉宗武の隻眼が、鋭い光を放った。剣呑な空気が漂ったところで、蔣虎が「わかった」と割って入る。

「直ちに奄美へ攻め入るべしという、李成殿のご意見は理解した。では、徐元亮殿はいかがか？」

促され、一人の老人が顔を上げた。

「では、年寄りの意見を言わせてもらおうかの」と、深い皺のような目をさらに細める。

徐元亮。以前は王直の麾下にあり、その腹心として名を馳せた人物だ。王直死後は自立し、浙江方面で大勢力を築いている。この遠征に加わった五百艘の軍船のうち、実に百二十艘が徐元亮の麾下だった。

「まず為すべきは、九州全土を制することであろう。我らは新たな国を造るために、こうして集まったのだ。領土なくして、国は成り立つまい」

歳の頃は、六十前後だろう。髪にも胸まである長い顎鬚にも、黒いものは一本も見あたらない。その落ち着いた口ぶりと風貌は、海賊というよりも、年老いた画家か学者を思わせる。

とはいえ、海賊としての声望は、李成などよりはるかに高い。

徐元亮はかつて、林鳳と幾度も矛を交えたことがあるが、結局勝敗はつかなかった。このままで海賊らしくない老人は、林鳳が本気で潰そうとして潰せなかった、数少ない相手なのだ。

「だからこそ、ここで敵の主力を潰しておくべきではあるまいか」

徐元亮が唱えたのは、意外にも主戦論だった。

「城が完成しては、落とすのに手間がかかる。人死にも多く出よう。そうなる前にその古仁屋なる港を落とし、島津忠平の首を獲るべきではないかな。島津水軍さえ壊滅させれば、その後の戦は赤子の手を捻るように容易かろうて」

他の諸将もおおむね、奄美侵攻に賛成のようだった。林鳳は一言も発することなく、それぞれの意見にじっと耳を傾けている。

「一つ、気にかかることがある」

葉宗武が、疑問を呈した。

「内通してきたという、仏郎機賊のことだ。その者は、信ずるに足るのか。情報そのものが偽物だという恐れはないのか？」

その問いを受け、月麗は口を開いた。

「私は、長崎でジョアンと接触しました」

長崎の町でジョアンと出会い、酔わせて情報を引き出したことを説明した。

「船と財産を奪われたことと、主の待遇に不満を抱いていることは間違いなさそうです。問題は、自分の意思で楊建英殿を救出するほど胆力のある人物には見えなかったことですが」

ジョアンの主君が香玉であることは伏せておいた。自分と林鳳だけが知っていればいい。

「だったらなんだってんだ。そのジョアンって奴が、主のことをよっぽど腹に据えかねているんだろう」

「ジョアンを内通者に仕立てた罠、という恐れはないのか？」

葉宗武の意見を、李成は笑い飛ばした。

「たとえ罠があったとしても、その罠ごと叩き潰しちまえばいいだろう」

「その言やよし」

はじめて口を開いた林鳳が、李成に向かって言った。

「では、貴殿に先鋒を務めてもらうとしよう。勝利の暁には、奄美は李成殿の領地といたす」

「承知した」

「徐元亮殿。貴殿には、李成殿の後詰をお願いしたい。二人が揃えば、敵の罠とて恐れるに足るまい」

「必ずや、島津忠平の首を獲ってご覧に入れよう」

先鋒は李成の五十艘。後続に徐元亮の百二十艘。さらに、中小の海賊団が率いる三十艘が加わる。林鳳本隊は琉球北部の運天《うんてん》港にとどまり、戦況次第で動きを決めることになった。

奄美攻めに参加するのはいずれも、外様《とざま》と言っていい者たちだ。ここでの働き次第で、今後の扱いが変わってくる。嫌でも、士気は高まるだろう。

「鳳老大。なぜ、奄美攻めを外様ばかりに？」

月麗は軍議が散会すると、林鳳に訊ねた。

「私は香玉を捕らえ、御前に引き立てるつもりです。なにとぞ、奄美攻めにお加えください。それとも私では、お役に立てぬとお考えなのですか？」

「そうではない」

常と変わらない穏やかな口ぶりで、林鳳は答えた。

「我が志《こころざし》と比べれば、香玉も奄美の敵も、所詮は些事《さじ》に過ぎん。そのようなつまらぬことで、お前にもしものことがあったらどうする。お前はこれから先も、私のために働いてもらわねば困る」

「老大……」

「我らの目指す天地は、いまだ遠い。私が築く新しい国のためにも、お前を失うわけにはいかんのだ」

「申し訳ありません」つまらぬことを申し上げました。

そうだ。この御方は、自分には考えが及ばないほどの高い志を抱いている。一癖も二癖もある海賊たちが従っているのは、その志があってこそだ。そして自分の役目は、戦うことだけ。いつ、誰と戦うかは、老大が決めればいい。

「頼みにしているぞ、小月」

林鳳の大きな手が、月麗の頭を撫でる。

自分は今、生きているのだと、月麗は心の底から思った。

Ⅳ

出航に際して、大きな混乱はなかった。

徐元亮は自身の旗船の甲板に立ち、前方を進む李成の船団に目を凝らした。

「若造め、大口を叩くだけはあるのう」

顎鬚を撫でながら呟いた。李成と行動を共にするのははじめてだが、五十艘の船団はよく統率され、各船の動きも悪くない。林鳳が参戦を呼びかけるだけあって、ただの粗暴なだけの海賊ではないということだろう。

潮流には乗っているが、風はやはり逆風だ。海上には三角波が立ち、時折思いがけない横波に襲われる。それでも今のところ、航海は順調だった。

早朝に運天港から出航し、すでに与論島《よろんとう》は過ぎた。右手前方には、沖永良部島《おきのえらぶじま》と徳之島《とくのしま》が見える。

敵も、こちらの動きを摑んでいるはずだ。つい先刻、敵の物見船が現れ、すぐに姿を消している。遠からず、迎撃の船団が出てくるだろう。

「柄にもなく、血が騒ぐわ」

これほどの昂ぶりを覚えるのは、王直が生きていた頃以来だ。

海の上に、新たな国を築く。それが王直の、そして徐元亮の夢だった。誰に遮られることもなく、人と物と銭とが自由に行き来する、税も関所も無い国。浙江省寧波《ねいは》近郊の貧しい漁村に生まれ、地主や役人に虐《しいた》げられながら生きてきた徐元亮にとって、王直の語る夢は青臭く、そして希望に満ちていた。

だがその夢は、王直の死によって断たれた。恩赦と交易の許可、官職の授与という明国政府の甘言に乗って平戸から帰国したところを捕らえられ、処刑されたのだ。徐元亮は強硬に反対したものの、王直の帰国の意思は固く、止めようがなかった。

今にして思えば、王直は罠だということに気づいていたのだろう。それでも望郷の念を抑えられなかったのは、王直の老いのせいだったのかもしれない。

「あれから十五年か」

王直の死後、その麾下は四分五裂し、徐元亮も手勢を率いて平戸を離れざるを得なかった。そして、他の海賊や明国水軍と戦っているうちに、気づけば配下は百艘を超え、浙江周辺では最大の頭目となっていた。勝敗こそつかなかったものの、林鳳や蔣虎、葉宗武とも幾度となく干戈を交えている。

林鳳とは、王直配下だった頃からの付き合いだった。広東海賊の頭目・林国顕《こくけん》の一族に連なる出身も経歴も、本名さえも定かではない。広東海賊の頭目・林国顕の一族に連なるとも、奴隷の出身だとも言われているが、本当のところを知る者はいなかった。確かなのは、いつしか王直の配下となり、実力で頭角を現してきたということだけだ。

武術の腕、操船術、軍略、そして配下を一つにまとめ上げる不可思議な魅力と、それに相反する冷酷さ。王直亡き後の海上で林鳳が覇を唱えるようになったのも、徐元亮からすれば自然な流れだった。

その林鳳が今、新しい国を築こうとしていた。

それが、亡き王直の夢を実現させようとしてのものか、それとも己の野望のためなのかはわからない。だが、明国官憲の圧倒的な兵力に押され、陸上の拠点を次々と失った明国海賊が生き残るには、林鳳と行動をともにする道しかなかった。

王直が死んでからの戦いはすべて、自分と配下が生きるためのものだった。夢も志もない。食い扶持を得るためだけに戦い、奪ってきた。そうした日々に疲れ果て、根を張る大地が欲しいという思いも、少なからずあった。だがそれでも、若かりし頃に見た夢をもう一度見られるのではないかという一縷《いちる》の望みを、徐元亮は捨てられずにいる。

「李船団より信号旗。日本軍が出撃してきた模様」

見張り台から響いた声が、徐元亮を現実に引き戻した。

「総数、およそ百。旗印から、主力は島津、毛利、村上の船団と思われます」

「敵も、総力を挙げてきたようじゃな」

味方はすでに、徳之島の西側に達していた。ここを越えれば、奄美大島はもう目と鼻の先だ。日本軍としては、ここで何としてもこちらを防ぎたいのだろう。

徐々に、敵の陣容が見えてきた。中央は島津、左翼に毛利、右翼に村上。島津が四十艘で、村上、毛利はそれぞれ三十艘ずつといったところか。風向きは敵に、潮流は味方に有利だ。となると、数の勝負になる。

「例の南蛮船は？」

「敵中央、最後尾です」

切り札として温存しているのか、あるいはそもそも戦意が低いのか。いずれにせよ、戦況に大した影響はないだろう。どれほど優れた船でも、たった一艘で戦局を動かすことなどできない。

李成はそのまま直進し、島津隊に突っ込むつもりのようだ。

「伝令。両翼は前進しつつ、さらに大きく横へ広がれ。毛利、村上の船団を包囲し、李成を援護するのだ」

中央の島津軍さえ崩せば、敵は四散する。徐元亮が日本にいた頃から毛利、村上の水軍は精強さを知られていたが、島津が船戦を得意にしているという話は聞かない。崩すのに、それほどの時はかからないだろう。

李成の船団と、島津軍の先頭がぶつかった。

爆竹のような音が、断続して響いている。島津軍は、かなりの数の鳥銃《ちょうじゅう》（小銃）を揃えているようだ。李成の兵は矢で応戦しているが、まだ距離が遠く、互いにそれほどの犠牲は出ていない。

やがて、敵味方の船が入り乱れた。李成は船団を小さくまとめ、敵の一艘に対して数艘をぶつけている。やはり、若いがなかなかの戦上手のようだ。

両翼でも、ぶつかり合いがはじまっていた。側面に回ろうとする味方を、毛利、村上の船が阻止しようとしている。

中央では、炎を噴き上げる船が出はじめた。五艘、六艘。燃えているのはすべて、島津の船だ。

「我らが出るまでもなかったのう」

島津の戦列は乱れ、散り散りになりつつある。陸上での戦には強いらしいが、船戦は勝手が違う。どれほどの名将でも、海の上ではそれなりに経験を積まなければ、思うようには戦えないものだ。

「例の南蛮船が回頭、撤退をはじめた模様」

島津軍の敗勢を見て、戦意を失ったのだろう。南蛮船は三角帆を上げ、逆風の中を北へ逃れていく。ジョアンは、南蛮船の乗っ取りに失敗したらしい。だが、大勢に影響はない。続けて毛利、村上の船団も撤退を開始。やや遅れて、島津の旗船も回頭をはじめた。

思ったよりも早い。もう少し愉しませてくれるかと思ったが。かすかな落胆とともに、徐元亮は思った。

「これより追撃に移る。沈められる限りの敵船を沈めよ」

戦はまだ、はじまったばかりだ。緒戦で大打撃を与えておけば、後が楽になる。ここで手を抜くわけにはいかなかった。

徳之島を過ぎると、南北に連なる加計呂麻島《かけろまじま》と奄美大島が見えてきた。最初に逃げ出した南蛮船は、すでに姿が見えないほど遠ざかっている。

島津は奄美へ、毛利、村上はこの戦そのものに見切りをつけたのか、さらに北へ針路を取っている。李成は遅れた敵船に火矢を射ち込みながら、島津軍を追って奄美へ向かっていた。

「敵が退くのが早すぎたな。毛利、村上には追いつけん。我らも奄美へ向かうとしよう」

敵は古仁屋の港で船を棄て、城へ籠もるつもりだろう。陸上の戦となれば、相応の犠牲を覚悟しなければならない。

しばらく北上を続けた島津軍が、東へ転進した。李成と徐元亮も、それを追う。古仁屋の港は、奄美大島の南端にあり、対岸の加計呂麻島との間は狭い海峡になっている。岬と深い入江が入り組み、潮流を読むのも難しい。

ふと、違和感を覚えた。敵が総力を挙げて出陣してきたのであれば、古仁屋の城は空になっているはずだ。わざわざ追い詰められる危険を冒してまで戻る必要はない。

忠平が出陣せず、城にとどまっている。あるいは、あくまで奄美の地でこちらを食い止めようとしている。考えられるのはそのいずれかだ。伝え聞く人となりからすると、忠平は常に陣頭に立って戦う武人だ。

ならば後者か。だが船を焼かれてしまえば、城に籠もったところで意味などない。そのことに気づかないほど、愚昧《ぐまい》な将ではあるまい。

いや、徳之島まで出てきた百艘が、本当に敵の総力なのか。情報源は、ジョアンという内通者だけだ。楊建英も、古仁屋の港に敵が集結しているのを見たと言っていたが、そのすべてを確かめてきたわけではない。

停船を命じるべきか。だが、李成の船団は脇目もふらず、海峡へ侵入していく。潮流は、海峡へと向かっている。ここで停船を命じれば、かなりの混乱が生じるだろう。

腹を決めるしかなかった。古仁屋に敵の新手がいるとしても、数はたかが知れている。勢いに乗って攻め込めば、数で押し切れるはずだ。

「全船、このまま海峡に突入せよ。この地で、島津軍を殲滅する」

V

李成は脇目もふらず逃走する島津軍を見据えながら、興奮を抑えきれずにいた。

こちらの先頭を走る船から敵の最後尾までは、すでに矢が届きそうなほど距離が詰まっている。略奪した村で逃げ惑う女を追う時のように、李成は舌なめずりした。

目指す古仁屋の港は、もうすぐそこだ。情報が正しければ、城は港のさらに奥に築かれている。そこにどれだけの敵兵が残っているのかはわからない。場合によっては、島津忠平自身が城にいることも考えられた。

狭い海峡は、潮流も激しく地形も複雑で、味方の隊列は乱れかけている。だが、このまま勢いに乗って攻め続ければ、敵に城へ籠もる暇を与えずに叩き潰すことができるだろう。

ここで島津忠平の首を獲れば、この島全体が自分の物になる。捕虜を多く取れば取るほど、実入りも大きくなる。勇猛な倭人は奴隷として、南の国々で高く売れるのだ。

「野郎ども、忠平の首は必ず、俺たちの手で獲るぞ。徐元亮なんかに、手柄を掠め取られるんじゃねえぞ！」

甲板に立つ兵たちから「おおっ」と喊声《かんせい》が上がる。誰もが明国本土で虐げられ、迫害されてきた者たちだ。生きるためには殺し、奪うしかない。その理を、誰よりもよく知っている。

九州を制し、新しい国を建てる。その話を聞いた時、李成の胸は躍った。ろくに字も読めない李成に、政治向きの難しい話は理解できない。だが、単純に面白いと思った。

明という国に生きる場所を奪われ、海へ追われた者たちが、己の拠って立つ土地を自らの力で築き上げる。これほど痛快な話はないだろう。いつ果てるともない官憲との争いに倦んでいた李成は、一も二もなく林鳳の計画に乗った。

しかし、国を造るだけで終わるつもりはない。この戦で立てられるだけの手柄を立て、いずれは徐元亮も林鳳も追い落とし、新たな国で頂点に立つ。それが、李成の望みだった。

「頭、様子がおかしいぜ！」

見張り台から声がした。

「奴ら、港を素通りするみたいだ！」

「どういうことだ」

李成は前方に目を凝らした。

確かに、敵は古仁屋の港を左手に見ながら、海峡をそのまま東へ進んでいる。港へ戻ることを諦め、海峡を抜けて逃走するつもりか。だとすると、やはり忠平は城にはいない。空の城と、島津の船団。どちらが大きい獲物かは、考えるまでもない。

「島津の船団を追うぞ。城は、徐元亮にくれてやれ！」

叫んだ刹那、視界の隅に細い煙が見えた。

右手前方、海に突き出た岬の上。白く細い煙が、空に立ち上っている。

「狼煙だと？」

直後、再び見張りが叫んだ。

「右手に敵船。数、二十！」

「馬鹿な！」

右に目を向けると、十文字の旗を掲げた軍船がこちらへ向かってくるのが見えた。加計呂麻島側の深い入江に潜んでいたのか。先頭を進んでくるのは敵の旗船と同じ、大安宅と呼ばれる型の船だ。

砲声が響いた。右手の大安宅が放った砲弾を受け、味方の船の帆柱が吹き飛ぶ。砲撃はさらに続き、方々に水柱が上がった。前方の敵も回頭し、こちらへ向かってくる。

迎え撃とうにも、味方の陣形は長く伸びきり、さらには複雑な地形と潮流で大きく乱れている。

ここは退くか。かなりの犠牲を払うことになるが、なりふり構わず逃走して徐元亮の船団と合流すれば、半数以上は生き残れるはずだ。

だが回頭を命じようとした刹那、後方からも伏兵が現れた。やはり二十艘近い。

肌が粟立った。前後と右手には敵、左手は古仁屋の港。逃げ場はない。これだけの伏兵がいるということは、徳之島まで出てきた敵は、そのすべてではなかったのか。

やはり楊建英は、偽情報を摑まされたのだ。

三方から、とてつもない数の銃声が巻き起こった。味方がばたばたと倒れ、逃れようと海に飛び込む兵も出ている。間合いが詰まり、敵味方の船が入り乱れた。銃声に加え、喊声と船と船がぶつかる音とが響き渡る。

両軍が密集し、互いの甲板で斬り合う様は、陸上の戦と変わらない。こうなると、陸戦に慣れた敵に分《ぶ》があるのは明らかだった。

「怯むな。すぐに徐元亮の船団が駆けつける。それまで耐えろ！」

叫びながら、腰の剣を抜いた。敵船は、李成の旗船にも群がろうとしている。

銃声。甲板にいた弓兵が倒れ、李成のすぐ側を銃弾が掠めていった。味方も弓で応戦するが、次々と撃ち倒されていく。

「くるぞ。火矢の用意」

右手後方から近付いてきた関船が、鉤縄を投げてきた。船が大きく揺れ、両船が接舷する。味方が船縁にかかった鉤縄を切って回るが、間に合わない。縄を伝ってよじ登ろうとする敵兵を、味方が槍で突き落としていく。

「火矢、放て！」

眼下の敵船に向かって、火矢が降り注いだ。敵船の甲板に次々と火の手が上がるのを確かめ、李成は自船に前進を命じた。炎を噴き上げる敵船が、徐々に遠ざかっていく。

周囲を見渡した。味方は完全に押され、火を放たれて燃え上がる船や、沈みかけた船も多い。

徐元亮の船団は、まだ現れる気配がなかった。もしかすると、あちらにも伏兵が襲いかかっているのかもしれない。

「漕げ。腕がちぎれても漕ぎ続けろ！」

櫂を握る漕ぎ手たちの息が、上がりはじめている。だが、止まるわけにはいかない。海に投げ出された味方を救っている余裕もなかった。このまま混戦を抜け出し、徐元亮と合流する。生き残るには、それしかない。行く手を遮る敵に火矢を射かけながら、ひたすら前へ進んだ。

前方から二艘、右手から一艘、こちらへ向かってきた。敵は明らかに、李成の旗船を狙っている。火矢が尽きた。敵味方の櫂が噛み合い、船足が止まる。

敵が十数人、乗り込んできた。奇怪な叫び声を上げ、味方に斬りかかる。甲板の味方が李成の前に壁を作るが、見る見る討ち減らされていく。

李成は恐怖を覚えた。島津兵は精強だと聞いていたが、想像をはるかに超えていた。一人一人の気魄《きはく》が尋常ではない。人とは別なもののようにさえ思える。海賊に身を投じて十五年以上が経つが、これほどの恐怖を感じるのははじめてだった。

「冗談じゃねえぞ」

俺は王に、皇帝になる男だ。こんなところで死ぬはずがない。何としてでも、生き延びてやる。

踵を返したその時、不意に視界が陰った。顔を上げる。いつの間にか、大安宅船に横付けされていた。

見上げるほど高い矢倉の上。敵将が鳥銃を構え、筒先をこちらに向けている。緋色の具足。長い髪が、風に靡いていた。

「女、だと？」

呟きが聞こえたかのように、女が口元に微笑を浮かべる。

次の瞬間、銃声が響き、すべてが闇に閉ざされた。

＊

李成と思しき敵将が倒れたのを認め、巴は鉄砲を従者に手渡した。

「敵将を討ち取った。合図を」

脇に控える梅北国兼に命じた。あらかじめ決められた通り、黒色の狼煙が上がる。これで、離れた場所にいる味方にも戦況は伝わるだろう。

将を失った敵船からは、兵が次々と海へ飛び込んでいく。得物を捨てて降伏する船も出てきていた。敵船はまだ半数ほど残っているが、戦力はほぼ失われている。味方は、五艘ほどが沈められただけだった。

「見事、策が当たりましたな」

国兼が、感嘆の声音で言う。

釣り野伏《つのぶ》せ。囮《おとり》が敗走を装って敵をおびき寄せ、伏兵とともに反攻し敵を殲滅する、島津軍が得意とする戦法だ。それを海の上で、しかもこれほどの規模で実行するというのが、家久の立てた策だった。そのために捕らえた敵将を逃がし、こちらの戦力を実際よりも少なく見せかける工作までした。そして囮となったのは、忠平と家久自身だった。

目論み通り、敵はこの狭い海峡へ押し寄せてきた。伏兵は全部で五隊。後続の徐元亮の船団にも、今頃は三隊が襲いかかっているはずだ。

できることなら、林鳳の本隊もこの海峡に誘い込みたかった。戦力を分散してまで本隊を温存したところを見ると、林鳳はこちらの罠を警戒していたのかもしれない。

振り返り、忠平の座乗する『日新丸』を見た。進撃を命じる旗が上っている。

「北西に針路を取れ。このまま、徐元亮の船団を殲滅する」

二十艘ほどを残敵掃討のためにとどめ、残る全船で北西に向かった。普通に航行するだけでも難しい海域だが、可能な限り急がせた。敵は百五十艘。伏兵の三隊だけでは、いずれ兵力の差が出てくる。

やがて、戦場が見えてきた。海峡の入り口付近で、敵味方が入り乱れ、徐元亮の旗船は見えない。

忠平の日新丸を中心に、戦場へ飛び込んだ。巴は群がる敵船を大鉄砲で打ち払いながら、敵の旗船を探した。

忠平の来援でいくらか持ち直したものの、味方はやや押されていた。こちらの伏兵をある程度予想していたのだろう、敵の陣形は思ったほど乱れてはいない。だが、敵は少なからず動揺している。新手が現れたことで、李成の船団が壊滅したことを察したのだろう。

十五艘の敵船が、こちらの左翼に回り込む動きを見せた。忠平は十艘を差し向け、それを防ぐ。中央でも右翼でも、激しいぶつかり合いになっていた。

「右手に敵船、二艘！」

「右舷大鉄砲、用意。放て！」

巴の下知で、十挺の大鉄砲が火を噴いた。水柱が上がり、敵船の舷側に穴が開く。さらに前へ進む。数艘が、錦江丸に群がってきた。構わず前進し、大鉄砲を放つ。

敵船から、火矢が降り注いだ。兵たちが桶を手に走り回り、消火に当たる。足元に突き立った矢を、巴は足で踏み消した。

錦江丸だけが、敵中央に突出する形になっていた。

「姫、前へ出すぎです！」

「構わん。我らで突破口を開く！」

正面に現れた敵船が、行く手を塞いできた。大鉄砲を浴びせ、動きが止まったところを船首で弾き飛ばす。その先に、二十艘ほどが固まっていた。一艘だけ他と違う色の旗を掲げているのが、徐元亮の旗船だろう。

敵前衛の大型ジャンクから、砲声が轟いた。仏郎機砲と呼ばれる、明国海賊の使う大砲だ。

矢倉の一部が吹き飛び、悲鳴が上がった。数名が負傷したが、航行に影響はない。大鉄砲を撃ち返したが、こちらも大きな損害は与えられなかった。この船を始末しない限り、徐元亮の旗船には届かない。

「横に付けろ。斬り込むぞ。鉄砲衆、用意！」

大型ジャンクの真横に船を付けた。渡し板がかけられ、左舷に並んだ二十人が鉄砲を撃ち放つ。混乱させたところで、五十人の斬り込み隊が敵船に乗り移った。

援護射撃を受けながら、斬り込み隊が甲板の敵兵を討ち減らしていく。巴も鉄砲を取り、数人を撃ち倒した。別の敵船が錦江丸に向かってきたが、大鉄砲と火矢で沈めた。

やがて、大型ジャンクから火の手が上がった。斬り込み隊が戻ってくるのを待ち、逆櫓で大型ジャンクから距離を取る。

戦場を見渡す。錦江丸に中央を抉《えぐ》られながらも、敵は徐々に態勢を立て直しつつあった。徐元亮の旗船の周囲には、五十艘ほどが集まっている。左右両翼でも、味方が押されていた。

「数の差か」

いや、それだけではないだろう。徐元亮は、こちらが予想していた以上の海将らしい。

「姫、このままでは敵中に取り込まれます！」

「耐えろ、国兼。我らがここで踏みとどまる限り、敵も前には出られぬ」

「しかし……」

不意に、彼方から砲声が響き、敵の陣形が大きく乱れた。遠眼鏡を摑み、覗き込む。

敵の後方に、無数の船影が見えた。

「間に合ったか」

撤退したと見せかけていた、戦姫丸と毛利、村上の船団だった。さらなる新手の来襲に、敵は混乱し、統率が乱れている。

日新丸の舳先に、総攻めの旗が上がった。

「今が機だ。押し出せ！」

全軍が攻勢に転じた。狼狽し、回頭しようとして他の船と衝突する敵船が続出している。櫂が絡んで動けなくなった船に、島津兵が斬り込んでいく。毛利、村上水軍も焙烙を用い、次々と敵船を燃やしていく。

戦況は、完全に逆転していた。敵の右翼が崩れ、次に左翼が崩れた。四方から攻撃を受け、中央も瓦解しかけている。戦場を離脱して島へ上陸しようとする敵を、村上水軍が搦め捕っていく。浅瀬や岩礁に乗り上げる船も多く出ていた。

徐元亮の旗船を先頭に、十三艘がこちらへ舳先を向けた。そのまま、味方を掻き分けるようにして進んでくる。

「食い止めるぞ。大鉄砲、用意」

敵が進んでくる方向に、右舷を向けた。敵の仏郎機砲が火を噴く。巴のすぐ側の垣立が音を立てて吹き飛んだ。木片が頰を掠め、血が流れる。

「姫！」

「構うな。掠り傷だ」

旗船の中央に立つ老将。味方の陰に隠れることもなく、果敢に指揮を執っている。

あの男が、徐元亮だろう。すでに顔が見えるほどの距離になっているが、舵を切る気配はない。

見事な戦ぶりだ。心の中で称賛し、鉄砲を摑んだ。

目を閉じ、心気を研ぎ澄ませる。全身を打つ風の強さと向き。船の揺れる間隔。大きく息を吸い、吐いた。

南無八幡大菩薩《なむはちまんだいぼさつ》。胸の裡で唱え、目を開く。

火蓋を切り、引き金を引いた。銃声。ほぼ同時に、徐元亮の左胸に赤い穴が開いた。

徐元亮の顔が、こちらを向いた。巴を見て驚きの表情を浮かべるが、それはすぐに笑みに変わる。女に撃たれた自嘲の笑みか、それとも戦場で果てる喜びの笑みなのか。巴にはわからない。

徐元亮が仰向けに倒れ、周囲の敵兵が駆け寄る。

「敵将は討ち取った。大鉄砲、放て！」

混乱する旗船の周囲に水柱が上がり、喫水近くにいくつもの穴が穿たれた。錦江丸は舳先を回し、そのまま突き進んでくる旗船をかわす。

旗船は大きく傾き、やがて転覆した。残る十二艘も、他の味方から大鉄砲や火矢を浴びせられ、炎上している。

勝った。ようやく、巴は思った。国兼も、厳しい顔つきの中にかすかな安堵が滲んでいる。

掃討戦は、四半刻ほど続いた。大半の船は沈むか座礁し、残りは得物を捨てて投降している。二百艘のうち、半数以上は沈めただろう。包囲を突破して逃げおおせたのは、わずか十数艘にすぎない。

しかし、味方の損害もかなりのものだった。百九十五艘のうち、三十四艘が沈み、二十一艘が航行不能になっている。失った兵は、八百人に達した。錦江丸も、砲撃を受けた矢倉に四つ穴が開き、十三人を失った。

巴は大きく息を吐き、船縁に手をついた。声を出しすぎて、喉が痛む。

「際どいところでしたが、何とか切り抜けましたな」

国兼が、水の入った椀を差し出してきた。受け取り、喉に流し込む。

「だが、まだ終わったわけではない。林鳳本隊は、いまだ無傷で健在だ」

日はすでに没しかけている。海峡の外に残した物見からは、本隊が接近しているとの報せはない。しかし、早ければ数日のうちにも、林鳳は動き出すだろう。

「この敗戦で、九州攻めを諦めるということは」

「ないな。李成も徐元亮も、言うなれば外様だ。諦めさせるには本隊を叩くか、林鳳の首を獲るしかあるまい」

日新丸が、隣に並んだ。矢倉の上に、忠平と家久が並んで立っている。

視線を交わし、頷き合う。戦はまだ、始まったばかりだ。そう言われたような気がした。

第Ⅶ章　決戦

Ⅰ

昇りはじめた朝陽を、鶴は戦姫丸の甲板から見つめていた。

古仁屋の港から見える水面には今も、敵味方の骸と沈んだ船の残骸が漂い、岩礁に乗り上げて動けなくなった船が波に洗われていた。味方は船団の再編制に追われ、兵も長い戦いで疲弊している。骸や残骸を片付ける余力はなかった。

戦姫丸は敵船七艘を沈めたものの、接舷しての斬り込みはせず砲撃主体で戦ったため、死者は一人も出していない。敵の矢を受けた数名が浅い傷を負っただけだ。船自体の傷も、それほど大きくはない。

昨夜開かれた軍議では、今後の方針が話し合われた。

大友や毛利水軍の一部からは、撤退を望む声も出ている。あまりの損害の大きさに、二の足を踏んだのだろう。だが忠平と家久は決戦を主張し、小早川隆景がそれに賛同したことで流れは決した。

昨日の戦がはじまった時点で、林鳳本隊は運天港を出ていなかった。

奄美攻めの失敗を知った林鳳がいつ、どういった動きに出るか、予想するのは難しい。相手が動き出したところで、これを迎え撃つこととなった。

「そう、固くなられますな」

後ろから、喜兵衛が声をかけてきた。

「そう見えるか？」

「いささか」

やはり、緊張は隠しきれていないらしい。

「林鳳という男、それほどまでに」

「ああ、怖いな。正直、逃げ出したいくらいや」

林鳳の戦ぶりを知るのは、日本軍の中でも自分だけだろう。

奪い尽くし、殺し尽くす。敵だけでなく、手負いの味方も足手まといになれば、容赦なく殺す。それが、あの男の戦だった。そして激しさに加え、狡猾さも持ち合わせている。それでいて、麾下の将兵は林鳳を神のように崇め、絶対の忠誠を誓っているのだ。

「一度だけ、お訊ねします。この戦、勝てるとお思いですか？」

珍しく、喜兵衛の顔に不安の色が浮かんでいる。

「それは、わからへん」

数の上では、圧倒的に不利だった。しかも、こちらは一枚岩ではない。昨日勝てたのは、家久の奇策が当たったからだ。だが、同じ手はもう通用しない。

とはいえ、島津兵の精強さと毛利、村上水軍の練度の高さは本物だった。戦い方次第では、まったく勝ち目がないというわけではないだろう。

「戦がどう転んでも、うちの獲物は変わらへん」

「林鳳の首、ですな？」

「そうや」

林鳳を討ったところで、敵が総崩れになるという確証はなかった。林鳳に次ぐ地位にある者が、指揮を引き継いで戦を続けるかもしれないのだ。博打のようなものだが、今はそれに賭けるしかない。

厳しい戦いになるだろう。命を落とす者も、少なからず出る。それどころか、戦姫丸を失い、鶴も家来たちも全滅、ということになるかもしれない。

それでも、後悔はない。自分が、そして家来たちが選んだ道だ。林鳳を倒し、自由な海を取り戻す。やるべきことは、ただそれだけだ。

足首に柔らかいものが触れ、鶴は視線を落とした。亀助が、体を擦りつけている。

「なんや、励ましてるつもりか？」

しゃがみ込んで背中を撫でてやると、亀助は「もっとやれ」と言わんばかりにごろりと横になる。

この猫を飼うようになったのは、雑賀に来てすぐの頃だった。亀助がいなければ、ただ一人の肉親を失い、異郷の地に生きる孤独に耐えられなかったかもしれない。

亀助の体を撫で回しながら、戦姫丸の甲板を見渡した。

彦佐の指示で、水夫たちはいつでも出航できるよう準備に駆け回っている。兵庫は刀の、蛍は鉄砲の手入れをし、姿の見えないジョアンは朝餉の仕度でもしているのだろう。

「家族か」

ぽつりと呟く。

ジョアンは戦姫丸の乗員たちを、鶴が新しく作り上げた家族だと言った。確かに、そうかもしれない。

できることなら、誰一人死なせたくはない。首から下げたロザリオを握りながら、鶴は思う。

「姫さま、物見の合図やで！」

見張り台から、アントニオが声を張り上げた。

物見からの伝令は、鏡を使った光の合図で行われる。

「敵の本隊が、もう徳之島を過ぎてるで！」

「なんやて！」

想像よりも、はるかに早かった。昨日のうちに運天を出航し、夜通し航行してきたのだろう。

「出航や。急げ！」

早鐘が打ち鳴らされ、各船が動き出した。軍議で決められた通りの船団を組み、順次出航していく。それと入れ違いに、物見の船が戻ってきた。

水夫たちが慌ただしく駆け回る中、家久が小舟を寄せ、戦姫丸に乗り移ってきた。

「厄介なことになったぞ、鶴殿。敵は奄美を素通りして、北へ向かうつもりだ」

「直接、鹿児島を攻めるつもりか」

そうなれば、鹿児島は守りきれない。そして、こちらの船団は補給を受けることもできずに孤立し、自滅するしかなくなる。

「それで、どうする気や？」

「追うしかない。だが、敵もそのつもりだろうな。王手飛車取り、というやつだ」

このまま敵を見逃せば、鹿児島が落とされる。追いかければ、風上を取られた不利な状態で決戦を余儀なくされる。

だが、家久に取り乱した様子はなかった。この窮地にあって、戦そのものを愉しんでいるようにさえ見える。

「なにか、策があるようやな」

「このままいいようにやられるのは癪なのでな。ここで一つ、奴らの鼻を明かしてやろうと思う」

家久が、身振り手振りを交えて策を説明した。喜兵衛は驚きの表情を浮かべ、できるわけがないとばかりに首を振るが、鶴には悪くない策に思える。

「面白そうや。その話、乗った」

答えると、家久はにやりと笑った。

＊

林月麗は林鳳軍総旗艦『鳳天』の船尾楼に立ち、後方を見据えていた。

軍船三百、荷船百五十の大船団が海原を進む様は、まさに壮観だった。

すでに、大島海峡の入り口は通り過ぎた。敵は、林鳳が鹿児島へ向かっていると考え、必死に追ってくるだろう。荷船を先頭にしているため、こちらの船足は遅い。このぶんなら、敵も難なく追いつけるはずだ。

敵を狭い大島海峡から引きずり出し、完膚なきまでに叩く。昨日の戦は、その布石だった。こちらは二百艘近くを失ったものの、所詮は他の海賊団の船だ。さしたる痛手ではない。むしろ、敵にある程度の損害を与えた上に厄介払いまでできたのだ。敗戦を招いたとして、楊建英は月麗自身の手で処断した。

「来ました。敵船団です」

見張りの声に、月麗は目を凝らした。

まだ砂粒程度にしか見えないが、海峡の入り口から敵船が続々と湧き出してくる。

「いよいよです、鳳老大」

船尾楼の上に据えた豪奢な椅子に腰を下ろしたまま、林鳳が頷いた。頭に冠をつけ、腰には柳葉刀を提げている。身に着けているのは、皇帝にしか許されない黄色の袍《ほう》だ。

決戦を前にしながら、林鳳にはいささかも浮足立った様子がない。

この御方がいれば、どんな相手でも勝てる。その姿を目にしただけで、月麗は心の底からそう思える。

「全船、反転」

林鳳が短く命じた。あらかじめ決められた通り、各船が展開し陣を組んでいく。

奄美大島に近い左翼には、葉宗武が率いる九十艘。右翼には林鳳軍の重鎮、王凌《おうりよう》俊《しゅん》の九十艘。左右両翼からやや下がった中央に、林鳳直率《ちょくそつ》の百二十艘が陣取った。荷船は後方にまとめ、戦場から距離を取らせる。

中央最後尾に位置する林鳳の旗船は十五艘の大型ジャンクに護られ、その前には二十艘ずつ、五段の陣が布かれた。敵が中央突破を図っても、このぶ厚い壁を抜くことはできない。そして万が一、敵が壁を破ったとしても、この鳳天を沈めることなどできはしないのだ。

倍する兵力を擁しながらも、驕ることなく寸分の隙もない陣を布く。それが、林鳳という将だった。

ようやく、敵の陣容が見えるまで距離が詰まってきた。数は、百六十から百七十艘というところか。こちらが見積もっていたよりも、いくらか多い。

「南蛮船はいるか？」

月麗は見張りに向かって訊ねた。

「確認できません」

逃げ出したか。まあ、無理もない。敵がこちらの半数ほどでしかないことに変わりはないのだ。敗けるとわかっている戦にのこのこ顔を出すほど、小香も愚かではあるまい。

「はじまるぞ」

同じく船尾楼の上に立つ蔣虎が言った。

彼我の間合いが、さらに詰まっていた。間もなく、戦端が開かれる。月麗は頭を切り替えた。まずは、目の前の敵を打ち破ることだ。

風は北西。波はそれほど高くない。潮流はこちらの進行方向と反対だが、敵も風下に位置している。条件は五分と五分だ。

「一丸となって、中央突破を図ると踏んでいたのだがな」

敵の陣容を見据え、蔣虎が呟く。

敵はこちらの予想に反し、横に大きく拡がっていた。中央に島津の七十艘。左翼に村上、大友の五十艘、右翼に毛利の五十艘。中央の前面に押し立てたジャンク船は、昨日の戦で鹵獲《ろかく》されたものだろう。

「蔣虎殿。敵に、何か策があると？」

「昨日の戦を聞く限り、敵にはなかなかの策士がいるらしい。だがこの海原では、奇策を用いる余地はあるまい。そのために、こうして敵を狭い海峡から引きずり出したのだ」

戦の勝敗を決めるのは、兵力と練度、そして士気だ。それは、陸だろうと海の上だろうと変わりはなかった。奇策さえ封じれば、敵に勝ち目はない。

敵中央から、十艘が突出してきた。いずれもジャンク船だ。

砲声が響いた。味方の放つ仏郎機砲だ。二艘が直撃を受け、大きく傾く。だが、敵は怯むことなく前進してくる。第二射。さらに一艘の帆柱が吹き飛び、もう一艘の舳先を粉砕する。

敵ジャンク船から、次々と炎が噴き上がった。乗員が海に飛び込んでいく。

「火船か」

炎を上げながら、敵船は潮流に乗って、こちらへ突き進んでくる。味方の第一段は、密集隊形を取っている。避けきれずぶつかった味方の船に、炎が燃え移っていく。

煙を割るように、敵の本隊が現れた。大安宅船を先頭に、二十艘ほど。混乱する第一段に向け、敵の大鉄砲が放たれる。火矢が飛び交い、さらに数艘が火の手を上げた。

第一段が、呆気なく破られた。敵は勢いを止めることなく、そのまま第二段に突入する。

「第三段、前へ」

林鳳の下知。第二段が敵を受け止めている間に、第三段が前進する。

だが、敵は素早く反転し、海に飛び込んだ兵を拾いながら遠ざかっていく。風上にいるはずの味方がまるで間に合わないほどの、見事な操船だった。味方は、十艘のジャンク以外、一艘も沈めることができていない。

「深追いはするな。いったん退がり、陣形を立て直せ」

林鳳の命を受け、飛び出しかけていた第三段が元の位置へと戻ってくる。

この短いぶつかり合いで、味方は十三艘が燃え、五艘が航行不能に陥っている。しかし、敵も十艘のジャンク船を失った。損耗の度合いから言えば、敵の方が大きい。

「また来ます」

見張りが叫んだ。敵の別の一隊が、すでに動き出している。先刻の二十艘と入れ替わるように、もう二十艘が前に出てきた。第一段の残る五艘を蹴散らし、いまだ陣形の整わない第二段に一撃を加えると、またしても素早く反転して退いていく。さらに別の二十艘が前に出てきた。矢弾を浴びせられた第二段が反撃に転じると、あっさりと後退する。そして再び、最初に攻め寄せてきた二十艘が向かってきた。

月麗は目を瞠った。こんな戦法は、これまで見たことがない。

「まさか、海上で車懸《くるまが》かりの陣とは」

戦況を見つめる蔣虎の頰を、汗が伝っていく。

敵は二十艘を三隊に分け、車輪のように回転しながら攻め寄せてきていた。それを日本では、車懸かりの陣と呼ぶらしい。

「第三段、第四段。左右に分かれ、前へ出よ。敵を押し包め」

第三段、第四段が、追い風を受けながら前進をはじめた。だが、敵は嘲笑うかのように後退していく。

再び間合いが開き、奇妙な静寂が下りた。

味方は実に、三十艘を失っている。敵が失ったのは、ジャンク十艘の他はわずか五艘に過ぎない。

視線を転じると、左右両翼でもぶつかり合いがはじまっていた。中央からはだいぶ距離があるが、総じて味方が押しているようだ。

「面白くなりそうではないか、小月」

振り向いた月麗の背筋が、ぞくりと震えた。

林鳳の口元に、笑みが浮かんでいる。

この御方がこれほど愉しげに笑うのをはじめて見たと、月麗は思った。

＊

小早川隆景は、大安宅船『安芸丸』の矢倉の上に立ち、戦況に目を凝らしていた。

中央では、島津軍が林鳳を相手に善戦している。一時は、敵陣深くまで攻め入ったようだが、今は小休止のように間合いを取り、睨み合っていた。

開戦から、すでに一刻(一刻=約二時間)以上は経っただろうか。だが、敵の攻勢はやむことがない。

毛利軍と向き合う敵の左翼を指揮しているのは、ただの海賊とは思えないほど有能な海将だった。兵の押し退き、操船術、戦況の見極め、どれを取っても、これまで出会った将の中で五指に入るだろう。

敵の意図は明白だった。左右両翼から回り込み、こちらを包囲しようとしている。それを防ぐには、犠牲を厭わず防戦に努めるしかなかった。

「まったく、こんなところで戦をしている場合ではないのだがなあ」

覚えず、ぼやくような口ぶりになった。

「さっさと片付けて国許《くにもと》に帰らねば、兄者にどやされてしまう」

徐々に西へ勢力を伸ばしてきた織田家との国境が、じきに接しようとしていた。信長は数年のうちに畿内近国を制し、必ず毛利領へ攻め寄せてくるだろう。だが、毛利家を一介の小豪族から大国へと押し上げた父・元就は三年前に没し、跡継ぎである孫の輝元はあまりに若い。毛利家の存亡は、隆景と兄・元春の双肩にかかっていた。

「信長か」

ここ数年、隆景は信長の動きを注視し続けてきた。

あの男が歩んでいるのは、明らかに覇道だ。立ちはだかるものすべてを力で薙ぎ倒し、根絶やしにする。そのやり方を見れば、信長が毛利の存続を許すはずがなかった。

亡き元就が目指していたのは、信長とは相容れない、仁徳による王道だった。その志は、今も毛利家中に根付いている。ゆえに、毛利に信長との共存の道はない。

だが、林鳳の動きを見過ごすわけにもいかなかった。九州が林鳳の手に落ちれば、真正面で向き合うことになるのは毛利家なのだ。東に信長、西に林鳳。毛利家は、かつてない窮地に立たされている。

座して滅びを待つよりも、いっそ林鳳と手を組むか。林鳳が九州に国を建てることを認め、見返りとして共に信長に当たるのだ。九州を制した林鳳が織田家への火薬の供給を断てば、勝機は十二分にある。

脳裏に浮かんだ考えを、隆景は即座に切り捨てた。

話に聞く限り、林鳳もまた、覇道を歩んでいる。父が生きていれば、手を組むことを認めはしない。異国の敵と結ぶくらいなら、潔く滅びよ。父ならば、そう言うはずだ。

毛利には、大国として担うべき役割がある。信長の覇道を食い止め、その一方で林鳳の野望を砕く。それが、自分に課せられた務めだ。

「殿、あれを！」

船頭の乃美宗勝《のみむねかつ》が叫んだ直後、砲声が轟いた。

敵の先頭を進む中型ジャンク船が、仏郎機砲を放ってきた。安芸丸の右隣にいた関船の帆柱が根本から折れ、甲板に倒れ込む。

「迎え撃つぞ。あのジャンクを叩け」

周囲の味方から、火矢が放たれた。中型ジャンクが炎を上げ、引火した火薬が爆発を起こす。

燃え上がる敵船の横をすり抜けるように、別の船が出てきた。真っ直ぐ、安芸丸に向かってくる。

「卯の舵。焙烙、用意」

宗勝の下知を受け、焙烙玉に点火した兵が左舷に並ぶ。舳先が交錯したところで、隆景は命じた。

「やれ」

敵船に投げ込まれた焙烙玉が、次々と爆発した。敵兵が吹き飛ばされ、甲板に大穴が開く。

沈みかけた敵船に目もくれず、隆景は正面を見据えた。船体から帆柱まで、赤く塗られた中型ジャンク。楊建英に吐かせた情報によれば、葉宗武という将の船だ。

隆景は視線を左右に走らせた。敵は痺れを切らしたのか、全面的な攻勢に出ている。そろそろ、機だった。

「全船、反転。逃げるぞ！」

隆景は声を張り上げた。安芸丸を先頭に、一列になって離脱をはじめる。回頭が間に合わず、斬り込まれる船が出ているが、救っている余裕はない。

「帆を上げろ。押し走りだ」

帆走と櫓走を組み合わせた航法だ。敵も、旗船を先頭に長く伸びた隊形で追ってくる。さながら、一匹の蛇が、別の蛇を追いかけるような形になった。

「よし、食いついたな」

そのまま、南へ向かって逃走した。奄美大島が見る見る迫ってくる。中央の島津軍とも、かなりの距離が開いた。

「もういいだろう。帆を下ろせ」

安芸丸は帆を下ろすと、右へ舵を切った。後続の味方もそれに倣う。敵の横腹を右手に見ながら北上する。このままでは風上を取られると悟った敵も、同じ動きに出た。だが数が多い分、反転に時がかかっている。

「遅い」

隆景は攻撃を下知した。火矢と鉄砲が一斉に放たれ、瞬く間に数艘から火の手が上がる。

「このまま押すぞ。敵を陸地に追い込め」

味方は安芸丸を頂点に、三日月型の包囲陣へと変わっている。そして、敵の背後は陸地だ。逃げ場はない。

敵は包囲を突破しようと、密集隊形を取っている。狙い通りだった。

「火船、前へ」

鹵獲した七艘のジャンクから、水夫たちが海へ飛び込んでいく。間を置かず、七艘すべてから炎が上がった。風に流され、一ヵ所に集まった敵の只中へと進む。避けきれずぶつかった敵船も炎に呑まれ、火の粉が隣の船へと燃え移っていく。敵は完全に混乱し、逃れようとして岩礁に乗り上げるもの、味方と衝突するものが続出した。

「殿、やりましたな」

頷きかけた時、炎をかいくぐるように、赤いジャンクが現れた。その後ろに、二十艘ほどが続いている。

旗船の舳先に立つ、真紅の甲冑をまとった隻眼の男。あれが、葉宗武だろう。尋常ではない気魄を発しながら、抜き放った剣の切っ先を、隆景に向けている。

他の船に目もくれず、敵は安芸丸を目指していた。左右から味方が攻めかかるが、赤いジャンクは止まらない。宗勝は逆櫓を漕がせて距離を取ろうとするものの、船足は敵の方が速い。焙烙玉を準備する間もなく、距離を詰められた。

「来るぞ！」

宗勝が叫んだ。赤いジャンクの舳先が、安芸丸の左舷にぶつかった。船体が激しく揺れ、敵兵が乗り移ってくる。その中には、葉宗武の姿もあった。

隆景は、腰の刀を抜き放った。激しい白兵戦になっている。櫂が絡み合い、安芸丸も赤いジャンクも身動きが取れない。

敵兵は大半が薄い革鎧だけだが、こちらは胴丸と籠手、脛当てまで着けている。昨日の戦でも、白兵戦ではこちらに分があった。

だが今日の敵は、まるで別物だった。深手を負ったはずの敵が、なおも挑みかかってくる。葉宗武の信望か、あるいは林鳳という男への崇拝なのか。いずれにせよ、士気も練度も、昨日の敵とは比べ物にならない。

兵たちは隆景を守ろうと壁を作るが、見る間に討ち減らされていく。

「殿、ここは我らに任せ、別の船へ！」

「ならん。この船は、亡き父上から賜った物だ。捨てるわけにはいかん」

隆景は刀を構え、向かってきた敵兵を斬り上げた。返す刀で、もう一人の胴を薙ぐ。背後から襲いかかってきた兵を、宗勝が斬り伏せた。

「自ら太刀を執るなど、いつ以来だろうな」

「思い出話などしておる時ではござらんぞ」

乱戦の中から飛び出した敵兵の剣を、宗勝が刀で弾き返した。よろめいた敵の肩口を、隆景が斬り下ろす。

隆景は、葉宗武を探した。あの将さえ討てば。

見えた。だが、甲板には敵味方が入り乱れ、とても近づくことができない。

再び安芸丸が揺れ、敵も味方もたたらを踏んだ。見ると、右舷にいくつもの鉤縄がかけられている。

敵か。背筋に冷たいものが走ったが、乗り込んできたのは味方の兵だった。

「隆景殿、ご無事か！」

しわがれた声は、児玉就方だった。手にした槍で、敵兵を次々と突き伏せていく。

「情けなきことよ。毛利両川の一翼たる御方が、旗船にまで斬り込まれるとは」

「そなたこそ、年甲斐もなくはしゃぎすぎなのではないか。息が上がっておるぞ」

「お戯《たわむ》れを」

不敵な笑みを浮かべ、就方が槍を繰り出した。喉笛を破られた敵兵が理解できない言葉で叫び、血を噴きながら頽《くずお》れる。

就方の来援で、形勢は逆転しつつあった。敵兵一人に対して味方は二、三人で当たり、確実に討ち減らしていく。

見えた。赤い甲冑の将。兜を失い、髪を振り乱しながら戦っている。斬りかかる味方が、二合と斬り結べずに薙ぎ倒されていく。隻眼ながら、相当な遣い手だった。周囲を固める二十人ほども、かなりの精鋭だ。

就方が雄叫《おたけ》びを上げ、駆け出した。敵兵を二人、続けざまに突き伏せる。隆景と宗勝も、後に続いた。敵兵は、すでに命を捨てている。こうした敵に打ち勝つには、将が自ら戦って見せることだ。

「者ども、力を振り絞れ。敵はたかだか海賊。我らは、誇り高き毛利水軍ぞ！」

めったに発することのない隆景の怒号に、味方が「おお！」と声を上げる。

次第に、均衡が崩れてきた。葉宗武を護る兵が、徐々に少なくなっていく。

腕を斬り飛ばした敵が、奇声を上げながら剣を突き出してきた。かろうじてかわし、喉を抉る。後ろから、殺気が襲ってきた。振り向きながら敵の両目を斬り裂き、胴を貫く。

背中に一太刀浴びた。続けて、左の二の腕を斬られた。どちらも深くはない。歯を食い縛って堪え、刀を横に振る。膝を割られて倒れた敵兵の首に、刀を振り下ろす。

視界の隅に、就方の姿が映った。その槍が、赤い甲冑を貫いている。就方は槍を離し、抜き打ちを放った。膝を折った葉宗武の首が、宙を舞う。

「敵将・葉宗武、児玉内蔵丞《くらのじょう》就方が討ち取った！」

大音声《だいおんじょう》が上がった。就方の家臣が、葉宗武の首を掲げている。だが、残る敵は得物を捨てることなく抵抗を続け、最後の一人まで討死にして果てた。

敵船の大半は、燃えるか座礁している。敵左翼を中央から引き離し、可能であれば痛撃を与えるという、家久から託された務めは果たした。

だが、こちらも二十艘近くを失っていた。兵も漕ぎ手も、疲弊しきっている。死んだ者も、かなりの数に上るだろう。この戦を乗り切ったとしても、来たるべき織田家との戦での不利は免れない。

「なんとも、恐ろしい敵にございましたな」

荒い息を吐き、宗勝が言う。

「たわけ。まだ、終わってはおらんぞ」

就方の言葉に、隆景も頷く。中央では、陣を組み直した敵が攻勢に転じようとしていた。左翼でも大友、村上の軍が押されまくっている。できれば兵たちを休めたいところだが、そうしている間に戦は終わりかねない。

「皆の者。すまんが、もうひと働きしてもらうぞ」

願わくは、異国の敵と戦うのはこれで最後にしたいものだと、隆景は思った。

II

戦姫丸は喜界島《きかいじま》を右手に見ながら、北上を続けていた。

日はすでに、中天から西へと傾きはじめている。出航して、すでに三刻近くが過ぎた

戦姫丸は古仁屋の港を出ると、十七艘の僚船とともに本隊とは反対の方角、すなわち東へ進んだ。そして海峡を抜けた後は、奄美大島の東岸に沿って、北西へ針路を取っている。

奄美大島を東から回り込み、敵の背後を衝く。それが、家久の立てた策だった。選ばれた十七艘は、村上武吉以下、いずれも操船に長けた村上水軍の船だ。

無謀と言えば、無謀な策だ。鶴たち別働隊がいつ到着するかは、天候や風向き次第だ。そしてそれまで、本隊が持ちこたえられるかどうか。不安な点は、いくらでもある。

それでも、真正面から戦って勝てる相手ではない。今はこの策に懸けるしかなかった。

「姫さま。水夫たちがだいぶ疲れています。船足を落とした方がいいのでは」

ジョアンの進言に、鶴は首を振った。

「あかん。ここで休むわけにはいかへん」

「しかし、後続の船もかなり遅れています。一度、隊列を組み直すべきでは」

堺で買い込んだ交易品は山川津の蔵に預けてきたため、船足は軽い。加えて、戦姫丸は三角帆を使い、逆風でも風上へ進むことができる。だが、後に続く『能島丸』や関船は、逆風の中を櫓走で進まなければならなかった。

振り返る。確かに、他の船とはもう一里近くも離れている。

「しゃあない。笠利崎《かさりざき》を越える手前で、他の船を待つで」

笠利崎は、奄美大島の北端にある岬だ。そこを回って西へ転進すれば、戦場に着くはずだった。

「では、皆に伝えてきます」

駆け去るジョアンの背中が、以前と比べてずいぶんと逞しく見えた。今までほとんど役に立ったことなどないが、ようやく船乗りらしくなってきたということだろう。

苦笑したその時、アントニオが叫んだ。

「前方に船影。ジャンクやで！」

舌打ちし、鶴は遠眼鏡を覗いた。

笠利崎の西から、船影が湧き出してくる。大型のジャンク船が五艘。明らかに、こちらを待ち構えていた。

「読まれとったか……」

敵の狙いは、こちらの足止めだろう。敵は大きく横に広がると帆を上げ、こちらへ向かって進みはじめた。後続の味方を待っている余裕はない。しかも、有利な風上を取られている。

すまん。間に合わんかもしれへん。心の中で家久に詫び、鶴は命じた。

「迎え撃つで。戦仕度や！」

できることなら、ここで玉薬を消費したくなかった。だが、火矢で沈めるには、ぎりぎりまで接近しなければならない。

迷いは一瞬だった。

「全大筒、弾込め。大鉄砲は、右舷へ」

戦姫丸は、風上へ向かって切り上がっていく。敵が射程に入った。まずは一艘、船首の大筒で仕留める。

右手を上げ、発射を命じようとした時、敵が一斉に舵を切り、横腹を見せた。

「あかん、西の舵いっぱい！」

轟音が響き、船に衝撃が走った。周囲に、いくつもの水柱が上がる。振り返ると、船尾楼の船縁が大きく破損していた。恐らく、仏郎機砲だろう。一艘に、三門は積んでいる。

戦姫丸の右舷の大筒が、五門一斉に火を噴く。だが距離が遠く、一発が敵船をかすめただけだった。

「回頭、敵から離れろ！」

あれだけの砲を持っているとなると、容易には近づけない。船の動きからすると、敵はかなりの精鋭だろう。ここはいったん下がって味方と合流し、数で押し切るしかなかった。

再び回頭し、敵に向き直ったところでようやく、後続の味方が追いついてきた。村上武吉が能島丸を戦姫丸の横につけ、声をかけてくる。

「鶴殿。戦姫丸はこちらの切り札だ。後ろへ下がれ」

「どうするつもりや？」

「あの大筒は厄介だが、足踏みしているわけにもいかん。このまま押し通る」

他に選択肢はない。頷き、戦姫丸を味方の後方へ下げた。

武吉は麾下の関船を六艘と十艘に分け、六艘を前に出した。

互いの距離が詰まる。敵は六艘を十分に引き付け、左舷から仏郎機砲を放つ。六艘のうち四艘が直撃を受け、船足が止まる。その間に、能島丸が十艘を従え突っ込んでいった。

的を絞らせないよう、武吉は麾下を散らばらせながら進んでいく。だが、敵は予想を上回る速さで船を回し、右舷の砲を撃ってきた。さらに数艘が直撃を受け、沈んでいく。

「姫さま、このままでは……」

ジョアンが狼狽《ろうばい》を露わにする。

「わかってる」

しかし、ここは犠牲を払ってでも進むしかない。大筒を持たない村上水軍は、近づかなければまともに戦うことすらできないのだ。

味方が、ようやく矢弾の届く距離にまで近づきつつあった。だが敵は、それを見越したかのように帆を下ろし、回頭して遠ざかっていく。

櫓走で北上した敵は再度反転し、こちらへ向き直った。

「敵は、あくまで時を稼ぐつもりか」

喜兵衛が歯噛みしながら言った。

「これじゃあ埒《らち》があかん。前に出るで」

「しかし、姫」

「敵の風上まで一気に切り上がって、敵の退路を塞ぐ」

戦姫丸は味方を次々と追い抜きながら、風上へ向かった。射線に捉えられないよう、大きく右へ迂回《うかい》する。

「姫さま、北西に船影や！」

アントニオの声。馬鹿な。まだ、伏兵がいたのか。肌が粟立つのを感じながら北西に遠眼鏡を向け、鶴は唖然とした。

関船が十艘。掲げる旗は、八咫烏。先頭を進むのは間違いなく、太田左近の『源氏丸』だった。

まさか、こんなところまで自分を追いかけてきたのか。だが左近といえども、十艘の関船を独断で動かすことはできないはずだ。

「味方、なのでしょうか」

ジョアンが困惑の表情で言った直後、敵の砲声が響いた。

「距離を取れ。あの船団に合流する」

さらに風上へ向かうと、こちらに手を振る左近が見えた。

そしてその隣には、父・孫一の姿もある。

「相変わらず無茶な戦ぶりだな、鶴よ」

「父上こそ、こんな辺鄙《へんぴ》なとこになんの用や。まさか、うちを連れ戻しに来たんか？」

「阿呆を抜かせ。俺は、林鳳とかいう礼儀知らずの海賊の尻を、蹴り上げに来ただけだ」

白い歯を見せ、孫一が笑う。

「戦況はだいたい察しがつく。敵本隊の背後を取ろうと狙ったが、あの五艘に邪魔をされている。違うか？」

「まあ、そんなとこや」

答えながら、内心で舌を巻いた。用兵では、やはり父には敵わない。

「では、まいるとするか。お前は先行して、鼻先に一発くれてやれ。敵の陣形を乱したところで、我らと村上水軍で挟撃し、一艘残らず沈めてやる」

鶴は頷きを返した。父の命令で戦うのは癪だが、同時に心強くもある。先刻までの焦りと苛立ちは、きれいに消えていた。

「言っておくが、俺はお前が嫁に行くまで死ぬつもりはない。だから、お前がこんなつまらん戦で死ぬことも許さん」

「わかってるわ」

小さく答え、鶴は進発を命じた。

＊

敵陣から漂ってくる圧力を、巴は全身に感じていた。

緒戦で三十艘を沈めたにもかかわらず、動揺はまるで見られない。敵に少なからぬ衝撃を与えたと思っていたが、甘かったようだ。

敵の陣替えは、付け入る隙がないほど手早く、鮮やかと言っていいほどだった。五段に構えていた陣を、三十艘と四十艘の前後二段に組み直している。

「どう見る、国兼」

「車懸かりの陣を、よほど警戒しているのでしょう。あそこまで厚みのある陣だと、突破は難しいかと」

「あれほど密集されては、側面を衝いてもほとんど効果はあるまいな。陣形を乱そうにも、こちらの火船はすでに尽きた」

「正面から当たっては退くことを繰り返し、少しずつ削っていくしかありますまい。巨大な岩も、ひたすら打ち続けることで、いつかは割れます」

「それまで、こちらが持ちこたえられれば、だが」

右翼では、毛利軍が敵左翼軍を壊滅に追い込んでいた。だが、左翼の大友、村上軍は逆に押し込まれ、かなりの損害を出している。

大友、村上を破った敵の右翼軍がこちらの背後に回り込めば、敗北は必至だ。それまでに、正面の敵を打ち破れるか否か。

見張り台を見上げ、巴は叫んだ。

「別働隊は？」

「いまだ見えません！」

別働隊が背後を衝くという策は、諦めた方がいいのかもしれない。元々が、賭けにも等しい策だったのだ。最初から、別働隊などいなかったと思えばいい。

「皆の者、聞け！」

矢倉上の将兵に向け、声を張り上げる。

「今さら言うまでもあるまいが、この一戦には島津家の、いや、日ノ本の存亡がかかっている。だが今は、家も、国のことも忘れて構わん。親兄弟、妻や子、この戦で死んでいった朋輩の顔を思い浮かべよ。あるいは、好いた女子の顔でもよい。生まれ育った土地を、その景色を、その匂いを思い出せ」

一同は咳一つ立てず、巴を見つめる。

「目の前の敵は、皆が今思い浮かべているものを奪い、踏みにじろうとしている。我らは、それを阻止せんがために起《た》ったのだ。命を捨てよ、とは言わぬ。だがここで勝たねば、皆の大切なものを守ることはできぬ。我らが為すべきことはただ一つ。目の前の敵に打ち勝つことのみである！」

一瞬の沈黙の後、怒濤のような喊声が上がった。

「見事な演説にござった」

国兼が歩み寄り、微笑する。

「世辞を申すな」

忠平ならば、迷わず死ねと言うだろう。だが女子の自分に言えるのは、あれが精一杯だ。やはり甘いと、自分でも思う。

「ですがご覧の通り、将兵の士気は沖天《ちゆうてん》を衝く勢いにあります」

一人一人の顔に、覇気がみなぎっている。これなら、存分に戦うことができそうだ。

「敵が動き出しました！」

視線を前へ向けた。破られるのを警戒してか、風上にありながら帆は上げず、櫓走でひたひたと進んでくる。

「総櫓で突っ込むぞ。まずは、敵の第一段を崩す」

錦江丸が走り出した。麾下の十四艘が後を追ってくる。その後から、山田有信《やまだありのぶ》の二十艘と、忠平の二十艘が続いた。

大鉄砲で、正面の一艘を沈めた。左右から、雨のように矢が降ってくる。巴の周囲には楯を持った兵が集まり、矢を防いでいた。火矢は、甲板の兵が足で踏み消している。

真正面から向かってくる敵船を、舵を切ってかわし、火矢を射ち込んだ。矢を受けて倒れる兵が出はじめている。深手を負った者は、船倉に下がらせた。

すぐ後ろを進む麾下の一艘が、五艘の敵に囲まれていた。四方から鉤縄をかけられ、敵兵が斬り込んでいく。

反転して助けるには遠すぎる。歯を食い縛り、その船は見捨てた。

「何があっても船を停めるな。取り囲まれるぞ！」

激しい衝撃が走った。前を塞ぐ敵の横腹に、錦江丸の舳先が食い込んでいる。

逆櫓で後退し、舳先を外した。その間に、両舷に敵船が横付けしている。乗り込んできた敵兵を鉄砲で仕留め、鉤縄を切った。大鉄砲を放ち、横付けした敵船を吹き飛ばす。

全体の戦況を見ている余裕はない。押している。そう信じて突き進むしかなかった。

不意に、敵の陣形が大きく乱れた。右に目を向けると、三十艘近い味方が敵に襲いかかっている。右翼から駆けつけた、毛利水軍だった。

「よし、反転するぞ。卯の舵いっぱい。右の櫓だけで漕げ。回頭の後、速やかに帆を上げろ！」

敵に背を向ける形で突き進んだ。逃げきれず、搦め捕られる船が出ている。日新丸にも敵が群がりつつあるが、護衛の関船が身を挺《てい》して防いでいた。

帆を下ろし、陣形を整え直した。十八艘を戦闘不能に追い込んだものの、こちらも十艘を失っている。

「消耗の度合いは、こちらの方が大きいな。このままでは、こちらが先に力尽きる」

甲板には敵の矢が突き立ち、あちこちが針の山のようになっている。手負いは十四名。うち五名が、戦には耐えられないほどの深手だった。

左翼に目を転じると、味方は敗走寸前だった。大友、村上の船団でまともに動いているのは、三十艘足らずになっている。

「矢弾も火薬も、底を突きかけています。敵の矢を抜いて補わせますが、このままでは」

「だが、ここは耐えるしかあるまい」

日新丸に、指示旗が上がった。再度、一丸となって攻めよ。忠平と家久は、次の攻撃で敵を突破するつもりだろう。かなりの犠牲が出るだろうが、試みるしかなかった。

再び、錦江丸を先頭に突っ込んだ。敵の第一段は、まだ態勢を立て直してはいない。だが、こちらの船足もいくらか遅くなっている。

「姫、櫓床で倒れる者が出ておりますぞ！」

「踏ん張りどころだ。力の限り漕げ！」

錐のような陣形で、全軍がぶつかった。こらえきれず、敵の第一段が割れていく。火矢で二艘を焼くと、視界が開けた。その先に、第二段が広く展開している。敵の第二段は四十艘。対する味方は毛利船団も加え、七十五艘になっている。勝機は十二分にあった。

「このまま第二段を突き破る」

風上に向かって、真っ直ぐ進んだ。敵との距離が詰まっていく。

だが、敵の第二段は舳先をこちらへ向けず、左右へ分かれはじめた。

割れた敵の向こう。巨大な南蛮船が現れた。距離は五町ほどか。四本の帆柱が高くそびえ立つ、戦姫丸の三倍はあろうかという巨体。林鳳の座乗する、敵の旗船だった。

「あれが、鳳天か」

思わず、呻くような声が出た。

「マニラ・ガレオン……」

蒼褪めた顔で、国兼が言う。

「なに？」

「呂宋で商いをする商人から聞いたことがあります。銀や絹織物、香辛料を積み、呂宋とはるか東の大陸を往来するイスパニアの船で、一度に千人を乗せられるとか」

恐らく、林鳳はその航海途上を襲撃し、自分の船にしたのだろう。

鳳天が舳先を巡らせ、横腹を見せた。全身が粟立つ。舷側から突き出た砲口は十門ずつ、上下に二列並んでいた。

「砲撃が来るぞ。舵を……！」

言い終わる前に、鳳天の大砲が一斉に火を噴き、わずかに遅れて凄まじい砲声が轟いた。

次の刹那、とてつもない衝撃を全身に受け、巴は後方に吹き飛ばされた。

背中を強く打ちつけ、一瞬気が遠くなった。

「姫、ご無事か！」

駆けつけた国兼の額からは、血が流れている。

「大事ない。それより、船は……」

体を起こし、あたりを見回す。

矢倉の上は、地獄と化していた。数ヵ所で垣立が割れ、直撃を受けた兵の四肢《しし》が飛散している。甲板には二つの大穴が開き、砲弾が船倉にいた漕ぎ手を押し潰していた。中ほどで折れた帆柱が横に傾き、水面を叩く。

後続の麾下も、二艘が直撃を受けていた。一艘は砲弾に舳先を押し潰され、すでに沈みかけている。

錦江丸の船足は完全に停まっていた。どこかから浸水しているのか、徐々に左前方へ傾きつつある。その両脇をすり抜け、味方がなおも前進していく。

鳳天の第二射が放たれた。水柱がいくつか上がり、五艘が直撃を受ける。

「なんという、船だ」

近づくことさえできない。これほどの砲撃力を持つ船は、見たこともなかった。

「姫、この船はもうもちません。急ぎ、退去を」

「わかった、艀を下ろせ。手負いの者から先だ。急げ」

誰も残っていないことを確かめ、巴も艀に乗り移った。

その間にも、敵の砲撃は続いている。味方は散り散りになり、陣形は完全に崩れていた。

錦江丸の舳先は完全に水中へ没し、船尾の舵が露出していた。錦江丸が、船戦で沈む。これまで、考えたこともなかった。

頭を振り、戦況を見渡す。

砲撃を終えた鳳天は後方に下がり、その周囲を護衛の十五艘が固めていた。二手に分かれた敵の第二段は、散らばった第一段も加えて再び一つにまとまり、味方と鳳天との間に壁を築いている。さらにそこへ、左翼で大友、村上軍を敗走させた敵が合流しようとしていた。

「姫、日新丸が」

顔を上げると、後方から日新丸が近づいてきていた。今のところ、砲撃は受けていないようだ。

下ろされた縄梯子を伝い、矢倉に上がる。

「巴、無事だったか」

忠平の顔つきは、さすがに険しい。その隣で、家久も腕組みしている。

「私は大事ありません。ですが、お預かりした錦江丸を沈めてしまいました」

「致し方あるまい。戦だ」

「しかし、このままでは……」

「全船を一つにまとめ、鳳天だけを狙うか。犠牲を厭わず進めば、あるいは鳳天に斬り込むことができるやもしれん」

「それは難しいぞ、兄者。敵は百三十艘近くに増えているが、こちらはもう六十艘しかない。この兵力差で突っ込んでも、押し包まれるだけだ。突破できたとしても、鳳天に近づくのは容易ではない」

「だがやるしかあるまい、家久。なにもしなければ、囲まれて一艘残らず殲滅されるだけだ。林鳳の首を獲ることはかなわずとも、九州侵攻を諦めるだけの痛手を与えてやろうではないか」

「刺し違えるつもりか、兄者」

「我らは、島津の武人ぞ」

　束の間、忠平と家久の視線が交錯する。

「やむを得んな」

　数拍の沈黙の後、家久が笑みを見せた。頷き、忠平が下知を出す。

「全船を集結させろ。明国海賊どもに、日ノ本の武人の矜持《きょうじ》を見せてやろうぞ」

Ⅲ

「愚かな」

　敵陣を見据え、月麗は吐き捨てた。

　敵船団は再び一ヵ所に集結し、前進をはじめている。

「玉砕《ぎょくさい》覚悟で打って出るようだな」

　隣に立つ蔣虎が言った。

「さっさと逃げるなり、降伏するなりすればいいものを」

「あれが武士という生き物なのだ、月麗殿」

　月麗には到底理解できないが、蔣虎の声音には、感嘆の念が籠もっている。

「命よりも名を惜しみ、勝てぬとあらば、無様に生き延びるよりも華々しく散ることを選ぶ。見事なものではないか」

敵の前衛が、銃撃を開始した。島津軍の大型鳥銃だ。厄介な武器だが、開戦当初に比べてその数はかなり少ない。

直撃を受けた味方が数艘傾いていくが、こちらに動揺はない。右翼軍が合流し、味方は百三十艘にまで増えている。加えて、敵船はほとんどが傷つき、動きも遅くなっていた。

弾薬が底を突いたのだろう。大型鳥銃の銃声が途絶えた。

敵味方の船が入り乱れた。両軍の火矢が飛び交い、方々で船が燃え上がる。舳先と舳先がぶつかる音が、ここまで聞こえてきた。

どこに力が残っているのか、敵は勇戦している。斬り込まれ、火を放たれる味方が続出していた。

「死兵か」

蔣虎が呟いた。死を恐れない兵は、己の命が尽きるまで戦い続ける。まともに相手をするのは厄介だった。

「落ち着いて、左右から挟み込め。一艘ずつ、確実に仕留めていくのだ」

蔣虎の下知が、前線に伝達される。味方は、懐深く突っ込んできた敵を包み込むように動きはじめた。

敵の一艘に対し、味方は三、四艘で攻めていた。鉤縄をかけて動きを封じ、火矢を浴びせるか斬り込むかしていく。このまま押し包んでしまえば、難なく島津忠平の首は獲れるだろう。

「楽観はできんぞ、月麗殿」

こちらの考えを見通したかのように、蔣虎が言った。

見ると、敵船に斬り込んだ味方の兵が、押されている。それどころか、逆に斬り込まれ、将を討たれる船まで出はじめていた。

「白兵戦になればこちらが不利とはわかっていたが、まさかこれほどとはな。島津兵の剽悍《ひょうかん》さは、話に聞いていた以上だ」

「鳳老大」

月麗は振り返り、片膝をついた。

「私に、船をお与えください。必ずや、あの倭人どもを蹴散らしてご覧に入れます」

「必要ない。あの者どもはいずれ力尽きる」

「しかし」

「我が命に、従えぬと？」

冷ややかな視線に射竦められ、びくりと体が震えた。苛立っている。これほど感情を露わにする林鳳を、月麗は見たことがない。

「いえ、決してそのような……」

「ならば、黙って見ておるがよい。そなたに働いてもらう時は、じきに来る」

「承知いたしました」

林鳳がそう言うのであれば、その時は必ず来る。差し出がましい口を利いた自分を、月麗は恥じた。

戦場では依然、激しいぶつかり合いが続いている。だが、ついに疲労が頂点に達したのか、敵につい先刻までの勢いはない。敵船から放たれる矢も、明らかに少なくなっている。

二十艘ほどの味方が、敵の背後に回り込んだ。最後尾の大安宅船に向かって、夥しい数の火矢が放たれる。遠眼鏡を覗き込み、旗印を確かめた。丸に十文字。間違いなく、島津の旗船だ。降り注ぐ火矢を兵たちが消して回っているが、火の手を抑えきれずにいる。

火は矢倉の上に拡がり、兵たちが海へ飛び込みはじめた。やがて、炎が船全体を包み、残った火薬に引火したのか、凄まじい爆発が起こった。

「やりました、老大！」

林鳳が頷いた時、見張りが大声で叫んだ。

「後方に船影、二十三艘。敵船と思われます！」

「なんだと？」

振り返り、遠眼鏡を向けた。

大安宅船を先頭に、二十艘の関船が続く。最後尾は、南蛮船だった。村上水軍の旗と、三本足の鴉を描いた旗を掲げている。間違いない。あの南蛮船は、戦姫丸とかいう、香玉の船だ。

念のため、笠利崎には五艘の中型ジャンクを配していた。林鳳は、奄美の東を迂回して背後を衝かれることを懸念したのだ。月麗は杞憂だと感じたが、まさか本当に現れるとは。何の連絡もなかったところを見ると、五艘のジャンクは沈められたのだろう。

「来たか、香玉。やはり、我が娘だな」

後ろを振り返ることなく、林鳳が呟いた。その口元には、薄《うっす》らと笑みが浮かんでいる。

かっと、腹の底が熱くなった。怒りか、それとも香玉への嫉妬か。

香玉が、本当に林鳳の娘なのかどうか、月麗は知らない。だが、香玉が逃げ出してからの九年間、林鳳は自分を本当の娘のように扱ってくれたのだ。今さら現れて林鳳の歓心を買うなど、許せない。

「護衛の十二艘を、そなたに預ける。後方の船団を叩き、香玉を生きたまま捕らえて我が面前に引き立てよ」

「はっ」

「月麗」

「命に代えても」

一礼し、十二艘のうちの一艘に乗り移った。

これだけの船団を指揮するのははじめてだ。だが、明国水軍や他の海賊を相手にした海戦で、敗けたことはただの一度もない。しかも、これまでまったく戦っていない味方に対し、敵は長い航海の後に五艘のジャンクと戦っている。疲労の度合いはまるで違う。

舳先に立ち、前方を睨んだ。敵は総帆に風を受け、北東から南西へ、かなりの速さで進んでくる。こちらも帆を下ろしたまま、総櫓で敵に向けて真っ直ぐ進んだ。味方は仏郎機砲を両舷に三門ずつ積み、百五十の兵を乗せている。風上を取られてはいるが、砲戦でも白兵戦でも、敗ける要素はない。

距離が詰まってきた。ぶつかり合いに備え、敵が横へ広がっていくが、戦姫丸は後方に控えたままだ。こちらも前衛の八艘と後衛の三艘に分かれ、正対する。月麗の本船は、前衛と後衛の間に置いた。

「前衛、左へ回頭。仏郎機砲を浴びせてやれ」

敵が射程に入ったところで、砲声が響いた。いくつもの水柱が上がり、船体に直撃を受けた関船が二艘、傾いていく。

「弾込め、急げ。火矢、鳥銃、用意！」

敵はもう間近に迫っていた。舷側に並んだ射手が射撃を開始する。

敵味方の矢弾が交錯する、激しいぶつかり合いになった。方々から上がる火の手と硝煙で、視界が霞んでいく。

「南蛮船、右へ転進！」

やはり動いたか。迂回して、こちらの背後を衝くつもりだろう。だがその動きは、予想の範囲内だ。

「前衛はこのまま正面の敵に当たれ。後衛の三艘は南東へ進み、南蛮船の動きを封じろ。本船も、その後に続く」

戦姫丸は、戦場を避けるように大きく東へ進むと、さらに南西へ転進した。後衛の三艘はある程度の距離を取りながら、一列になって戦姫丸と並走している。その進路の先には、細長い岬が突き出ていた。このまま進めば、戦姫丸は袋小路に陥って身動きが取れなくなる。

「そのまま追い込め」

呟いた直後、戦姫丸の行き足が止まった。帆を開き、はらんだ風を抜いたのだ。味方もそれに倣おうとするが、船は止まらない。それどころか、船列が大きく乱れ、激しく混乱している。味方は何かに押し流されるように、岬へ向かって進んでいく。

「なにをやっている！」

「岬の手前で、潮が逆向きに流れているようです！」

「馬鹿な！」

香玉には、潮の流れが見えていたというのか。

三艘のうち、先頭の一艘が岩礁に乗り上げた。他の二艘も舵を取られ、あらぬ方向へと流されていく。それを嘲笑うかのように、戦姫丸は右へ舵を切り、悠々と味方を置き去りにしていく。

戦姫丸が岬の突端を越え、再び左へ舵を切った。その進路の先には、護衛もなく丸裸の鳳天がいる。香玉の狙いは、こちらの背後へ回ることではない。最初から、鳳天を沈めることだけを考えていたのだ。

「総櫓だ。力の限り漕げ。南蛮船の進路を塞ぐぞ！」

鳳天には近づけさせない。必ず、ここで止めてやる。

「左舷仏郎機砲、用意！」

こちらの船の方が大型で足は遅いが、風上に位置している分、優位だ。

戦姫丸が、仏郎機砲の射線に入った。こちらへ舳先を向け、真っ直ぐ進んでくる。

「よし、撃て！」

命じた刹那、戦姫丸が右へ舵を切った。砲が放たれたが、命中することなくはるか後方に三本の水柱が立つ。

「かわしただと？」

船頭が驚愕の声を上げた。

「うろたえるな。酉の舵いっぱい。右舷の砲、弾込め急げ！」

船が傾き、回頭をはじめた。だが、戦姫丸は信じられないほどの速さで風上へ切り上がり、こちらへ左舷を向けた。

「しまった！」

砲声。轟音とともに激しく船が揺れ、甲板の兵たちが倒れる。右舷の船首近くに、敵の砲弾をまともに食らっていた。

「まだだ。舵、このまま。敵船に当たれ！」

この距離なら避けられない。戦姫丸の甲板から、大型鳥銃が放たれた。すぐ近くにいた兵の頭が吹き飛んだが、構わず突き進む。

甲板で指揮を執る香玉の顔が、はっきりと見えた。ジョアンやあの二刀遣いの剣士、月麗を撃った少女の姿もある。

香玉と視線がぶつかる。その直後、凄まじい衝撃が走り、木の折れる音が響いた。戦姫丸の舳先が、右舷に食い込んでいる。

「斬り込むぞ！」

月麗は、腰の柳葉刀を抜いた。舷側の高さはほぼ同じ。乗り移るのに支障はない。

だが、敵の銃撃が激しかった。帆柱の陰に隠れ、機を窺う。その間にも、味方は次々と撃ち倒されていく。敵は三人一組になり、二人が弾を込め、一人が銃を取り換えながら連続して撃ってくる。乗り移る隙など、どこにもなかった。

「おのれ……！」

唇を噛んだ。操船で負けた上、斬り込むことさえできないのか。このままでは、二度と林鳳に顔向けできない。

ふと違和を覚え、目を凝らした。

鳳天。帆を上げ、こちらへ近づいている。見かねて、助けに来てくれたのか。

やはり自分は、あの御方にとって本当の娘なのだ。ただの配下のために、あの御方が危険を冒してまで船を動かすはずがない。

「鳳老大……」

呟いた刹那、鳳天の砲が一斉に火を噴き、月麗は目を見開いた。

なぜだ。この船もろとも、戦姫丸を沈めるつもりなのか。あの御方は私を、実の娘よりも大切にしていると言った。あれは、嘘だったのか。

黒々とした無数の砲弾が目の前に迫り、再び激しい衝撃が全身を襲った。


あの夜目にした光景を、月麗は今もはっきりと覚えている。

それでいて、当時の自分が何歳だったのかはよくわからない。五歳か六歳。たぶん、そんなところだろう。

炎と煙が夜空を覆い尽くし、月も星も見えない。炎の中には、月麗が生まれ育った家もある。小さく貧しいが温かい家は今、目の前で焼かれている。

斬殺された村人たちが、そこここにできた血溜まりに倒れていた。遠くから、村を襲った海賊たちの笑い声が聞こえる。

月麗が打ち鳴らされる早鐘の音に目を覚ました時、武器を手に家から飛び出そうとする父を、母が必死に止めていた。

倭寇どもめ、返り討ちにしてやる。そう吼えて、父は母の手を振り払って出ていった。

村一番の漁師で、自警団の長でもある父は、月麗の自慢だった。村の悪童たちも父を恐れ、自分にだけはちょっかいをかけない。しかし父は、一人娘には殊《こと》の外甘く、漁から戻ると必ず月麗を抱き上げ、厳めしい髭面で頰ずりしてきたものだ。

あの強い父がいるのだ。海賊なんかに負けるはずがない。月麗は自分に言い聞かせたが、結局、父が帰ってくることはなかった。

上陸してきた海賊は、自警団の何倍もの人数だった。

ぱん、という乾いた音が何度も響き、その度に悲鳴が上がる。海賊たちは、家々に上がり込んでなけなしの食糧や家財を運び出し、最後には火まで放っていく。

母は月麗を連れて山へ逃れようとしたが、海賊の放った矢を受けて呆気なく死んだ。

これはいったいなんなのだろう。母の骸の傍らに呆然と座り込み、月麗は思った。自分たちが、なにか悪事を働いたとでも言うのだろうか。家を焼かれ、殺されなければならないほどの罪を犯したのだろうか。

気づくと、月麗は十数人の村の子供たちとともに、狭く薄暗い船倉にいた。

与えられるのは、わずかな水と薄い粥だけ。揺れる船で酔った子供が嘔吐《おうと》しても、誰も片付ける力は残っていない。潮と黴《かび》と吐瀉物《としゃぶつ》の饐《す》えた臭いを嗅ぎながら、船は何日も海の上を漂った。

奴隷として売り飛ばされる。そのために、自分たちは生かされている。誰も口にせずとも、恐らく全員が理解していただろう。村の大人たちは泣く子を黙らせる時、「海賊にさらわれて売り飛ばされるぞ」と言っていた。あれが、現実になったのだ。

村が襲われて何日が経ったのか、数えるのも億劫になっていたある夜、船が嵐に襲われた。

雷鳴が轟き、太い木が折れる嫌な音が響く。激しい風雨と高波が船に打ち付け、月麗たちは何度も壁や床に叩きつけられる。なんとか沈没は免れたものの、嵐が去った次の日から、ただでさえ少なかった水と食事は半分に減らされ、やがては一粒の米すらも与えられなくなった。

力尽き、息絶える子供が出はじめると、海賊たちはその骸を甲板に運び出していった。その痩せ衰えた顔には、喜びと後ろめたさが入り混じっている。その複雑な表情を目にした時、月麗は骸がどうなるのかを悟った。

月麗も含め十三人いた子供たちは一人斃れ、二人斃れ、やがて四人にまで減った。自分はこのまま死ぬのだろう。そうすれば、父と母に会える。絶望と希望の狭間を漂う月麗を突然、足元から突き上げるような激しい衝撃が襲った。

続けて喊声が聞こえ、甲板から海賊たちが転がり落ちてくる。それを、数人の武装した男たちが追ってきた。海賊たちは覚束ない足取りで男たちに襲いかかるが、瞬く間に斬り刻まれていく。

その光景を、子供たちは無言のまま見つめていた。悲鳴を上げる体力も、逃げようという気力すらも残ってはいない。

やがて、海賊たちは血の海に沈み、一人の男がこちらへ歩み寄ってきた。

「四人か」

感情の窺えない声音で呟くと、男は手にした柳葉刀を床に突き立てた。

「この中から、一人だけ助けてやろう。この刀を取り、他の者を楽にしてやれ」

淡々と告げると、男は数歩、後退《あとずさ》った。

耳から朦朧とする頭に届いた言葉が、その意味を紡いでいく。男がなにを口にしたのか。それを理解した途端、体がびくりと震えた。

恐る恐る、月麗は周囲に視線を泳がせる。

男児と女児が二人ずつ。なにを言われたのか理解できない者。理解できても、反応を示すことさえできない者。呆然と、互いの顔を見合わせていた。

「ああ」という、掠れた声が聞こえた。

鄭五《ていご》という、同い年の男の子だ。家が隣同士で仲が良く、この数日は何度も互いに励まし合ってきた。空腹のあまりずっとうつ伏せに倒れたままだったその体が、歩くこともままならない赤子のようにゆっくりと動き出した。緩慢な動作で這い進み、刀に向けて震える手を伸ばす。

ほんの一瞬、鄭五と視線が交わった。それまで弱々しかったその目に、暗い光が宿っている。

不意に、体の奥底から恐怖が湧いてきた。殺される。死にたくない。死ぬのは怖い。もっと、もっと生きていたい。

歯を食い縛り、体を動かした。壁に手をつき、震える足で立ち上がる。鄭五の体を踏みつけ、刀を摑んだ。

そこからの記憶は、すっぽりと抜け落ちている。

気づくと月麗は、血の海の中に立っていた。

足元を見ようとしたが、体が動かない。そこになにがあるのかはわかっていたが、体が見ることを拒否していた。ひどい吐き気がして、視界が滲む。血が滴る重い剣を放り出そうにも、強張った手が柄から離れない。

「よくやった。お前は強い子だ」

男はしゃがみ込み、月麗の手から刀を引きはがす。

「なにを気に病む必要がある。弱い者が死に、強い者が生き残った。ただそれだけのことではないか」

その言葉を耳にした瞬間、月麗はすべてを理解した。

父も母も村人たちも、弱かったから死んだ。海賊たちは、この男よりも弱かった。

鄭五たちは、月麗よりも弱かった。

殺すことは罪じゃない。弱いことが、罪なんだ。

倒れた海賊の衣服で刃に付いた血を拭い、男は慣れた手つきで鞘に納める。

「お前を我が一族に迎えよう。これからお前は、私の家族だ」

男が再びこちらへ歩み寄り、月麗の頭を撫でた。

顔も声も、まるで似ていない。だがその掌の温かさは、月麗に父を思い起こさせる。

張り詰めた糸が切れたように、全身から力が抜けた。崩れ落ちかけた月麗を抱き止め、男は立ち上がる。

月麗を抱えたまま、男は急な階段を昇り、甲板へ出た。

日の光。空の青。限りなく広がる海。村にいた頃は当たり前だったものが、たまらなく眩《まばゆ》い。

「お前は今、この時をもって、生まれ直したのだ」

男が言わんとしていることは、理解できない。

だが月麗はそこに、確かな光を感じていた。

「信じていたのに……」

自らの声で、月麗は目覚めた。

船はもう、半分近くが海に没していた。傾いた甲板からは、兵や水夫の骸が水面へ滑り落ちていくが、月麗の体は帆柱に引っかかり、かろうじて水面より上にとどまっている。

顔を上げ、あたりを見回した。

戦は今も続いている。視線の先では、味方の大型ジャンクと村上水軍が激しく戦っていた。ともに激しく損耗しているが、概ね味方が押しているようだ。

視線を南へ転じると、味方の船団の向こうに、島津や毛利の船団が見えた。旗船を失ってもなお、残った船は戦い続けているらしい。

戦姫丸は、やや離れた場所にいた。

先ほどの砲撃で、かなり損傷している。舳先から伸びた斜檣は根元から折れ、帆は何ヵ所も破れていたが、それでも鳳天に舳先を向けていた。

「愚かな」

全身を捉えて離さない虚無感に浸りながら、吐き捨てた。

いったい何のために、そこまでして戦うのか。誰かのために命を懸けたところで、どうせいつかは裏切られる。ならば戦いなどやめて、逃げ出してしまえばいいのだ。やはり倭人というのは、まったく理解できない。

いや、愚かなのは私か。自分を闇から引き上げてくれた光は、さらに深い闇でしかなかったのだ。あんな男のために、私はたった一つしかない命を捧げてきた。この私こそ、度し難い愚か者だ。

自嘲の笑みを漏らした時、またしても鳳天が大砲を放った。

戦姫丸の前檣が吹き飛び、帆柱が水面に向かって倒れる。流れ弾が月麗の船のすぐそばに落ち、木片に摑まって漂っていた味方の兵を無数の肉片に変えた。

降り注ぐ水飛沫を浴びながら、月麗は胸の奥底になにかが芽生《めば》えるのを感じた。殺意。とめどない憎悪。

周囲に目を凝らす。上陸用の小舟。無人で、水面を漂っている。それほど遠くはない。手足を動かした。力は入る。治りかけていた足の銃創がかすかに痛むが、他にさしたる傷もない。

あの男を殺す。心に決め、ほとんど真横に傾いた帆柱を踏んで立ち上がった。

Ⅳ

怒りを押し殺し、鶴は彼方の水面に浮かぶ鳳天を見据えていた。

マニラ・ガレオン。ジョアンが言うには、千人を乗せることができるほどの巨大な船だ。大筒は左右に二十門ずつ。しかも、仏郎機砲よりもはるかに射程が長く、威力も大きい。正面から砲撃戦を挑んだところで、勝負にはならない。

　それどころか、斜檣と前檣を失った戦姫丸には、近づくことさえ困難だった。船首楼、船尾楼にも大きな風穴が開いている。喫水近くには砲弾を食らっていないので浸水こそないが、残った帆も半分以上が破れ、船足はまるで上がらない。死人や深手を負った者がいないのが、唯一の慰めだった。

だが、退くわけにはいかない。今を逃せば、林鳳を倒す機会は二度と訪れないだろう。

「マニラ・ガレオンの大砲は、左右の舷側に付いているものだけです。船首、あるいは船尾に回り込めば……」

「あかん」

　ジョアンの進言を、鶴は一蹴した。

　船首や船尾に回り込もうにも、まだ距離があるので、敵は易々とこちらへ舷側を向け直すことができる。ここは蛇行して敵の狙いを逸らしながら、少しずつ近づくしかなかった。

　その間にも、砲撃は続いていた。敵は、片舷の砲を撃ち尽くすと船の向きを変え、もう片舷の砲を撃つことを繰り返している。いつ致命的な一撃を食らってもおかしくはなかった。

「姫、源氏丸が！」

喜兵衛が声を上げた。混戦を抜け出した源氏丸が、後方から押し走りで向かってくる。その船足は、帆の破れた戦姫丸よりも数段速い。やがて、戦姫丸の横に並んだ源氏丸から、孫一が声をかけてきた。

「いいざまだな。そのありさまでは、林鳳の顔を拝む前に全員、海の底だ。尻尾を巻いて逃げるなら、今のうちだぞ」

「阿呆なこと言いなや。誰が逃げるか！」

「鶴。お前に一つ、教えておく。人は、海の上だけでは生きていけん。帰る港、拠って立つ大地があってこそ、人は人でいられる」

「なんや、いきなり」

「なににも縛られることなく、思うままに生きろ。だがこれだけは忘れるな。お前は俺の娘で、お前の帰る港は雑賀だ」

孫一は、はじめて種子島で会った時と同じ、穏やかな微笑を浮かべていた。源氏丸が戦姫丸を追い抜き、前に出る。

「なにをする気や、父上」

覚えず、声が震えた。源氏丸は鳳天と戦姫丸の間に割り込むと、そのまま舵を切らずに直進していく。

「我らの楯となるおつもりか……」

喜兵衛が呟いた。

「父上の、阿呆め……」

止めようにも、戦姫丸の船足は上がらない。見る見る遠ざかっていく源氏丸の船尾を、歯嚙みして見つめるしかなかった。

鳳天が回頭をはじめた。

源氏丸と鳳天の距離は、およそ三町まで縮まっている。だが、源氏丸が距離を詰めるよりも早く鳳天が回頭を終え、左舷の砲が源氏丸を射線に収めた。

「あかん……」

その言葉が口から洩れた直後、放たれた砲弾が源氏丸の船尾矢倉を粉砕した。爆風に煽られ、幾人かの兵や水夫が海に落ちていく。再び砲声。今度は帆柱が根本から折れ、船体が大きく傾いた。

だが、源氏丸は止まらず、落ちた船足でなおも前進を続ける。

左舷の砲を撃ち尽くした鳳天が再度回頭をはじめるが、距離は一町足らずまで近づいている。

不意に、源氏丸が舵を切り、左舷を鳳天に向けた。舷側に並んだ十数人の射手が、大鉄砲を構える。乾いた音が続けざまに響き、放たれた大鉄砲の弾が、鳳天の船体に吸い込まれた。

しかし、鳳天はその巨体をわずかに傾げさせただけだった。

「そんな」

呟いたジョアンの声に、絶望が滲む。

次の刹那、鳳天の甲板から凄まじい銃声が響いた。至近距離から浴びせられた銃弾が源氏丸の甲板に降り注ぎ、味方を薙ぎ倒していく。

無数の銃弾が孫一の体を貫く様を、鶴の目は捉えた。それでも、孫一は倒れることなくその場に踏みとどまっている。

ほんの一瞬だけ、孫一と視線が合った。

血に濡れた孫一の口が、かすかに動く。行け。声は聞こえずとも、そう言っているのがはっきりとわかった。

頷きを返すと、孫一は笑みを浮かべ、その場に頽れた。

喜兵衛や兵庫、彦佐たち水夫の目も、源氏丸の甲板に釘付けになっている。

「姫さま……」

声をかけてきたジョアンに、鶴は答えない。

唇を噛みしめ、込み上げる叫びを押し殺した。拳を強く握り、顔を上げる。

「行くで。あの船を沈めて、林鳳の首を獲る」

一同が、決意の籠もった表情で頷く。

源氏丸から、火の手が上がった。失火か、あるいは孫一があらかじめ命じていたのか。炎はたちまちのうちに、船体を包み込んでいく。

「皆、敵の位置を頭に叩き込んどき」

鳳天と戦姫丸の間に立ち上った煙が、互いの姿を隠す形になっている。

「西の舵いっぱい。右舷大筒、射線に入り次第、撃て！」

煙に向かって、大筒が放たれた。大音響が轟き、煙の向こうにわずかに見える鳳天の船体が大きく傾く。

「やった！」

水夫たちが歓声を上げた。

「まだや。接舷して斬り込むで！」

「しかし姫、あの船に乗り移るのは……」

鳳天の舷側は、戦姫丸よりもはるかに高い。乗り移るのは容易ではなかった。

「安心せえ、喜兵衛。策ならある。ジョアン、あるだけの斧を持って来い。他の者は、斬り込みに備えぇ！」

「は、はい！」

ジョアンが駆け出し、船倉から数本の斧を持ってきた。

その間にも、戦姫丸は炎上する源氏丸を回り込み、鳳天の船首側に出ていた。

戦姫丸の舳先が、鳳天の左舷船首寄りのあたりにぶつかった。鶴の狙い通り、戦姫丸の船体は、敵の大筒の射線からわずかに外れている。これで、至近距離から砲弾を浴びる恐れはない。

「鉄砲衆、左舷へ！」

敵兵が舷側から鉄砲を撃ちかけてくるが、味方の射撃の方が数段速く、正確だった。蛍は次々と鉄砲を取り換えながら発砲し、敵の射手を倒していく。

ジョアンから斧を受け取った鶴は、主檣の根元に立った。

「姫さま、なにを……」

困惑する一同に構わず、斧を力任せに帆柱へ振り下ろした。自分の体を斬られるような痛みを感じながら、何度も繰り返す。

「そんな、無茶苦茶な！」

意図を察したらしいジョアンが、悲鳴のような声を上げる。

「無茶は承知の上や。ぼさっとしとらんで手伝わんかい！」

「よし。皆、手を貸せ！」

喜兵衛たちが斧を摑み、帆柱に叩きつける。みし、と音を立てて主檣がぐらついた。鶴は斧を投げ捨て、傾いだ帆柱を押す。ジョアンも加わり、掛け声に合わせて押しはじめる。

流れ弾を受けた兵が一人倒れたが、すぐに別の者が代わった。敵の鉄砲は完全に沈黙したわけではない。弾に当たるか否かは、運を天に預ける他なかった。

やがて、根元から折れた帆柱が、鳳天の垣立を打ち破り、甲板にのしかかるようにして倒れる。

出来上がったのは、戦姫丸から鳳天に架かる細い橋だった。

「よっしゃ。焙烙玉、用意。投げ込め！」

力いっぱい投げられたありったけの焙烙玉が、敵の甲板で次々と炸裂した。敵兵の倒れる様子は見えないが、無数の悲鳴が上がっている。かなりの数を倒したはずだ。

「よし、まずは武者衆から斬り込め。兵庫！」

「承知」

兵庫が二本の刀を抜き放った。帆柱に飛び乗り、駆け上がっていく。兵庫配下の武者衆もそれに続いた。鳳天の甲板は混乱に陥り、弾は飛んでこない。味方が無事に乗り移るのを見届けると、鶴も草履《ぞうり》を脱ぎ捨てた。帆柱を踏み、足元を確かめる。

「ジョアン、覚悟はできてるな？」

振り返ると、ジョアンは顔を蒼褪めさせながらも頷きを返してきた。その手には、しっかりと刀が握られている。

「私はイダルゴですから」

苦笑しつつ、顔を上げた。あの船に、林鳳がいる。母の、そして、二人の父の仇。

いや、違う。孫一は、私怨《しえん》で戦って命を落としたわけではない。自由な海を、そこに生きる人々を守るため、孫一は戦ったのだ。

あの男を倒さなければ、憎悪の輪廻《りんね》を止めることはできない。

腰の小太刀を抜き放ち、鶴は帆柱を駆け上がる。

跳躍し、鳳天の甲板に下り立った。後ろからジョアン、アントニオ、喜兵衛や彦佐たち水夫までもが続いてくる。水夫たちが討たれれば、戦姫丸は動かせなくなる。だが、勝つにはここにすべての力を注ぎ込むしかない。

戦姫丸の三倍はあろうかという甲板は、焙烙玉で方々が焼け焦げ、無数の屍が散乱している。それでも、まだ五十人をゆうに超える敵兵がいた。敵は、弓や鉄砲を捨て、兵庫率いる武者衆と斬り結んでいる。さらに、昇降口を登って続々と新手が湧き出してきた。

林鳳の姿を探す暇もなく、斬り合いに巻き込まれた。

数人の敵が、奇声を上げて一斉に襲いかかってきた。前の敵の刀を小太刀で払い、膝で股間を蹴り上げる。さらに胸倉を摑んで引き寄せ、楯にして右から振り下ろされる剣を受けた。

味方を斬って動揺する敵へ小太刀を繰り出す。喉を抉られた敵が、盛大に血を噴き出しながら倒れた。

ジョアンに斬りかかってきた敵を、アントニオが手にした六尺棒で叩きのめした。別の敵を、喜兵衛と彦佐が二人がかりで斬り立てている。

不意に、凄まじい殺気が肌を打った。

頭上。船首楼の上から鶴に向かって、一人の男が飛び降りてくる。

頭より先に体が反応し、鶴は後ろへ跳び退いた。空を斬った刀の刃風が、頬を強く打つ。

男がゆらりと立ち上がった。右手に日本刀、左手には脇差。隙だらけに見えるが、誰も斬りかかることができない。尋常な遣い手ではないのは明らかだった。

男の顎から頬にかけて、斜めに刀傷が走っている。遣いの日本人だろう。楊建英に吐かせた情報によれば、林鳳軍の副将格で、名は蔣虎。

「貴方《あなた》が、雑賀の鶴殿か」

淀みのない日本語だった。

「そうや。あんたが、蔣虎か」

「いかにも」

口ぶりは穏やかで、口元には笑みさえ浮かべている。だが、鶴は腹を空かせた獣と向き合っているような圧力を全身に感じていた。

「島津の大安宅船は、二艘とも沈んだ。もはや、そちらに勝ち目はあるまい。こちらとしても、これ以上無益な戦を続けたくはない。ここは、降ってはもらえまいか」

「林鳳が首を差し出して、日本には金輪際手出ししないって誓うんやったら、降ってもええで」

「さようか。話し合いの余地はなさそうだな」

蔣虎が腰を落とし、構えを取った。圧力がさらに増す。

「姫」

兵庫だった。

「ここは、それがしが」

「ほう。やはりお主か」

古い馴染みに再会したかのように、蔣虎が笑う。

「あれは確か、ちょうど十年前の夏であったな。まさか、このようなところで再び見《まみ》えようとは」

十年前というと、鶴が兵庫と出会う前の話だ。だが、二人の間に何があったか、詮索している暇はない。

「兵庫。あいつはあんたに任せる。勝てるな？」

「勝負は時の運にて」

兵庫の肩に手を置き、力を籠めた。

「必ず勝つんや。ええな」

「承知」

短く答え、兵庫が飛び出す。

いきなり、激しい斬り合いになった。四本の刀が目まぐるしく跳ね回る様は、常人の目ではほとんど捉えられないだろう。二人の闘いに背を向け、鶴は配下に命じた。

「林鳳を探せ。林鳳さえ討てば、うちらの勝ちや！」

巨大なマニラ・ガレオンの甲板とはいえ、これだけの人数が密集していては、ほとんど身動きが取れない。目の前の敵を虱潰《しらみつぶ》しにしていくしか、林鳳を倒す手立てはなかった。

甲板の中ほどまで進むと、正面から一人が向かってきた。上からの斬撃をかわしながら、片手で斜めに張られた帆綱を掴んで跳躍する。帆綱を支点に回転するや、敵の後頭部に蹴りを叩き込んだ。

着地したところに、別の敵が斬りかかってきた。横へ跳んでかわす。敵の柳葉刀が帆柱に食い込んだ。すかさず小太刀を振り下ろす。両手首を失った敵の、けたたましい悲鳴が響いた。

視界の隅で、槍を受けた武者衆の一人が倒れた。他の味方も、一人で数人と戦っている者が多い。兵庫と蔣虎の斬り合いはまだ続いているが、遠目からは、兵庫がいくらか押されているように見える。

兵庫が蔣虎一人を相手にしていることで、味方は旗色が悪くなっていた。武者や水夫が死んでいく様を目にしても、鶴は歯を食い縛って耐えることしかできない。

「姫さま、このままではみんなやられてしまいます！」

敵の矛を必死に押し返しながら、ジョアンが悲鳴に近い声で言う。

「泣きごと言うてる暇があったら、一人でも多く倒さんかい！」

叫びながら、ジョアンと向き合う敵の背中に斬りつけた。

さすがに息が上がってきた。斬り込んでしまえばどうにかなるという考えは、やはり甘かったようだ。

突然、大音響が響き、鳳天が揺れた。敵味方問わず、たたらを踏む。

見ると、鶴たちが斬り込んできたのとは反対側の舷側に、何本もの鉤縄が投げ込まれていた。

「敵だ。別の敵船に接舷された！」

閩南語で、敵将が叫んだ。間を置かず、鉤縄を伝って味方が甲板に次々と上がってくる。二十人、いや、三十人はいそうだった。

斬り込んできた味方の袖印は、島津家のものだった。鳳天が戦姫丸と戦っている隙をついて近づき、接舷してきたのだろう。

「林鳳殿、いざ出合え。その首、頂戴《ちょうだい》仕る！」

大音声を上げたのは、島津忠平だった。その左右には、巴と家久の姿もある。

錦江丸、日新丸はともに沈んだが、忠平らは無事に退避していたのだろう。あるいは敵の油断を誘うため、敢えて旗船を沈めたのかもしれない。家久ならば、それくらいの策略は巡らせてもおかしくない。

巴と目が合った。巴はにやりと笑い、鉄砲を放つ。忠平と家久も、槍や刀を手に敵兵を一人、二人と討ち倒していた。

白兵戦になれば、やはり島津兵は強い。中でも忠平の勇猛ぶりは、噂以上のものがあった。向き合う敵は、ほとんど手もなく槍の穂先にかけられていく。ある者は首を飛ばされ、ある者は胴を貫かれたまま海へ放り投げられる。

「どうした。その程度では日ノ本はおろか、薩摩一国すら落とせぬぞ！」

忠平の咆哮《ほうこう》に、数人の敵兵が得物を捨て、海へ飛び込んでいく。

次第に、形勢は逆転しつつあった。味方は勢いづき、敵は新手が現れたことで、気持ちが押されている。だが、依然として兵力は敵が優位だった。このままでは、数の差が出てくる。そうなると、再び逆転するのは不可能に近い。

鶴は、視線を左右に走らせた。林鳳がいるのは、船首楼か船尾楼のどちらかだろう。兵を二手に分けるか。いや、そんな余裕はない。林鳳の周囲は、精鋭が固めているはずだ。

思案する隙を衝いて、矛を手にした敵が横から襲ってきた。咄嗟に小太刀で柄を跳ね上げる。が、敵はそのまま体ごとぶつかってきた。

弾き飛ばされ、たたらを踏んだ鶴の足が、血溜まりでずるりと滑った。仰向けに倒れたところへ、敵が矛を突き出してくる。

避けきれない。観念した刹那、筒音が響き、頬に鋭い痛みが走った。

目を開く。頭を撃ち抜かれた敵が、血と脳漿《のうしょう》をまき散らしながら倒れていくのが見えた。

「姫さま、大丈夫？」

上から声が聞こえた。鳳天の帆柱の見張り台で、蛍が鉄砲を構えている。

「大したことない。掠り傷や！」

立ち上がって答えると、蛍は船尾楼を指差した。

「あそこにいるのがたぶん、敵の大将！」

あの位置から林鳳を狙撃すれば。そう考えた刹那、船尾楼から蛍に向けて、一本の矢が飛んだ。

「しまった！」

鶴が叫ぶと同時に、蛍の肩に矢が突き立つ。蛍の小さな体がぐらりと揺れ、見張り台から落ちていく。

「アントニオ！」

「合点《がってん》！」

棒を捨てて駆け出したアントニオが、頭から跳躍した。すんでのところで蛍の体を受け止め、甲板に滑り込む。

「姫さま、蛍さんは無事やで！」

ほっとしたのも束の間、蛍を射た敵が、こちらに向かって矢を放った。

「姫さま！」

先に動いたのはジョアンだった。身を投げ出すように跳び、鶴の腰にぶつかってくる。鶴の目の前を、矢が掠めていく。

次の刹那、背中を衝撃が襲ってきた。天地が回り、二人でもつれ合うようにして、下へ下へと転げ落ちていく。

ようやく落下が止まり、鶴は全身の痛みに呻き声を上げた。勢い余って、上甲板と中甲板を繋ぐ昇降口に飛び込んでしまったらしい。

「あだだ……」

頭を振り、上体を起こす。

「ジョアン、生きてるか?」

「ええ、なんとか」

階段でぶつけたのか、ジョアンが鼻から血を流している。戦場で血など珍しくもないが、その様はやけに滑稽で、鶴は声を上げて笑った。

「なんですか、失礼な……」

「助かったわ。礼を言うとく」

素直に感謝されたのがよほど意外だったのか、ジョアンは口をぽかんと開けている。構わず、鶴は小太刀を摑んで立ち上がった。

「ぼんやりしとる場合とちゃうで」

転がり落ちてきた鶴たちを、敵が遠巻きにしている。人数はざっと、二十人というところか。さらに下層の甲板からも、敵が続々と上がってきている。

ようやく気づいたジョアンも、顔を引きつらせながら立ち上がった。

敵兵の様子を窺う。鎧もつけず、武器も貧相だ。恐らく、両舷に並ぶ大砲の砲手たちだろう。

「安心せえ、大した敵やない。腕の立つ連中は皆、上におる」

「しかし」

「あの奥の階段、見えるか？」

鶴は、十数間先にある船尾側の階段を指した。

「ここを突っ切って、あの階段を駆け上がる。いちばん上には、林鳳がおるはずや」

「まさか、我々だけで？」

「当たり前やろ！」

答えながら、鶴は床を蹴った。

V

二本の刀がぶつかり、火花が散った。間を置かず、相手の脇差が下から跳ね上がってくる。

蔣虎は焦ることなく、後ろへ一歩退いてかわした。相手も同じ二刀であれば、その動きはおおよそ予想できる。

間合いが開いた。兵庫は前に出ることなく、呼吸を整えている。

「どうした、かなり息が上がっているな。十年前のお主の方が、ずっと活きがよかったぞ」

兵庫は無言のまま、挑発に乗ってはこない。だが、その四肢にはいくつもの浅手を負っている。一つ一つの傷は小さいが、時が経てば経つほど、流れ出る血の量は増えていく。

それにしても、これほど充実した斬り合いは何年ぶりだろう。日本を出て以来、愉しめる戦は何度もあったが、一対一で満足できる相手には出会うことができなかった。

蒋虎は目の前の相手に、敬意すら抱いていた。隻眼でこれほど二刀を操れるようになるまで、どれほどの修練を積んできたのか。

「やはり、死なせるには惜しいな。悪いことは言わん、降ってはどうだ」

兵庫は顔色一つ変えず、無言のまま蒋虎を見据えている。

「お主が降れば、あの姫君も死なずにすむ。鳳老大は、力のある者は優遇なさる御方だ。過去は水に流し、格別な地位に就けていただけよう」

「つまらんな」

「なに？」

「剣ではなく、地位のために、日ノ本を捨てたか」

「お主に語ることでもあるまい」

この男は、良くも悪くも十年前と変わってはいない。蒋虎はかすかな羨望《せんぼう》を覚えた。

十年前の野仕合は、今も鮮明に覚えている。

あの頃、蔣虎はまだ、能勢《のせ》庄五郎《しょうごろう》と名乗る下級武士だった。

誇りもなく、風に靡く草のように立場を変えて恥じない主君。保身と出世に汲々とし、互いに足を引っ張り合う同僚。庄五郎が戦場でどれほど手柄を立てようと、畿内の吹けば飛ぶような小領主に過ぎない主家では、ろくな恩賞も得られない。

庄五郎は主家を見限り、剣の道に生きることを選んだ。諸国を流れ歩き、名のある兵法者に仕合を挑み、あるいは挑まれる。そうした日々の中で出会ったのが、二階堂《にかいどう》兵庫だった。

「それがしと、立ち合っていただきたい」

今と変わらず言葉少なに、兵庫は言った。

歳の頃は、まだ十七、八だっただろう。嘘かまことか、奥州《おうしゅう》のそれなりに名を知られた大名家の出身だという。

いくらか剣の天稟《てんぴん》に恵まれた奥州の田舎大名の庶子が、なんらかの事情で故郷にいられなくなり、上方《かみがた》へ出てきた。おおよそ、そんなところだろう。軽くあしらって追い払えばいい。その程度の気持ちで、庄五郎は仕合を受けた。

だが、刀を抜いた兵庫の立ち姿は自信に溢れ、総身から抑えがたい覇気が滲み出ていた。

勝敗は、まさに紙一重だった。兵庫の刀の切っ先が庄五郎の頬に届いた刹那、庄五郎の脇差は、兵庫の左目を斬り裂いていた。

勝負を分けたのは、経験の差だ。あとほんの少し仕合が長引いていれば、若い兵庫に力で押し負けていたかもしれない。

あれから十年。庄五郎は流浪の末に海を渡り、蔣虎と名乗るようになった。倭寇に加わり、明国軍との戦に身を投じたのはやはり、自分の中に満たされない何かがあったからだろう。そして蔣虎は林鳳と出会い、新たな夢を抱いた。剣一筋に生きてきた頃には想像すらしたことのない、あまりに大きな夢。

その夢に手をかけたところで、この男に出会う。それも、巡り合わせというものだろう。

「だが、そろそろ終わりにしよう」

島津軍の斬り込みで、味方は押されている。こうなると、月麗を失ったのは大きな痛手だった。早々に決着を付けて、島津忠平の首を獲りにいくべきだろう。

「久方ぶりに愉しませてもらった。礼を言う」

右手の刀、左手の脇差を構え直し、腰を落とした。肩で息をする兵庫の腕からは、血が滴り落ちている。もう、本来の速さは失われているはずだ。

甲板を蹴った。

踏み込みながら突き出した脇差を、兵庫の刀が弾く。同時に、蒋虎は刀で兵庫の胴を薙ぎにいく。が、兵庫はそれを刀で食い止め、逆に斬撃を放ってきた。逆袈裟に襲ってくる刀を、後ろへ跳んでかわす。

再び、間合いが開いた。左の頰を、浅く斬られている。流れる血を舐め、蒋虎は笑った。思ったほど、動きは落ちていない。それどころか、剣に鋭さが増している。

「たまらんな」

これだから、斬り合いはやめられない。日本に帰ってきた甲斐があったというものだ。

「二刀の修練は、無駄ではなかった」

兵庫が、ぼそりと言う。

「貴殿の太刀筋、見極めた」

兵庫は脇差を鞘に納め、刀を構える。

「ほう、面白い」

大言壮語で相手を揺さぶるような男ではあるまい。ならば、本当に見極めたと思っているということだ。

大きく息を吸い、吐く。再び、甲板を蹴った。

立て続けに放つ斬撃を、兵庫は辛うじて跳ね返す。が、すべて紙一重だ。右の突きと見せかけ、左で足を薙ぐ。後ろへ下がった兵庫の腿の肉を、浅く斬った。さらに踏み込み、右手で突きを繰り出す。刀の切っ先が、兵庫の左の肩口を捉える。

だが、兵庫はそのまま前へ出てくる。背筋がぞくりと震えた。咄嗟に刀を引くが、兵庫は止まらない。

蒋虎は違和を覚えた。半身になった兵庫が、右手一本で刀を握っている。

脳裏によぎったのは、かつて斬り合ったイスパニア人だった。半身になり、レイピアとかいう細身の剣を片手で構えていた。そのイスパニア人は難なく斬り捨てたが、あの構えとよく似ている。

不意に、兵庫の体が沈み込んだ。両膝を曲げ、伸び上がる勢いで再び前に出る。

弾き返そうと右手の刀を振る。が、それより早く、兵庫の刀が目の前に伸びてきた。

視界の右側が、赤く染まった。右目を抉られた。理解するより先に、光が下から上へ駆け抜ける。

左の肘から先が、血の糸を引きながら宙を舞った。堪えきれず、片膝をつく。脇差を握ったままの自分の左腕が、目の前に落ちていた。

敗けた。だが自分でも意外なほど、口惜しさは感じない。

「傷口を縛っておけ。そのままでは死ぬぞ」

蔣虎を見下ろす兵庫から、殺気は消えている。

「殺さんのか」

「あの仕合から今まで、貴殿に勝つために生きてきた。だが、殺したいと思ったことはない」

「温《ぬる》いことを」

蔣虎は苦笑した。この十年、自分は一軍の将として、兵庫はあくまで、一介の兵法家として生きてきた。勝敗を分けたのは、その差だろう。

兵庫は刀を一振りして血を払うと、踵を返した。

蔣虎は刀の下げ緒を左腕の傷口に巻き付け、右手と口を使ってきつく縛り上げた。

甲板上での斬り合いは、いまだ続いている。だが、味方の数は目に見えて減っていた。これだけの損害を受けたからには、ここで勝ったとしても、九州に攻め入ることは難しいだろう。

しかし、西国の有力な水軍にはしばらく立ち直れないほどの大打撃を与えた。琉球に腰を据えて態勢を整えれば、遮る者なく九州全土を制することができるはずだ。

夢は、まだ終わってはいない。

＊

見上げるほど高い鳳天の甲板から、喊声と剣戟の音が聞こえてくる。

月麗の操る小舟は、すでに鳳天の目と鼻の先まできている。戦姫丸の斬り込みを受けた鳳天は、こちらの接近に気づいてはいない。櫂を動かしながら、月麗は鳳天の舷側を睨んだ。

鉤縄も無しで甲板に上がるのは難しい。だが、下段の砲門ならばそれほどの高さはない。あそこから侵入して、中甲板を経て船尾楼まで駆け上がれば、そこに林鳳がいるはずだ。

さらに小舟を鳳天へ近づけようとしたところで、いきなり櫂に異様な重みを感じた。

見ると、一人の倭人が水の中で櫂にしがみついていた。日本の言葉で、なにか喚いている。

「離せっ！」

櫂で突いても離さないので、立ち上がって蹴りつけようとしたところで、倭人は意外なほどの素早さで小舟に上がり込んできた。

二十代と思しき、長身の男。身に着けた武具は立派な物で、それなりの地位にあることを窺わせる。

「やあ、助かった。礼を申すぞ。見たところ明国人のようだな。大方、明国海賊にさらわれたが、混乱に乗じて逃げ出してきたというところであろう。違うか？」

男は満面の笑みを浮かべ、大げさな身振り手振りで言うが、月麗には言葉の意味がわからない。

「よくよく見れば、なかなかの器量ではないか。明国の女子も、悪くはないのう」

「なにを言っている。さっさとこの舟から下りろ！」

「そうそう、器量良しといえば、我が雑賀衆にも鶴殿という御方がおってな。なにを隠そう、その鶴殿はいずれ、我が妻となられる御方なのだ」

「私は今から、林鳳を討ちにいくのだ。お前などと関わっている暇はない！」

「ところで私は、その鶴殿を助けにあの南蛮船に乗り込まねばならん。危ないゆえ、そなたは離れた方がよいぞ」

駄目だ。まったく意思の疎通ができない。いっそ、斬り捨ててしまうか。思ったが、面倒なことに男はそれなりに腕が立ちそうだ。やむなく、男は無視して小舟を鳳天に寄せた。

「なんと、いま会ったばかりの私のために、敢えて海賊の船に漕ぎ寄せてくれるとは！」

男は放っておいて、月麗は小舟から身を乗り出した。

砲門の近くに、砲手たちの姿は見えない。月麗は柳葉刀を摑み、船縁を蹴って砲門に体を滑り込ませる。

あたりを窺う。やはり、人の姿はない。上の階に当たる中甲板から、無数の足音が聞こえてきた。中甲板でも斬り合いが起きているらしい。ここにいた者たちも、中甲板の斬り合いに加わっているのだろう。

「待て待て、娘よ。そなたは逃げよと言うたではないか」

男が月麗を追って、こちらに乗り込んできた。構わず、月麗は中甲板へ続く階段を上る。

途中で足を止め、息を殺して様子を窺う。あたりはかなり暗いが、二十人ほどの人垣が見えた。身なりからすると、大砲の射手たちだろう。悲鳴が断続して上がっている。その周囲には、さらに十数人が倒れていた。

船尾楼へ続く階段まで、十数歩の距離だ。一気に駆け抜けるか。決断して飛び出したその時、人垣が割れ、二つの人影がこちらへ向かって駆けてきた。

「鶴殿！」

いきなり、男が叫んだ。

目を凝らす。前を走る女は、香玉だった。後ろの長身金髪の男はジョアンだ。香玉を見た途端、男が走り出す。

「太田左近、鶴殿をお助けせんがため、地獄の淵より蘇って……」

香玉に抱きつこうとした男が、鮮やかに投げ飛ばされた。あの男はいったい何なのか。まったく、わけがわからない。

「ああっ！」

今度は、月麗に気づいたジョアンが大声を上げた。

「なんや、まだ生きとったのか」

香玉は閩南語で言うと、短い刀を構えた。香玉もジョアンも返り血に染まり、肩で息をしている。

「待たれよ、鶴殿。その娘は海賊にさらわれたところを逃げ出した哀れな娘で……」

「あんたが喋るとややこしくなる。ちょっと黙っとき」

日本語でやり取りすると、香玉は切っ先を月麗へ向けてくる。が、月麗は柳葉刀を鞘に納めたまま、柄に手をかけることもしなかった。

「ここでお前と戦う気はない。今、私が欲しいのはあの男……林鳳の首だけ」

なにかを探るような香玉の視線を、月麗は真っ直ぐ受け止めた。

足音が響いてきた。香玉らと戦っていた兵たちが、態勢を整え直して追ってくる。

小さく息を吐き、香玉は月麗へ向けた刀を下ろした。

「先に行って」

閩南語で、香玉が促す。月麗が少しでもおかしな動きをすれば、後ろから刺すということだろう。続けて、香玉はジョアンと投げ飛ばされた男に向かって言った。

「後ろの敵は、あんたらに任すわ」

「……え？」

茫然とするジョアンをよそに、男は颯爽と立ち上がり刀を抜いた。

「承った。ジョアン殿、いざ参らん。大殿の弔い合戦ぞ！」

叫ぶや、男は刀を手に敵中へ斬り込んでいく。予想した通り、男の剣術は相当なものだった。香玉に呆気なく投げ飛ばされたのと同じ人物とは、とても思えない。

再び、香玉が月麗へ顔を向けた。まさか、この女と共闘して林鳳と戦うとは。人の世はわからないものだ。

柳葉刀を抜き放つ。月麗は香玉に目で合図すると、階段を上りはじめた。

VI

あちこちに手傷を負いながら、ジョアンはなんとか刀を構え続けていた。

左近の活躍で、敵は十人程度にまで減っている。だが、さすがの左近も息が上がり、動きはすっかり鈍っていた。

ジョアンは、己の不甲斐なさに唇を噛んだ。この戦がはじまって今にいたるまで、一人も敵兵を倒してはいない。鶴やアントニオ、左近に助けられてばかりだ。

やはり、剣を執って戦うなど、自分にできるはずがなかったのだ。

こんなことになるのなら、貧しくとも、周囲に蔑《さげす》まれようとも、イスパニアにとどまって平凡な人生を歩んでいればよかった。

子供の頃に抱いた身の丈に合わない夢など、心の奥の箱にしまって鍵を掛けておけばいい。年老いてから、時々箱を覗いては「こんな頃もあった」と、少しの後悔とともに懐かしめばいい。

だが、そんな生き方はできなかった。海への憧れ。見知らぬ土地を見たいという願望は、抑えられなかったのだ。

間合いを開けてこちらを窺っていた敵が、徐々に距離を詰めてきた。一斉に斬りかかられれば、いくら左近でも持ちこたえられない。

このままここで死ぬのか。これまで自分に禁じてきた最悪の想像が頭をもたげ、ジョアンは身震いした。

逃げてしまおう。走って逃げて、海に飛び込めば、ここにいるよりも生き残れる確率は高い。犬畜生《いぬちくしょう》と呼ばれようと、武士の本分は生き残ることにある。この国にはそんな言葉があると、いつか兵庫が言っていた。逃げることは、恥ではない。

「ジョアン殿」

左近が、微笑を浮かべながら言った。

「異国の生まれである貴殿が、ともに戦ってくれたこと、この日ノ本に生まれし者すべてに代わって礼を言う。貴殿は真の武士、いや、イダルゴに候《そうろう》」

その言葉を耳にした瞬間、腹の底に熱が宿るのを感じた。

ジョアンの耳に、あの日の少女の言葉が蘇る。

——ジョアンは、イダルゴなんでしょ？

褐色の肌に黒い髪、そして粗末な衣服。後ろ手に縛られたまま、少女は叫ぶ。その背後では、少女の住む村が燃えていた。

——だったら、助けてよ。こいつらを追い払ってよ！

マニラ市街の片隅で花を売って生計を立てる少女と、ジョアンは顔見知りだった。挨拶を交わすうちに互いの境遇を語り合うようになり、ジョアンは時折、花を買ってやった。ジョアンの虚実を交えた冒険譚を、少女は目を輝かせて聞いていた。

だがフィリピン総督府は、少女の村が反イスパニアを掲げる反乱軍に加担していると断定し、掃討を命じる。その話を聞いて駆けつけた時、村はすでに焼き払われ、多くの村人が捕縛されていた。

村が本当に反乱軍に加担していたのかどうか、ジョアンにはわからない。だが、本国復帰を目指す当時の総督がでっちあげたという噂は、当時からまことしやかに囁かれていた。

総督府の役職を辞し、フィリピンを飛び出してから、もう一年が経つ。あれから、自分は変わっただろうか。胸を張って、自分はイダルゴだと言えるのか。もう逃げないと、鶴に誓ったのではないのか。

大きく息を吸い、吐く。恐怖も後悔も、吐息とともに無理やり追い払う。真のイダルゴは、逃げない。己の歩んだ道を、悔やんだりもしない。

刀の柄を握り直し、構えを取った。

敵との距離が、さらに詰まってきた。拭いきれない恐怖を振り払うように、ジョアンは意味を成さない叫び声を上げ、一歩踏み出す。

釣られて飛び出した一人が、大声で喚きながら剣を振り下ろしてきた。

速さも鋭さも、兵庫の打ち込みとは比べ物にならない。半身を捻ってかわし、刀を振る。

刃は、敵の薄い革鎧に食い込んだ。兵庫に教わった通り、両手首に力を籠める。

肉を斬る不快な手応え。構わず振り抜いた。血が飛び、敵兵が呻き声を上げて倒れていく。

はじめて人を斬った。その事実に、吐き気が込み上げてくる。

不意に、叫び声が上がった。鮮血が噴き上がり、後方にいた敵の一人が倒れる。

動揺する敵兵の間を、人影が素早く駆け抜けた。悲鳴が次々と上がり、そのたびに敵が倒れていく。悪魔に魅入られたかのように敵兵の顔が強張り、やがて一人が武器を捨てて逃げ出すと、残った者たちも後に続いた。

「やはり、ジョアンか」

全身を血に染めて立つのは、兵庫だった。片腕を負傷しているのか、手にした刀は一本だけだ。蒋虎とかいう敵将を倒し、鶴を追ってきたのだろう。

「久しいな、兵庫。腕は落ちるとはいえ、あの人数を片手で追い散らすとは」

「左近殿も、ご無事でなにより。して、姫は？」

「上です。急ぎましょう！」

身を翻そうとして、ジョアンは鼻をひくひくと動かした。

焦げ臭い。あたりを窺い、ジョアンは目を見開いた。

十数メートル先で、火の手が上がっている。大砲の種火が床板に燃え移ったのだろう。火の勢いは強く、到底消し止められそうもない。なおも拡がり続ける炎のすぐ先には、大砲が据えられていた。

「ジョアン殿。上甲板に戻って、皆にこのことを報せてくれ」

「左近殿は」

「鶴殿を追う。兵庫、助太刀を頼めるか？」

「無論」

「よし。ジョアン殿、急がれよ！」

頷き、上甲板へ続く階段に向かって駆けた。

＊

見上げた先に、赤く染め上げられた空が見えた。日没が近い。

鶴は、月麗とともに船尾楼屋上へ続く階段の下で息を殺し、上の様子を窺っていた。ここから見る限り、敵の姿はない。

階段を上がったところで待ち伏せされるのを危惧していたが、幸い杞憂に終わったようだ。敵は、甲板上の戦いに気を取られているのだろう。

「行くぞ」

月麗は声を低くして言うと、階段を一気に駆け上った。上りきると、転がりながら飛刀を放つ。悲鳴とともに、人が倒れる音が聞こえた。鶴も、後に続いて屋上に出た。

その瞬間、銃声が響いた。次の飛刀を放とうとしていた月麗の動きが止まる。

「月麗！」

駆け寄るより先に、月麗が仰向けに倒れた。押さえた脇腹から、血が流れ出ている。

「やはり裏切ったか、月麗よ」

古い記憶の中にある、あの声。鶴は振り返った。

林鳳。手にした馬上筒と呼ばれる短い鉄砲の筒先から、煙が上がっている。その周囲は、弓や剣を手にした五人の屈強な兵が固めていた。

甲板では、いまだ戦いが続いていた。全体では味方が押しているようだが、敵は船尾楼の前で固く陣を組み、味方はそれを突破できずにいる。

「人とは、愚かで悲しいものよ。あの地獄から拾い上げてやった恩も忘れ、私に刃を向けるとはな」

心の底から悲しげな表情を浮かべながら、林鳳は馬上筒に次の弾を込めている。

「愚かなのは、あんたの方だ」

閩南語で言いながら、鶴は視線を左右に走らせる。

林鳳までは、三間余り。その間に、刀を持った兵が三人。その両端に、弓兵が一人ずつ。いずれも、相当に腕が立つ。弓の二人はすでに矢を番《つが》え、鶴に狙いを定めている。

「小香か。大きくなったな。まさかお前が、ここまでやるとは思っていなかったぞ」

悲しげな表情は消え、実の娘と再会した父のような、慈愛に満ちた笑みを浮かべる。だが、鶴には何の感慨も湧きはしない。

「見ての通り、こちらはずいぶんと船を沈められ、将も兵も多く死んだ。どうだ、また私のところへ戻らぬか。我が娘として、一軍の将に取り立てよう。私が王となった暁には、お前は王女だ。私が死んだ後は、一国の主となることも夢ではないぞ」

「哀れだな」

蔑みの視線を送ると、林鳳の顔から笑みが消えた。

「あんたは王になんてなれない。他人の痛みも理解できないあんたには、王の資格なんてない」

「ほう。ずいぶんと甘い言葉を吐くようになったものだ。あの趙成徳も、最期に似たようなことを吠えておったな」

趙成徳。鶴と母を連れて脱走を企てた、鶴の父になっていたかもしれない男。

「生皮を剝がされ、帆柱に吊り下げられてもなお、私を罵り続けておった。あれは、なかなかの見物だったぞ」

「香那は死んだそうだな。あれには、気の毒なことをした」

全身の血が沸き立つのを、鶴は感じた。母と成徳の顔が脳裏に浮かび、小太刀を握る手がかすかに震える。

「私は香那に、謝らねばならん。趙成徳の隣に並べて吊るしてやれず、すまなかったと」

「その口で、妈妈の名を呼ぶな！」

飛び出した刹那、左右から矢が放たれた。

一本は頰を掠め、もう一本が左の肩口に突き立つ。激痛に顔を歪めながら、右の弓兵の懐に飛び込んだ。次矢を番えるより早く小太刀を振り上げる。裂けた首筋から、血が噴き出した。

次の瞬間、焼けるような痛みが走った。

別の敵兵が、刀で弓兵の体を刺し貫いていた。その刀の切っ先が、鶴の右脇腹に達している。後退って切っ先を抜くと、血が溢れ出した。

刀が引き抜かれ、弓兵が崩れ落ちる。同時に、鶴は踏み出した。弓兵の背後にいた男に、体ごとぶつかる。小太刀が男の腹を抉り、背中まで突き出る。口から溢れ出た血が、鶴の頰を濡らした。


「……黙れ」

鶴は小太刀を抜いて男の体を突き飛ばし、数歩後退した。膝を突きそうになるのを、辛うじて堪える。

林鳳も含め、残りは四人。だが、足は震え、左腕は思うように動かない。刀を持った二人が、鶴を挟み込むように動いた。弓兵が番えた矢は、ぴたりと鶴に向けられている。

ここまでか。だが、最後にせめて一太刀。決意し、肩口に刺さった矢をへし折った時、甲板からジョアンの声が聞こえた。

「全員、この船から離れろ。下で火が出たぞ！」

視線を動かすと、右舷船首近くの砲門から煙が上がっているのが見えた。ジョアンの言葉が理解できない林鳳と敵兵は、まだ気づいてはいない。

「みんな、戦姫丸に戻れ。じきに、火薬庫に火が……」

ジョアンが言い終わる前に、煙が出ていたあたりで爆発が起こった。轟音が響き、鳳天の巨体が激しく震える。

大砲の一つが吹き飛んだのだろう。敵兵がたたらを踏み、ほんの束の間、意識が鶴から逸れた。

最後の好機だった。身を低くして、床板を蹴る。弓兵の膝頭を斬り裂くと、矢があらぬ方向へ飛んだ。

背後に殺気。振り返り、上段からの斬撃を受け止める。全身に激痛が走った。もう一人が、鶴の横に回り込む。

不意に、横の敵が仰け反った。腹の真中から、刀の切っ先が突き出ている。

兵庫だった。その後から、左近が階段を駆け上がり、鶴の目の前の敵を一刀で斬り伏せる。

突然、視界をなにかが横切った。ほとんど同時に、銃声が響く。振り返る。馬上筒を握る林鳳の手の甲に、月麗の飛刀が突き刺さっていた。

上体を起こした月麗が、鶴に目を向けた。その口が、「行け」と動いている。

鶴は力を振り絞り、林鳳に向かって駆けた。

林鳳はにやりと笑うと、馬上筒を投げ捨て、腰の柳葉刀を抜き放った。

小太刀と柳葉刀がぶつかり、火花が散る。鶴は休むことなく二撃目、三撃目を放つが、林鳳は難なく受け止める。斬撃を放つたび、鶴の左肩と脇腹に痛みが走った。

反撃に転じた林鳳の一撃を、辛うじて食い止めた。押し合いの形になる。

「さらばだ、我が娘よ」

林鳳の両腕に、力が籠められる。歯を食い縛る鶴の脇腹を、林鳳が蹴り飛ばした。気が遠くなるほどの痛みに、数歩後ずさる。

なんとか踏みとどまって顔を上げた瞬間、林鳳が突きを放った。目の前に切っ先が迫る。上体を起こして避けようとするが、間に合わない。

覚悟を決めたその時、がきん、という甲高い音が響き、胸元に衝撃が走った。柳葉刀の切っ先は硬い物にぶつかり、鶴の胸に届いていない。

林鳳が目を見開く。突きを防いだのは、香那の形見のロザリオだった。

ほんの一瞬、林鳳の動きが止まった。鶴は最後の力を振り絞り、一歩踏み込む。身を低くして懐へ入り、小太刀を振り上げた。

黄色い袍が裂け、血が飛んだ。だが、浅い。小太刀を引き、両手突きを放とうとした刹那、林鳳は柳葉刀を捨てて後ろへ跳んだ。その手が、船縁を摑んでいる。

意図を察し、鶴は飛び込みながら斬撃を放つ。だが、刃が届くより先に、林鳳は船縁を飛び越え、海へ向かって身を躍らせた。

「しまった！」

水音が響いた。鶴は身を乗り出し、海面を覗き込む。すでに、林鳳は抜き手を切って泳ぎはじめていた。

「鉄砲だ。弓でもいい。急げ！」

「姫、もはや間に合いません。我らも退避せねば」

唇を嚙み、踵を返した。火薬庫に火が回れば、助かる術はない。

見ると、甲板の敵は次々と海へ飛び込んでいる。味方も、戦姫丸や島津の船に戻っているようだ。

「逃がしたか……」

掠れた声で、月麗が訊ねた。頷きを返すと、起こした上体を再び倒し、口元に笑みを作る。

「悔しいな。どうせ死ぬのなら、あの男を殺してから……」

そう言うと、月麗は目を閉じた。

息はある。気を失っただけだろう。その目尻から、透き通った雫《しずく》が流れ落ちた。

「鶴殿、なんとおいたわしい。すぐに手当てを」

「この船から離れる方が先です、左近殿。あの女子を背負って、戦姫丸まで運んでやってはくれませんか」

「承知した。鶴殿の頼みとあっては、断る道理はござらぬ」

「姫、その者は」

「ええんや、兵庫」

林鳳を敵とするのであれば、敢えて手を下す理由はない。それに、たとえ仮初《かりそめ》のものだとしても、一時は実の姉妹のように過ごしたのだ。殺したいほどの憎しみは、月麗には感じなかった。

鶴は小太刀を鞘に納めると、先頭に立って上甲板へ下りた。

一歩進むごとに、先刻より激しさを増した痛みが全身を駆け巡る。

だが、足を止めるわけにはいかない。火の手は、爆発のあった船首のあたりでさらに激しくなっている。黒々とした煙はすでに上甲板を覆い、視界はほとんど閉ざされつつあった。

間に合うのか。戦姫丸に乗り移るには、船尾楼から上甲板に下り、横倒しになった帆柱を渡らなければならない。だが、接舷したまま鳳天の火薬庫が爆発を起こせば、戦姫丸も巻き添えを食って沈みかねなかった。そこからさらに船を動かして、鳳天から離れる必要がある。

「姫さま、どこです。姫さま！」

ジョアンの声。近い。すぐに、煙の向こうに人影が見えた。

「ジョアン、ここや！」

「姫さま！」

ただでさえ情けないジョアンの顔が、安堵で泣き出さんばかりに歪んでいる。

鶴は苦笑した。いつ吹き飛ぶかもわからない船にとどまり、生きているかどうかもわからない相手を探す。よほどの度胸か、さもなくば度し難い阿呆だ。

「こっちです。急いで！」

ジョアンに続いて歩き出した途端、眩暈を覚え、膝を折りそうになった。慌てて、ジョアンが抱き留める。傷はそれほど深くないものの、血を多く失っているのかもしれない。

ジョアンは無言で鶴を背負い、歩きはじめた。なにか皮肉の一つでも言ってやろうと思ったが、そんな力さえ湧かない。

鶴を背負ったまま、ジョアンは帆柱を慎重に渡っていく。兵庫と左近も、しっかりとついてきていた。

「姫さま！」

喜兵衛や彦佐の声。アントニオの姿も見える。蛍は布で腕を吊っているが、無事のようだ。他に、島津や毛利の者たちもいる。

ジョアンの背から下り、帆柱に寄りかかりながら出航を命じた。

水夫たちは、すでに動き出している。残るすべての帆が上げられ、戦姫丸は追い風を受けながら走りはじめた。鳳天の甲板はすでに黒煙に包まれ、燃え盛る帆柱が見えるだけだった。

「来るで。左舷に集まれ！」

喜兵衛の下知に従って全員が左舷の垣立に身を寄せた直後、目が焼けるほどの閃光が走り、鳳天が凄まじい爆発を起こした。

耳を聾《ろう》する轟音とともに、熱気と爆風が戦姫丸を襲う。海面が持ち上がり、続けて高波が押し寄せてきた。

左舷が浮き上がり、一同は転げ落ちまいと垣立にしがみつく。目を上げると、鳳天の折れた帆柱が、枯れ枝のように吹き飛ばされているのが見えた。

爆風がようやく収まった時、鳳天の船体は中央から二つに裂け、船首と艫を真上に向けながらゆっくりと沈みつつあった。

あの巨体を支えていた竜骨は、呆気なくへし折られていた。爆風に吹き上げられた木材や兵たちの体が、夕日に赤く染められた水面に降り注ぎ、大小無数の水柱を上げ続けている。

戦姫丸は、辛うじて持ちこたえていた。全員が左舷に寄っていなければ、そのまま右舷側へ横倒しになっていただろう。

轟音で使い物にならなくなっていた耳が、ようやく元に戻ってきた。

一同は降り注いだ波飛沫でずぶ濡れになりながら、沈みゆく鳳天の残骸を放心したように見つめている。だが、ジョアンだけはうずくまって両手を組み、イスパニア語で祈りの言葉らしきものを唱えていた。

「おい、終わったで」

ジョアンが顔を上げ、あたりを見回した。それから、全身の力が抜けたように肩を落とし、ぽつりと呟く。

「信じられない。生きている」

何人かが頷いた。この場にいるほとんどの者は、似たような思いを抱いているのだろう。

だが、戦はまだ、完全に終わったわけではない。鶴は気力を振り絞り、帆柱に摑まりながら立ち上がる。

いまだ沈みきらず黒煙を上げ続ける鳳天の向こうに、島津の関船が浮かんでいた。船の損傷は激しいが、甲板には多くの将兵の姿がある。巴たちも、たぶん無事だろう。

「敵が、退いてゆきますぞ」

喜兵衛が声を上げた。

残る敵は、百艘足らず。いずれも舳先を南へ向け、逃走をはじめている。味方は数十艘が小早川隆景の安芸丸を中心に集まっているが、どの船も傷だらけで、追撃の余裕はなさそうだった。

林鳳の生死は、確かめようもない。だが、それは敵も同じはずだ。鳳天が沈むのを見て、最後に残った戦意が失われた。そんなところだろう。

「皆の衆。まずは、傷の手当てだ。動ける者は、船倉からありったけの水を持ってこい」

喜兵衛の下知で、甲板が慌ただしくなった。鶴も、傷口に布を押し当て、晒しできつく縛った。しばらくの間は、ろくに動けそうもない。

島津の船が、近づいてきた。甲板には忠平、家久、巴が並び、こちらを向いている。

「雑賀鶴殿！」

巴が、よく通る声を張り上げた。

「此度のお働き、見事にござった。この戦の、一番手柄に候！」

戦姫丸の乗り手たちから、歓声が上がる。

「なんとか、勝ちましたな」

鶴は喜兵衛の言葉に、素直に頷くことはできなかった。

勝ったと言えるのかどうか、鶴にはわからない。だが、この戦で林鳳の求心力は大きく低下した。離反する海賊も多く出るだろう。再び日本に攻め入るほどの力は、残っていないはずだ。

鶴は甲板を見渡した。

月麗は息こそあるものの、目覚める気配はない。他にも、倒れたまま動けない者が多くいる。

誰もが傷だらけで、疲れきっていた。そして、いくつもの顔が足りない。

彦佐と兵庫を呼んで、死んだ者の名を報告させた。嘉助《かすけ》はなんとかこの船まで戻りました、

「水夫は太兵衛《たへえ》、清六《せいろく》、小三次《こさんじ》が斬られました。嘉助はなんとかこの船まで戻りましたが、先ほど……」

「武者衆は源内《げんない》、十郎《じゅうろう》、民部《みんぶ》、甚太夫《じんだゆう》、弥四郎《やしろう》、与兵衛《よへえ》が討死に。猪助《いすけ》と藤左衛門《とうざえもん》も戻っておりません」

「そうか」

誰もが、鶴が自ら口説いてこの航海に誘った者たちだ。顔はもとより、好きな物や嫌いな物、口癖まで知っている。この船に乗らなければ、死なずにすんだはずだ。

「戦だったのです」

鶴の胸中を察したように、喜兵衛が穏やかな声音で言った。

「そうやな」

たった三十名の乗員のうち、十二名を失った。これが多いのか少ないのかはわからない。だが、一つ間違えば全滅していた。二十名近くが生き残っただけでも、よしとすべきなのだろう。

「死んだ者たちの親類縁者には、なにかしら報いてやらねばなりますまい」

鶴は頷いた。

「ただそうなると、船の修繕費は島津家持ちとしても、手持ちの銭ではまるで足りま

せんな。南の海で商いでもして、銭を稼ぐ他ありますまい」

「商いか」

どこまでも広がる海で、己の思うままに生きる。そのために、雑賀を飛び出してきたのだ。死んだ者たちも、それを望んでいると信じたかった。

「よし、戦は終《しま》いや。海に落ちた者は、敵味方なく引き上げたれ。古仁屋の港に帰ったら、まずは宴や！」

再び歓声が上がった。

鶴は甲板に座り込み、天を仰いだ。夜の闇と煌《きら》めく星々の灯りが、西の空にわずかに残る赤や紫を押しやろうとしている。

方々が破れ、穴が開いた帆に風を受けながら、戦姫丸はゆっくりと進んでいく。

ごめんな、痛かったやろ。帆柱を撫で、声に出さずに詫びた。

戦姫丸の船足は、戦がはじまる前とくらべてはるかに遅い。港に着くまでは、もうしばらくかかるだろう。船足が落ちた分、ゆるやかになった揺れが心地いい。

鈴の音が聞こえた。いつから甲板にいたのか、亀助が膝の上に乗ってくる。

「あんたも、よう戦ってくれたな」

柔らかな背中を撫でると、亀助は鶴を労《ねぎら》うように「にゃあ」と一声啼いた。

少しだけ休もう。鶴は帆柱にもたれかかり、目を閉じた。

終章　まだ見ぬ海へ

話には聞いていたが、まさかこれほどとは。

ジョアンは桟橋の上に立ち、はじめて上陸した琉球の景色に思わず見惚れていた。晴れ渡った空の下に広がる海は、紀伊や瀬戸内、九州のそれよりもずっと青い。海岸沿いに伸びる白い砂浜も、なだらかで緑豊かな陸地も、眺めているだけで心が洗われていくような気がする。

一月とは思えないほど日射しは柔らかく、穏やかだった。眼下に見える那覇の町も、活気に溢れている。林鳳軍襲来の爪痕《つめあと》はところどころに残ってはいるものの、この国がほんの二ヵ月前まで海賊に占拠されていたとは、とても信じられない。

あの戦のすぐ後、林鳳軍は琉球を放棄し、どこへともなく出航していったという。林鳳本人の生死は、依然として知れない。

林鳳軍の撤退を確かめ、日本水軍は解散していた。

数多くの船を失い、夥しい犠牲者を出したものの、各水軍の将たちはどこか誇らしげだった。解散前夜の宴でも、戦の前のような諍いは起こらず、誰もが互いの健闘を称《たた》え合っていた。

左近は紀伊へ帰る船から鶴に手を振りながら、大声でセレナータを歌っていた。最後まで執拗に鶴を連れ戻そうとしていたらしいが、鶴がどうやって断ったのかは、左近の顔に出来たいくつもの青痣《あおあざ》を見れば、聞くまでもなかった。

亡き孫一の跡は、嫡男の重朝が継ぐらしい。ジョアンは会ったことがないが、父に劣らぬ武勇の持ち主で、家中や他の土豪たちからの信頼も厚いという。

その後、戦姫丸は薩摩の山川津へ戻っていた。預けた交易品を受け取り、丸二ヵ月を船の修理と乗員の休息に充てた。

今では、戦姫丸はすっかり元の優美な姿を取り戻している。島津家は約束通り、船の修繕費を全額請け負い、さらに厚意で腕の立つ船大工を集めてくれた。

「なにしてるんや、置いてくで！」

鶴の声に、ジョアンは慌てて駆け出した。

那覇の港で入港の手続きをすませると、鶴は珍しく女物の小袖をまとい、行先も告げないまま、ジョアン一人を連れて町へ出た。

様々な国の人間が行き交い、商館や仏閣が建ち並ぶ賑やかな大通りを抜けると、鶴は町外れにある小さな屋敷に訪《おとな》いを入れた。

石と緑の多い、灰色の瓦で葺かれた風通しのよさそうな家だ。街中にある派手な建物とは違い、佇まいは落ち着いている。

「姫さま、ここは?」

「うちの、祖父《じい》さまと祖母《ばあ》さまの家や」

思わず鶴の顔を見返すと、中から使用人らしき中年の男が出てきた。男はヨーロッパ人を見慣れているのか、ジョアンを見ても顔色一つ変えず、二人を招き入れる。

鶴は、入港手続きのため戦姫丸を訪れた役人に、ここの場所を聞いたらしい。しばらく待つと、一人の老女が現れた。

琉装と呼ばれる、色鮮やかでゆったりとした装束。長い髪を頭の上で結い上げる、琉球独特の髪型。齢は六十を過ぎているように見えたが、腰はすらりと伸び、足取りもしっかりしている。

老女は鶴を見て一瞬驚いたように目を見開くと、すぐに穏やかな笑顔で言った。

「おやまあ、ずいぶんとチュラカーギーなヤマトンチュがおいでになったこと」

身にまとう雰囲気は柔らかで、話し方もどこかゆったりとしている。美しい日本人がやってきた、という意味らしい。

老女は真羽《まは》と名乗った。彼女の夫、すなわち鶴の祖父は十年前に他界し、今は息子がこの家の主として、琉球王府に勤めているという。

真羽の話には、時折意味のわからない言葉が混じるものの、聞き取れないほどではない。鶴の父も、この家を宿にすることがあったというから、日本人と接する機会は多かったのだろう。

「突然押しかけてしまい、申し訳ありません」

鶴は居住まいを正し、ゆっくりと丁寧な口ぶりでこれまでの経緯を語った。

香那が林鳳の妾とされたことなどは伏せるかと思ったが、鶴はありのままを、包み隠さず話す。真羽も真羽で、取り乱すようなことはなく、時折頷きながら淡々と耳を傾けていた。

「そうでしたか。香那と鶴さんは、あの林鳳の……」

二月前の林鳳軍の襲撃では、真羽は使用人に手を引かれて山中に逃れ、事なきを得たという。だが、息子は役所に詰めていたため、しばらくの間は眠れぬ夜を過ごしたらしい。

「最初にあなたの顔を見た時、あの娘が帰ってきたのかと思ってしまったわ。それくらい、あなたは若い頃の娘にそっくり」

娘の死を知らされても、真羽は涙を見せることなく温和な笑みを湛えていた。十八年前、香那の乗った船が海賊に襲われたと聞いた時から、夫とともに覚悟はしていたという。

「私たちが、娘とあなたのお父さまとの仲を認めてさえいれば、二人の乗った船が海賊に襲われることもなかったはず。そう思うと、胸が張り裂けるような思いがしました」

「それは、あなた方のせいでは……」

「でも、あの娘は恐ろしい境遇に置かれながら、あなたを生み育てた。最後まで自分の意志を貫いた。だからあなたは、わざわざここまで来てくれたのでしょう？」

数拍の間を空け、鶴はしっかりと頷く。

真羽は、話を終えて立ち上がろうとする鶴を引き止め、「ちょっとそこまで」と外へ連れ出した。

那覇の港を見下ろす小さな丘。香那は子供の頃から、この場所が好きだったという。

昼下がりの港には、琉球船の他、日本船や南蛮船、明国のジャンクまで、多くの船が行き交っている。これでも、ここ数年は一時期の賑わいに比べて、ずいぶんと少なくなっているらしい。

「あの娘は小さい時から、海と船が好きでね。よく夫に〝あれはどこの国の船？〟〝この先には、どんな国があるの？〟なんて訊ねていたものよ。もしかすると、この海の先になにがあるのか、自分の目で確かめたかったんじゃないかしら」

ジョアンにも頷ける話だった。冒険心や探求心はきっと、男だけが持つものではない。

「そうだと思います。私も、きっと母に似たのでしょうね」

鶴の声音は、今まで耳にした中でいちばん穏やかで、透き通っていた。そして微笑み合う二人は、はっとするほどよく似ている。

「でも、人は海の上だけで生きることはできない。どれほど優れた船乗りも、帰る港があるからこそ、長い航海に耐えられる。あなたのお父上の言葉よ」

「そうでしたか。雑賀の父も、同じことを言っていました」

もしかすると、とジョアンは思った。

林鳳や彼に従った海賊たちは、海の上で生きることに疲れ、拠って立つ大地が欲しかったのだろうか。明国海賊の多くは故郷で迫害され、海に逃れ、そこで生きる他なかった者たちだ。心の底では、帰る港や根を張る土地を求めていたのかもしれない。

自分には、帰るべき港などあるのだろうか。束の間、ジョアンは考えてみたが、答えは出ない。

鶴は両手を首の後ろに回すと、ロザリオを外し、真羽に差し出した。

「これは、母の形見です。お祖母さまに……」

真羽は首を振り、鶴にロザリオを握らせた。

「それは、あなたが持っているべき物よ。これには、あの娘の強い思いが込められている。だからきっと、これからの航海でもあなたたちを守ってくれるでしょう」

「……はい」

「これから南の国々で商いをするのでしょう？　戻った時には、またいらしてね。私の家は香那の、そしてあなたの家でもあるのだから」

「わかりました。必ず」

それからしばらく、二人は無言のまま、海を見つめ続けた。


「本当に、ええのか？」

いくらか砕けた閩南語で訊ねた鶴に、月麗は頷いた。

「これ以上、お前たちの世話になるつもりはない。自分の為すべきことは、自分の力で成し遂げる」

「林鳳が生きているかどうかもわからないのに」

「あの男が、あれで死ぬような玉か。私は、この手で必ず林鳳を討つ」

桟橋で話す二人の間には、以前のような剣呑さはない。

とはいえ、若い女が交わす会話の内容としては、実に物騒だとジョアンは思った。

「たった一人で、林鳳と戦うつもり？」

「同志を募る。船を手に入れ、商いで稼いだ銭で武器を集めて軍を作る。そして今度こそ、林鳳を討つ。それが今の、私の望みだ」

「気の長い話やな。まあ、好きにしたらええわ」

諦めたように、鶴は苦笑した。

那覇に滞在したのは二日だけで、水と食糧を積み込んだ戦姫丸は、出航を目前に控えていた。他の乗員はすでに船に乗り込み、鶴とジョアンを待っている。

那覇の商人たちの間では、十一月に明国海賊がフィリピンのマニラを襲ったという噂が流れていた。現地のイスパニア軍の反撃に遭って引き上げていったらしいが、それが林鳳の船団だったのかどうか定かではない。

「ジョアン。お前にも世話になった。礼を言う」

意外な言葉に、ジョアンは戸惑う。しばらく起き上がることもできなかった月麗の面倒を見たものの、礼を言われるとは思っていなかった。

「どうだ。私の下で働かないか。船にイスパニア人がいれば、交渉事でもなにかと助かる」

「いや、それは……」

ジョアンが答えるより先に、鶴が「あいにくやけど」と口を挟む。

「こいつはうちの下僕や。海賊から助けてやった恩を返し終わるまで、うちに尽くしてもらわなあかんのや」

なんということだ。ジョアンは頭を抱えた。

ようやく一人前の船乗りになれたと思っていたのに、自分はまだ下僕のままだったのか。

「主従で仲の良いことだ」

呟いた月麗の口元には、珍しく小さな笑みが浮かんでいる。

「ほな、そろそろ行くか」

月麗に軽く手を振り、鶴は踵を返して小舟に飛び乗った。ジョアンもその後に続き、舫い綱を解く。

小舟を寄せて戦姫丸に乗り移ると、甲板に乗員たちが揃っていた。

三十名のうち、三人に一人は新たに雇い入れた新参者だ。おかげで、ジョアンは多少、雑用から解放されている。これからは、冒険記の執筆に費やせる時間ができると思うと、心が躍った。

「よっしゃ、船を出すで！」

鶴の声に、全員が「おう」と声を揃えた。

上げられた帆が風を孕《はら》み、沖へ出た戦姫丸は快調に走りはじめる。

見る見る遠ざかっていく琉球を、鶴はしばし無言で見つめていた。

見張り台ではアントニオが太鼓を叩き、いつもの陽気な声で歌い出した。琉球で雇った水夫たちが、手をひらひらと動かして楽しげに踊りはじめる。兵庫は甲板で新参の武者たちと稽古をはじめ、蛍は我関せずといった様子で、亀助と戯れていた。

ジョアンは、船首楼の上に立つ鶴に訊ねた。

「林鳳は、本当に生きているのでしょうか」

「さあな。けど、あいつが生きてようが死んでようが、もううちの知ったことやない」

「しかし、またどこかの海で出会うかも」

「そうなったら、また痛い目に遭わしたったらええ。相手が誰であろうと、うちの道を邪魔するやつは、叩き潰すまでや」

鶴の答えに、ジョアンは怖気をふるった。この主ならきっと、どんな障害も力ずくで蹴散らし、自分の道を進んでいくのだろう。

「すんだ話はもうええ。それよりも今は、どこでどんな商いをして、どれだけ儲けるかや」

悪魔じみた笑みを浮かべる鶴の目は、前だけを見ていた。自らの生い立ちも、家来を死なせた後悔も、もう過去のものになっているのだろう。

呆れるほどの前向きさに苦笑しつつ、ジョアンは眼前に広がる光景に目を細めた。

南国らしいわたのような雲がぽつりぽつりと浮かぶ空の下に、空よりもずっと濃い青色の海が、果てることなく続いている。強い日差しを照り返し、海はまばゆいほど光り輝いていた。

風は北東。波はいくらか高いが、順風だ。舳先で白波を掻き分けながら、戦姫丸は水面を滑るように進んでいく。

目指す先は、安南。その先にはシャム、マラッカをはじめ、無数の国々がある。マニラにいた頃に噂話で耳にしたことはあるが、そこにどんな人々が生き、どんな暮らしをし、どんな景色が広がっているのか、この目で確かめたことはない。

帰るべき港を見つけるのは、まだ先でいい。今はこの風と波に、身を委ねていよう。

「どうや、面白くなってきたやろ？」

自分の玩具を自慢する子供のように、鶴が言った。

「はい。面白いです」

答えて、ジョアンは懐から帳面を取り出す。

開いた頁は、まだ真っ白なままだ。

参考文献

『倭寇史考』呼子丈太朗（新人物往来社）
『増補　倭寇と勘合貿易』田中健夫 著　村井章介 編（ちくま学芸文庫）
『バテレンの世紀』渡辺京二（新潮社）
『琉球王国　東アジアのコーナーストーン』赤嶺守（講談社選書メチエ）
『琉球王国と戦国大名　島津侵入までの半世紀』黒嶋敏（吉川弘文館）
『日本史リブレット43　琉球と日本・中国』紙屋敦之（山川出版社）
『世界史リブレット63　中国の海商と海賊』松浦章（山川出版社）
『マニラ航路のガレオン船　フィリピンの征服と太平洋』伊東章（鳥影社）
『大航海時代と日本』五野井隆史（渡辺出版）
『16・17世紀の海商・海賊　アドリア海のウスコクと東シナ海の倭寇』越村勲 編（彩流社）
『スペインの歴史』立石博高・関哲行・中川功・中塚次郎 編（昭和堂）

解説

佐野瑞樹《さのみずき》（俳優）

〈ぷはぁ〜！　終わったー！〉

読み終わった直後の素直な感想です。まさに息も付かせぬ怒濤《どとう》の展開！　小説を読んでこんなに興奮したのは初めてです。

実は、読み始める前にこんなことを思ってました。

〈一介の役者が天野先生の小説の解説という大役を任され、気も動転してしまっているし、もう真っ当に読むことはできないな〉と。

〈「こうなったら一言一句、隅々まで読み込んでやる！」と変に気負い、感じたことや気付いたことを事細かくメモしながらじっくり読み進めていこう〉と！

本の厚さを見て、下手《へた》したらこれは三日三晩かかるかもしれない、と意を決してゆっくりとページをめくり始めた……のも束の間、あっという間に物語に引き込まれ、再び我に返った時にはもう最終章でした。読み終わるまでおそらく三時間もかかっていないでしょう。メモれたのは最初の数ページで、あとは無我夢中で読んでました。

1ラウンドKOです。

皆さんもそんな感じだったんじゃないでしょうか？

あ、ご挨拶が遅れました。俳優の佐野瑞樹と申します。

天野純希先生とは『桃山《ももやま》ビート・トライブ』（集英社文庫）という作品が舞台化されたときに、石田三成《いしだみつなり》役をつとめて、初日乾杯（終演後に行われる立食の簡易なパーティです）の時にご挨拶させていただきました。

歴史小説家ということで、勝手に気難しい方なんだろうなと思い、ガチガチに緊張していたんですが、そんなことはなく、気さくに笑顔で接していただき、歴史小説家のイメージがガラッと変わりました（歴史小説家の皆様すいません）。

大体、『桃山ビート・トライブ』のファンタジックで爽快な物語を思えば、どんなお人柄なのか察しがつくだろうと、お会いしたあと妙に納得しました。

僕は歴史は好きですが、本をよく読むようになったのはごく最近です。正直、台本を読むのも苦手でした。というか台本を読むのは今も苦手ですが……。そんな僕が小説の解説をする。これってすごいことだと思いませんか？　いえ、僕がすごいんじゃなくてこの本が！　言いかえれば、非常にわかりやすいということです。歴史小説というと身構えてしまう人も多いと思います。かくいう僕もそうでした。天野先生の作品はそれをあっさりと覆してきます。『桃山ビート・トライブ』もそうでした。ノッキングを起こさず最初から最後までスムーズに読み進めていった記憶があります。といってもただわかりやすいということでもありません。歴史小説ならではの重厚な感じもしっかりとあります。

「軽さ」と「重さ」このバランス感覚こそ天野先生の真髄だと思います。

さて、舞台に立つ俳優である僕へご依頼いただいた解説ですから、せっかくなので役者目線で『雑賀のいくさ姫』の物語を振り返っていきたいと思います。

世阿弥《ぜあみ》の「序破急」や漢詩の「起承転結」など、舞台であれ小説であれ、どんな物語にも組み立てがあります。僕がふだん台本や演技のプランを考えるときには、「起承転結」の観点を大事にしています。その中でも大事なのが「起」と「承」にあたる部分です。特に「承」は難しいです。

演劇の場合、僕はここが「魔の時間帯」だと考えています。なぜなら状況設定やキャラクターの関係性・バックボーンなど、みんなが苦手な「説明」のオンパレードになるからです。お客様が寝てしまう九十％以上はこの時間帯です。

演劇ならば演者の力量でなんとか飽きさせず凌《しの》ぐ方法もありますが、小説ではどうでしょうか。

『雑賀のいくさ姫』はそこが巧妙に描かれています。

まず、ジョアンというコミカルなキャラクターを使い、物語の導入で硬直しそうなところをほぐしています。ジョアンの額に海鳥の糞が落ちてくる時点で〈ああ、このお話は楽しそうだ！〉と安心感を持たせてくれます。

そして物語はとんでもないスピードで展開されます。

ジョアンの漂流から、鶴《つる》との出会い、海賊との戦い、お父さんからの逃亡、村上水軍《むらかみ》との攻防、そしてやっと大海原に出られるかと思いきや、凜然《りんぜん》と立ち塞がる島津《しまづ》軍。これでもかってくらい次から次へと受難が続きます。この目まぐるしく展開されるストーリーの中に、みんなの苦手な「説明」を上手《うま》く紛れ込ませていると僕は読みました。

玉ねぎが嫌いな子供に、細かく切ってハンバーグの中に入れて食べさせてしまうというあれと一緒です。美味《おい》しい美味しいと言いながら気付かずに説明を食べてしまっている状態です！

僕も舞台の脚本を書いたりするのですが、細く刻んだりはせずオニオンリングなどにして、玉ねぎは美味しいんだ食え！と無理矢理食べさせていました。

この技術はぜひ真似して次回からの公演に生かしたいなと思います。

さて、話を戻しまして、主人公である「いくさ姫」こと鶴のサバサバした性格と、小気味良い関西弁も良いリズムです。

特に鶴とジョアンのコンビネーションは抜群で、読んでいて思わず笑ってしまうところが多々出てきます。もちろんジョアンと左近《さこん》の友情も忘れてはいけません。この辺りのキャラの配置が絶妙で笑いながら読めていくのも嬉しいところです。

鶴を取り巻く船員たちも、海の男らしく明るく陽気なのも物語を勢いづかせます。

彼らの対比として、クールなキャラクターでテンポを落としそうな兵庫《ひょうご》と蛍《ほたる》も出ますが、ぜんぜん説明されません。いや、早く知りたい（笑）。

蛍は銃の天才で寝坊助《ねぼすけ》、兵庫は剣の天才で隻眼《せきがん》、アニメ化や2・5次元化などされたらダントツ人気になること間違い無しのキャラクターです。

強いことは分かるのですが、二人とも喋らない！　喋らない！

それが後半に向けてのフックになってページをめくる手がいっそう速くなります。

第Ⅲ章までが「起」「承」にあたる部分だと思いますが、こうやって工夫を凝らしながら飽きさせないよう軽快に書かれています。

コメディ色を強めにポンポン物語を展開させながら、しれーっと人物の紹介を済ませ、時代背景を取り込む。

キャラの性格を一気に出さず、会話のやり取りで人物像を浮かび上がらせる。

起こるトラブルへの対処の仕方で、人間関係やその背景を伝えてしまう。

その裏側に色々な伏線がしっかりと張られていて、気が付けば『雑賀のいくさ姫』という作品を夢中になって読んでいる。

というのが天野純希先生の小説の技法ではないでしょうか。

そうやって夢中になって読んでいると、畳み掛けるように魅力的な登場人物たちが続々と出て来ます。

鶴と対照的な「巴《ともえ》」。

怪しげな女「月麗《げつれい》」。

そして、この物語の最大の敵「林鳳《りんほう》」の影がチラつき始めます。カンフル剤の投入です。

もう目一杯で走っているのに、さらに加速させられていくんです。

これで最初に僕が言った〈ぷはぁ～！〉の意味がわかるんじゃないでしょうか？

100メートル走の勢いでマラソンやらされてる感じなんです。無呼吸で42・195キロを走らされてしまうんです。

とんでもないワールドレコードが出てしまいますよ（笑）。

そんな興奮状態でいよいよ「転」に突入するわけですが、やられました……。

ここからが本当の天野ワールド炸裂でした。

もう勘弁してください（笑）！

後半部分に関しては興奮し過ぎて、ただのファンの雄叫《おたけ》びになってしまうので、僕が感じた二点だけ簡潔にお伝えします。

・林鳳軍との戦いが始まってからのシーンの切り替えが面白い。
・しばらく戦姫丸は蚊帳《かや》の外。

日本軍側からの視点になるか、林鳳軍側からの視点になるのか、これが本当に面白かった。

特に印象的なのが、徐元亮や雑賀《さいか》孫一《まごいち》などの主要キャラが遠巻きに死んでいくシーン。

登場人物の「死」という最大の見せ場が主観ではなく、俯瞰《ふかん》で見せられる。

これが余計に儚《はかな》さを感じられて、思わず〈上手い！〉と唸《うな》ってしまいました。

この作品が舞台化されたら僕は雑賀孫一を演じたいと思っているので、最後に鶴に「行け」と言うシーンをどう演じようかと勝手に考えてしまっています（笑）。

そして、この対「林鳳」という最大の海戦に、なかなか戦姫丸が描かれない。

しばらく戦姫丸を遠くに眺めることになります。

前半の戦姫丸の活躍から仲間たちへの視点の切り替え。

この物語には、鶴・月麗・巴という魅力的な女性キャラクターが登場しますが、僕は断然巴派なので、巴の指揮する錦江丸の活躍がガッツリ描かれて嬉し過ぎました。

「南無八幡大菩薩《なむはちまんだいぼさつ》」って……。

心撃ち抜かれるわ!!

取り乱しました。すいません。

巴以外にも島津家や毛利《もうり》家の武将たちも活躍しますが、ここで有名な武将を選んでいるところもポイントです。もし新たに無名なキャラが出て来てしまったら、キャラが飽和状態になり読者は混乱する可能性があります。「誰だっけ?」とノッキングを起こし、後半の疾走感が失われかねません。最後の戦いに新たに登場人物たちを惜しみなく追加投入して、ド派手に盛り上げても物語が破綻《はたん》しないように工夫されている、ということも付け足しておきます。

はぁ……。

永遠に語っていたい……。

書きたいことは山ほどありますが、どこかで切らないと延々と続いてしまいますのでここらで終わりにしたいと思います。

「結」でのそれぞれの活躍は説明するまでもないですしね。

鶴も兵庫もカッコ良かったけど、ジョアンも左近も最高だったぞ!

この小説を読んでいる間、ずっと頭の中に、鶴たちや当時の情景が浮かび続けました。わかりやすい言葉のセレクトに無駄のない描写。小説なのに、漫画のような映画のような。

舞台でやれたらいいなぁ……。

いやいや、その前に続編が楽しみだ。今後の展開を想像してはニヤニヤしてしまう。

そんな妄想を抱えつつ、拙《つたな》い解説ではありましたが終わりたいと思います。

『雑賀のいくさ姫』という作品に解説という形でも関われたことが本当に嬉しいです。

本を読むのが苦手、歴史が苦手、そういう方にも一人でも多くの方に読んでもらいたい。

天野先生の作品は究極のエンターテインメントです！

本書は二〇一八年十一月、小社より単行本として刊行されました。

|著者| 天野純希　1979年愛知県生まれ。2007年、「桃山ビート・トライブ」で小説すばる新人賞を受賞しデビュー。'13年、『破天の剣』で中山義秀文学賞を、'19年、本作で日本歴史時代作家協会賞作品賞を受賞。他の著作に『覇道の槍』『北天に楽土あり　最上義光伝』『蝮の孫』『燕雀の夢』『信長嫌い』『有楽斎の戦』『もののふの国』『紅蓮浄土　石山合戦記』『乱都』『もろびとの空　三木城合戦記』など。

雑賀《さいか》のいくさ姫《ひめ》

天野純希《あまのすみき》

2022年1月14日第1刷発行

発行者——鈴木章一
発行所——株式会社　講談社
東京都文京区音羽2-12-21　〒112-8001
電話　出版（03）5395-3510
　　　販売（03）5395-5817
　　　業務（03）5395-3615

Printed in Japan

講談社文庫
定価はカバーに表示してあります

KODANSHA

デザイン—菊地信義
本文データ制作—講談社デジタル製作
印刷———豊国印刷株式会社
製本———株式会社国宝社

ISBN978-4-06-526699-1

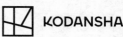

講談社文庫刊行の辞

二十一世紀の到来を目睫に望みながら、われわれはいま、人類史上かつて例を見ない巨大な転換期をむかえようとしている。

世界も、日本も、激動の予兆に対する期待とおののきを内に蔵して、未知の時代に歩み入ろうとしている。このときにあたり、創業の人野間清治の「ナショナル・エデュケイター」への志を現代に甦らせようと意図して、われわれはここに古今の文芸作品はいうまでもなく、ひろく人文・社会・自然の諸科学から東西の名著を網羅する、新しい綜合文庫の発刊を決意した。

激動の転換期はまた断絶の時代である。われわれは戦後二十五年間の出版文化のありかたへの深い反省をこめて、この断絶の時代にあえて人間的な持続を求めようとする。いたずらに浮薄な商業主義のあだ花を追い求めることなく、長期にわたって良書に生命をあたえようとつとめるところにしか、今後の出版文化の真の繁栄はあり得ないと信じるからである。

同時にわれわれはこの綜合文庫の刊行を通じて、人文・社会・自然の諸科学が、結局人間の学にほかならないことを立証しようと願っている。かつて知識とは、「汝自身を知る」ことにつきていた。現代社会の瑣末な情報の氾濫のなかから、力強い知識の源泉を掘り起し、技術文明のただなかに、生きた人間の姿を復活させること。それこそわれわれの切なる希求である。

われわれは権威に盲従せず、俗流に媚びることなく、渾然一体となって日本の「草の根」をかたちづくる若く新しい世代の人々に、心をこめてこの新しい綜合文庫をおくり届けたい。それは知識の泉であるとともに感受性のふるさとであり、もっとも有機的に組織され、社会に開かれた万人のための大学をめざしている。大方の支援と協力を衷心より切望してやまない。

一九七一年七月

野間省一

講談社文庫 最新刊

麻見和史
偽神の審判
〈警視庁公安分析班〉
公安vs.謎の殺し屋「鑑定士」、激闘の結末は——？ WOWOWドラマ原作&シリーズ第2弾！

神楽坂 淳
うちの旦那が甘ちゃんで
〈鼠小僧次郎吉編〉
沙耶が夫・月也の小者になりたてのころ、「深川飯を喰え」との奉行のおかしな命令が！

知野みさき
江戸は浅草4
〈冬青灯籠《そよごとうろう》〉
江戸に人情あり、男女に別れあり。心温まりほろりと泣ける本格派江戸時代小説！

高田崇史
源平の怨霊
〈小余綾《こゆるぎ》俊輔の最終講義〉
日本史上屈指の人気武将、源義経は「怨霊」になったのか!? 傑作歴史ミステリー登場。

天野純希
雑賀《さいか》のいくさ姫《ひめ》
雑賀、村上、毛利ら西国の戦国大名達の海戦を描く傑作歴史海洋小説。〔解説〕佐野瑞樹

加賀乙彦
わたしの芭蕉
芭蕉の句を通じ、日本語の豊かさ、人の生き方、老いと死の迎え方を伝える名エッセイ。

夏原エキジ
連理の宝
〈Cocoon外伝〉
鬼斬り組織の頭領にして吉原一の花魁《おいらん》、瑠璃《るり》。彼女と仲間の知られざる物語が明かされる！

講談社文芸文庫

松浦寿輝
半島
寂れた小さな島に、漂い流れるように仮初の棲み処を定めた男が体験する、虚構とも現実ともつかぬ時間。いまもここも、自由も再生も幻か。読売文学賞受賞作。

解説=三浦雅士　年譜=著者
978-4-06-526678-6
まJ3

磯﨑憲一郎
鳥獣戯画／我が人生最悪の時
「私」とは誰か。「小説」とは何か。一見、脈絡のないいくつもの話が、〝語り口〟の力で現実を押し開いていく。文学の可動域を極限まで広げる21世紀の世界文学。

解説=乗代雄介　年譜=著者
978-4-06-524522-4
いAB1

石田衣良 逆島断雄〈進駐官養成高校の決闘編2〉
石田衣良 逆島断雄〈本土最終防衛決戦編1〉
石田衣良 逆島断雄〈本土最終防衛決戦編2〉
石田衣良 初めて彼を買った日
井上荒野 ひどい感じ―父・井上光晴
稲葉稔 椋鳥の影〈八丁堀手控え帖〉
井川香四郎 冬の蝶〈梟与力吟味帳〉
井川香四郎 日照り草〈梟与力吟味帳〉
井川香四郎 忍《すい》冬《かずら》〈梟与力吟味帳〉
井川香四郎 花《はな》詞《ことば》〈梟与力吟味帳〉
井川香四郎 雪の花火〈梟与力吟味帳〉
井川香四郎 鬼《き》雨《う》〈梟与力吟味帳〉
井川香四郎 科《しな》戸《と》の風〈梟与力吟味帳〉
井川香四郎 紅《くれない》の露〈梟与力吟味帳〉
井川香四郎 惻《そく》隠《いん》の灯《ひ》〈梟与力吟味帳〉
井川香四郎 三人羽織〈梟与力吟味帳〉
井川香四郎 飯盛り侍
伊坂幸太郎 チルドレン
伊坂幸太郎 魔王

伊坂幸太郎 モダンタイムス(上)(下)
伊坂幸太郎 PK
伊坂幸太郎 サブマリン
絲山秋子 袋小路の男
石黒耀 死都日本
石黒耀 震災列島
石黒耀 忠臣蔵異聞〈家老 大野九郎兵衛の長い仇討ち〉
犬飼六岐 筋違い半介
犬飼六岐 吉岡清三郎貸腕帳
石川大我 ボクの彼氏はどこにいる?
石松宏章 マジでガチなボランティア
伊東潤 国を蹴った男
伊東潤 峠越え
伊東潤 黎明に起《た》つ
伊東潤 池田屋乱刃
石飛幸三 「平穏死」のすすめ〈口から食べられなくなったらどうしますか〉
伊藤理佐 女のはしょり道
伊藤理佐 また! 女のはしょり道
伊藤理佐 みたび! 女のはしょり道

石黒正数 外《げ》天《てん》楼《ろう》
伊与原新 ルカの方《はこ》舟《ぶね》
伊与原新 コンタミ 科学汚染
稲葉圭《よし》昭《あき》 恥さらし〈北海道警 悪徳刑事の告白〉
稲葉博《ひろ》一《いち》 忍者烈伝
稲葉博一 忍者烈伝ノ続
稲葉博一 忍者烈伝ノ乱〈天之巻〉〈地之巻〉
伊岡瞬 桜の花が散る前に
石川智健 エウレカの確率〈経済学捜査員 伏見真守〉
石川智健 エウレカの確率〈よくわかる殺人経済学入門〉
石川智健 エウレカの確率〈経済学捜査と殺人の効用〉
石川智健 60《ロクジュウ》〈誤判対策室〉
石川智健 20《ニジュウ》〈誤判対策室〉
石川智健 第三者隠蔽機関
石川智健 いたずらにモテる刑事の捜査報告書
井上真《ま》偽《ぎ》 その可能性はすでに考えた
井上真偽 聖女の毒杯〈その可能性はすでに考えた〉
井上真偽 恋と禁忌の述語論理《プレディケット》
泉ゆたか お師匠さま、整いました!

伊兼源太郎 地検のS
伊兼源太郎 巨悪
内田康夫 シーラカンス殺人事件
内田康夫 パソコン探偵の名推理
内田康夫 「横山大観」殺人事件
内田康夫 江田島殺人事件
内田康夫 琵琶湖周航殺人歌
内田康夫 夏泊殺人岬
内田康夫 「信濃の国」殺人事件
内田康夫 風葬の城
内田康夫 透明な遺書
内田康夫 鞆《とも》の浦《うら》殺人事件
内田康夫 終幕《フィナーレ》のない殺人
内田康夫 御堂筋殺人事件
内田康夫 記憶の中の殺人
内田康夫 北国街道殺人事件
内田康夫 「紅藍《くれない》の女《ひと》」殺人事件
内田康夫 「紫《むらさき》の女《ひと》」殺人事件
内田康夫 藍色回廊殺人事件

内田康夫 明日香の皇子
内田康夫 華の下にて
内田康夫 博多殺人事件
内田康夫 黄金の石橋
内田康夫 金沢殺人事件
内田康夫 朝日殺人事件
内田康夫 湯布院殺人事件
内田康夫 釧路湿原殺人事件
内田康夫 貴賓室の怪人 〈「飛鳥」編〉
内田康夫 イタリア幻想曲 貴賓室の怪人2
内田康夫 靖国への帰還
内田康夫 若狭殺人事件
内田康夫 化生の海
内田康夫 不等辺三角形
内田康夫 ぼくが探偵だった夏
内田康夫 怪談の道
内田康夫 逃げろ光彦 〈内田康夫と5人の女たち〉
内田康夫 皇女の霊柩
内田康夫 悪魔の種子

内田康夫 戸隠伝説殺人事件
内田康夫 歌わない笛
内田康夫 新装版 死者の木霊
内田康夫 新装版 漂泊の楽人
内田康夫 新装版 平城山《ならやま》を越えた女
内田康夫 秋田殺人事件
内田康夫 孤道
和久井清水 孤道 完結編 〈金色の眠り〉
内田康夫 イーハトーブの幽霊
歌野晶午 死体を買う男
歌野晶午 安達ヶ原の鬼密室
歌野晶午 新装版 長い家の殺人
歌野晶午 新装版 白い家の殺人
歌野晶午 新装版 動く家の殺人
歌野晶午 密室殺人ゲーム王手飛車取り
歌野晶午 新装版 ROMMY 越境者の夢
歌野晶午 増補版 放浪探偵と七つの殺人
歌野晶午 新装版 正月十一日、鏡殺し
歌野晶午 密室殺人ゲーム2.0

2021年12月15日現在